黄金她时代

民国女作家经典

叶君 主编

北方文艺出版社

图书在版编目（CIP）数据

黄金她时代：民国女作家经典 / 叶君主编 . -- 哈尔滨：北方文艺出版社，2014.10

ISBN 978-7-5317-3339-3

Ⅰ．①黄… Ⅱ．①叶… Ⅲ．①中国文学 – 现代文学 – 作品综合集 Ⅳ．① I216.1

中国版本图书馆 CIP 数据核字 (2014) 第 217536 号

黄金她时代：民国女作家经典

主 编 / 叶　君

责任编辑 / 王　爽

装帧设计 / 回归线设计

出版发行 / 北方文艺出版社

网 址 / www.bfwy.com

邮 编 / 150080

经 销 / 新华书店

地 址 / 黑龙江现代文化艺术产业园 D 栋 526 室

印 刷 / 北京凯达印务有限公司

开 本 / 880 × 1230　1/32

字 数 / 150 千

印 张 / 8.75

版 次 / 2014 年 11 月第 1 版

印 次 / 2014 年 11 月第 1 次印刷

书 号 / ISBN 978-7-5317-3339-3

定 价 / 27.00 元

目 录

序

1936 年 11 月 19 日，鲁迅逝世一个月后，蛰居日本东京的萧红（1911 ~ 1942）刚刚从巨大哀痛中走出。当晚，满窗洒满白月，关了灯，惯于自省的她，不禁自问：这不就是我的黄金时代？

自 20 岁离开父亲的家，五年来，萧红经历了常人难以想象的磨难与艰窘，在这个自由舒适、平静安闲的异国之夜，内心自然涌起淡淡虚幻。摸摸桌布，摸摸藤椅边沿，再将手举到眼前，确定那确实是自己的手，这才一个人默默确证：这真是黄金时代！幸福似乎来得太过突然，眼下这份平静与安宁，萧红显然有些不习惯，既爱又怕，进而意识到凡事到她这里就不对，也不是时候。

即便隔了漫长时空，再次触摸在写给萧军的这封长信里，萧红所传达的内心婉曲，仍无法不令人喟叹：这似乎不应该是一个年仅 25 岁的女人的心理。平静安宁是她最大的企求。由此，不禁让人想象这女人该经历了怎样的过往？然而，对于百年前的中国女性而言，萧红并非个案。站在当下，回望“她们”——那一代有表达能力，企图掌握自身命运的知识女性，确乎可以看到百年来妇女写作的传承与赓续，感受到“她们”特具的风采！选入本书中的三位女作家，某种意义上彰显了现代汉语写作中的黄金“她”时代。

不得不感慨，百年前的“她们”是一个如此早慧之群。

《生死场》（1935）甫一问世，便闪耀世人眼目，萧红一举成名，年仅 24 岁。生命如此蹇促，常令人感慨上天对其不公。抑或，冥冥中意识到自己逗留于世的时日无多，萧红过早步入生命的回望——一个年轻女作家的晚年状态。文字、心态迅速趋于精致与成熟。对她而言，一切都是那么匆促，匆促得让人心疼！《家族以外的人》（1936）、《后花园》（1940）、《小城三月》（1941）、《回忆鲁迅先生》（1940），都是萧红身处异国、异乡，回望故乡、故人的文字。在我看来，是她最为成熟、精致的短篇作品。是那么来不及，一个女作家 30 岁便直抵巅峰。令人或许感叹萧红的传奇，但我更愿意这巅峰来得从容一些，好让舛桀稍稍疏散。与庞大的家族决裂后，被抛弃、被软禁、即将被发卖当口从漫天大水中逃出，尔后在战争的催逼、男人的伤害之下，辗转流徙至香港。从那么北到那么南，十年间，那个 20 岁的叛逆女子渐渐成熟。乡愁便生成于流徙之途和极其沧桑的人生之旅。前三部短篇小说都是乡情缱绻的文字，回忆少时在小城呼兰的生活。萧红的文字让一个深北方小城的风情尽现笔底，某种意义上成了中国读者的一处文学故乡。而《小城三月》，在我看来我认为是萧红最为优美、成熟的作品。精致的文字背后，可分明触摸到萧红离家十年后，内心深处对此前所仇恨的家族所达成的最为深切、真挚的精神和解。父亲不再固执、暴戾，继母不再冷淡、刻薄，全家总动员，举办一次纵情释放的家庭音乐会。家中长幼，各自操着自己的乐器，声响协和，其乐融融。这不知是“晚年”萧红的真切回忆还是动人想象。只是，这 30 岁的“晚年”实在令人心生疼痛。而翠姨——一个被都市文明唤醒，敏感而多情的乡下女子那爱比死还残酷的命定结局，更引人深思。萧红由一己的苦难，进而推至对同时代女性命运的观照。

鲁迅是萧红短促一生最为重要的男性之一。在其个人情感判断里如同祖父。祖父让她在人世的冷漠与残酷背后，看到了“爱”和“温暖”，并向着这爱和温暖作着“永远的憧憬和追求”；鲁迅则让她看到了什么是正义，明确写作的意义。在我看来，如果祖父给了萧红爱和温暖，那么是鲁迅给了她尊严。在鲁迅提携下，萧红在上海滩立地成名，让她告别此前的被侮辱与被损害，而享受到知名女作家的荣光。正因如此，鲁迅逝世三周年之际，萧红才接受先生已逝的事实，深情写出回忆鲁迅的诸多短章，稍后合为一册。基于被提携与被爱怜的特殊感情，萧红对鲁迅的观照，全然出于亲情视角，其文字大放光彩。鲁迅逝后，回忆文学巨擘的文字可谓汗牛充栋，萧红的那些短章毫无疑问最为出色，活脱脱再现一个人间鲁迅。丰富的生活细节，让鲁迅的形象可触、可感。而独特的观照视角，亦充分彰显萧红的独立人格——面对一代文化巨人，即便恩重如山，亦只有敬爱和深情伤悼，并不匍匐伟人脚下，因仰视而空洞赞誉。这是一部永传后世，足堪把玩的散文精品。

《莎菲女士的日记》（1928），同样诞生于一个女作家的24岁。丁玲（1904～1986）虽年长萧红七岁，但在中国现代女作家的谱系里，却分属两代。1936年5月，鲁迅在寓所接受斯诺访谈，认为萧红“是当今中国最有前途的女作家，很可能成为丁玲的后继者，而且，她接替丁玲的时间，要比丁玲接替冰心的时间早得多”。鲁迅无意间对中国现代妇女写作的脉络作了勾勒，从冰心到丁玲再到萧红，分明可以看出其间的代际传承。

丁玲以其出手便非同凡响的卓异才华，特别是她那近乎自觉的女性立场，以及对现代女性生存状态的深切关注，让其文字如此惊世骇俗，引人注目。她或许是最为早醒而恣肆的民国女性，鲜明的女性意识充分彰显于《梦珂》（1927）、《阿毛姑娘》（1928）这些早期作品中。梦珂——一个在大城市求学的少女，终于沉沦于都市社会的庸常，而出嫁后的阿毛则寂灭于乡下家庭的冷酷。前者呈现了社会阶层与性别之间的权力关系，后者让人看到一个乡村少女匍匐于夫权之下的可悲。

而诞生于梦珂、阿毛之间的另一女性形象莎菲，则传达出作者对周围社会特别是对男性的考量与选择，以及对具有现代品格的爱情的思考。《莎菲女士的日记》全然回到一个知识女性的内心世界，记录下“一个完全癫狂于男人仪表上的女人的心理”。那是一场名副其实的“一个人的战争”。一番癫狂和短暂迷失之后，莎菲最终认清凌吉士，亦明了自己到底需要什么，并对这个美貌男人生出鄙夷和怜悯：“唉，可怜的男子！神既然赋与你这样的一副美形，却又暗暗的捉弄你，把那样一个毫不相称的灵魂放到你人生顶上！”

中国现代妇女写作中女性意识的流露，经过20世纪20年代初石评梅、庐隐、凌叔华等一代女性的自觉吁求和不经意流露，几年后，便有了丁玲通过莎菲达至立场鲜明的自觉彰显。莎菲一出，令人骇异也就不足为怪。即便今天看来，丁玲那惊世骇俗的气度依然弥漫文字间，显示出妇女写作向女性写作的深刻变化。作为丁玲公开发表的第二篇小说，比之处女作《梦珂》，《莎菲女士的日记》在叙述能力上已有质的飞跃。与萧红出版《生死场》时的生涩，文学技术成熟于数年之后不同；丁玲几乎出手便是巅峰。这或许与其生活环境，以及在北京、上海从容接受的文化熏染有关。

萧红一生与白朗（1912 ~ 1994）情同姐妹。作为“东北作家群”里的代表作家，白朗也是一个坚定的革命者。《狱外集》（1941）以“非虚构”姿态，呈现身为革命者的丈夫被捕后，一个女人为营救丈夫和照顾家庭的困窘与坚韧。小说《一个奇怪的吻》（1936）则叙述了革命者对日寇的不屈抗争，还有深沉的爱情。与萧红的深情回望，丁玲对女性生存处境的深度关切不同，白朗走出家庭，拿起手中的笔，跟东北作家群的诸多男性一样，以表现白山黑水间对入侵异族抗争的艰难与壮烈，参与到时代宏大叙事之中，满足关内民众对关外沦亡国土的想象。

1938年初春，萧红和丁玲在临汾相遇，此后在一起共同生活了数月。中国现代文学史上的两代女作家风云际会的相遇，应该是一种有意味的遇合。此时，丁玲已经在为延安工作，开始了她那全新的生活。不久，两人一起到了西安。而临汾一别，事实上是萧红和萧军心照不宣的分手。

是年春，跟丁玲一道临去延安前夕，作家聂绀弩对萧红郑重说道：“飞吧，萧红！你要像一只大鹏金翅鸟，飞得高，飞得远，在天空翱翔，自在，谁也捉不住你。你不是人间笼子里的食客，而且，你已经飞过了。”次日，站在一众送行人群中，聂绀弩对萧红做着飞的姿势，又用手指向天空，萧红见状会心点头微笑。此时，丁玲如果知道自己身边的男人那略显滑稽的动作是鼓励萧红“飞”，自然会想起14年前，20岁的她，求学上海感到前途迷茫，不知“将来究竟学什么好，干什么好”时，瞿秋白那不假思索的回应：“按你喜欢的去学，去干，飞吧，飞得越高越好，越远越好，你是一个需要展翅高飞的鸟儿……”只是，那个鼓励她的男人已被害于三年前。对于那一代女性而言，来自“他们”的鼓励，竟也如此一致。在我看来，这也是民国优秀男性对黄金“她”时代不约而同的认同。

丁玲或许正因为相信了瞿秋白的话，坚定了自己的主张，走上文学之路，才有了《莎菲女士的日记》那份坚定与惊世骇俗；而萧红却更多感受到女性的沉重负累，看到女性天空的低沉，羽翼的稀薄，以及难以克服的自我牺牲精神，感伤回应：“不错，我要飞，但同时觉得……我会掉下来。”及至半个月后，从延安返回，聂绀弩亲见萧红与端木蕻良恋情公开的事实，无比失望地感慨：那大鹏金翅鸟，到底被其自我牺牲精神所累，从天空一个筋斗，栽到了“奴隶的死所”！

在西安，萧红和萧军彻底终结了六年的共同生活，分道扬镳。离开西安之际，萧红亦曾有去延安的念头，但随即阴差阳错最终选择回武汉。丁玲为此惋惜不已。不过，去了延安之后，丁玲的写作亦彻底改向，萧红后来对梅志表示难以接受丁玲的改变，还有她那极其粗犷的生活方式。我想说的是，已然飞翔的丁玲，如果没去延安，其写作或许是另番图景；而萧红如果去了延安亦然。去与不去，幸与不幸，都世事难料。只是，对于丁玲、萧红，可以确定的是，西安一别即成永诀。

同年秋，萧红在江津白沙镇产后与白朗在嘉陵江边分手。萧红凄然祝愿女友“永久幸福”。白朗亦如此祝愿萧红，不想萧红惊问：“我吗？”旋即苦笑道，“未来的远景已经摆在我的面前了，我将孤寂忧悒以终生！”一年多后，萧红离开重庆到了香港；1941 年，白朗举家到了延安。这对从哈尔滨出来的好姐妹从此天各一方，直至生死两隔。

香港两年，作为作家，萧红迅速步入巅峰。而从端木蕻良信中获悉萧红一病不起，在延安的丁玲便有了一种不祥预感，对白朗说“萧红决不会长寿”。此言一出，她感到一种无言的寂寞，因为拿眼睛扫遍所认识或知道的女性朋友，能够耐苦，不依赖于别的力量，有才智、有气节而从事于写作者，竟是如此寥寥！

1942 年 1 月 22 日，萧红最终在香港弃世。4 月 8 日，延安《解放日报》转载萧红死讯。两天后，萧军将这一消息剪贴在日记里，并在其旁霸道写下：“师我者死了！知我者死了！”便再无悼亡。同日，白朗撰文《遥祭

——纪念知友萧红》回忆与萧红生前交往点滴，寄托哀思。

4月25日，延安整风在即，丁玲带着浓重不安，深情写下长文《风雨中忆萧红》。在悼念那惺惺相惜的女友同时，亦借机抒发内心苦闷。忆及在一起的情景，丁玲感叹像萧红那样能无妨嫌、无拘束、不须警惕着谈话的对手实在太少！基于女性的立场，在其意识深处，早已将萧红视为“姐妹”。这篇文字不时闪露姐妹情谊的动人光彩。诚然，中国现代女性中，能如丁玲、萧红那样“飞”过的，又能有几人？“我的所有不幸就因为我是个女人”，丁玲如能听到萧红这沉痛的临死遗言，其感受毫无疑问更其真切。

丁玲、白朗都以82岁高龄辞世。然而，萧红逝后，她们所经历的肉体与精神磨难，亦令人唏嘘。反观萧红早逝，幸与不幸，同样似乎另说。如今，重读那篇写于延安窑洞意绪低沉的怀念文字，我感到，悼念萧红的同时，丁玲亦似乎在悼念那曾经有过的，属于“她们”的时代——妇女写作的黄金时代。

叶　君

2014年9月于哈尔滨

萧

红

家族以外的人①

我蹲在树上，渐渐有点害怕，太阳也落下去了；树叶的声响也唰唰的了；墙外街道上走着的行人也都和影子似的黑丛丛的；院里房屋的门窗变成黑洞了。并且野猫在我旁边的墙头上跑着叫着。

我从树上溜下来，虽然后门是开着的，但我不敢进去，我要看看母亲睡了还是没有睡。还没经过她的窗口，我就听到了席子的声音:

"小死鬼……你还敢回来！"

我折回去，就顺着厢房的墙根又溜走了。

在院心空场上的草丛里边站了一些时候，连自己也没有注意到我是折碎了一些草叶咬在嘴里。白天那些所熟识的虫子，也都停止了鸣叫，在夜里叫的是另外一些虫子，它们的声音沉静，清脆而悠长。那埋着我的高草，和我的头顶一平，它们平滑，它们在我的耳边唱着那么微细的小歌，使我不能相信倒是听到还是没有听到。

"去吧……去……跳跳攒攒的……谁喜欢你……"

有二伯回来了，那喊狗的声音一直继续到厢房的那面。

我听到有二伯那拍响着的失掉了后跟的鞋子的声音，又听到厢

① 该篇首刊于1936年10月15日《作家》第一卷第一、二期。

房门扇的响声。

“妈睡了没睡呢？”我推着草叶，走出了草丛。

有二伯住着的厢房，纸窗好像闪着火光似的明亮。我推开门，就站在门口。

“还没睡？”

我说：“没睡。”

他在灶口烧着火，火叉的尖端插着玉米。

“你还没有吃饭？”我问他。

“吃什……么……饭？谁给留饭！”

我说：“我也没吃呢！”

“不吃，怎么不吃？你是家里人哪……”他的脖子比平日喝过酒之后更红，并且那脉管和那正在烧着的小树枝差不多。

“去吧……睡睡……觉去吧！”好像不是对我说似的。

“我也没吃饭呢！”我看着已经开始发黄的玉米。

“不吃饭，干什么来的……”

“我妈打我……”

“打你！为什么打你？”

孩子的心上所感到的温暖是和大人不同的，我要哭了，我看着他嘴角上流下来的笑痕。只有他才是偏着我这方面的人，他比妈妈还好。立刻我后悔起来，我觉得我的手在他身旁抓起一些柴草来，抓得很紧，并且许多时候没有把手松开，我的眼睛不敢再看到他的脸上去，只看到他腰带的地方和那脚边的火堆。我想说：

“二伯……再下雨时我不说你‘下雨冒泡，王八戴草帽’啦……”

“你妈打你……我看该打……”

“怎么……”我说，“你看……她不让我吃饭！”

“不让你吃饭……你这孩子也太好去啦……”

“你看，我在树上蹲着，她拿火叉子往下叉我……你看……把胳臂都给叉破皮啦……”我把手里的柴草放下，一只手卷着袖子给他看。

“叉破皮……为啥叉的呢……还有个缘由没有呢？”

“因为拿了馒头。”

“还说呢……有出息！我没见过七八岁的姑娘还偷东西……还从家里偷东西往外边送！”他把玉米从叉子上拔下来了。

火堆仍没有灭，他的胡子在玉米上，我看得很清楚是扫来扫去的。

“就拿三个……没多拿……”

“嗯！”把眼睛斜着看我一下，想要说什么但又没有说，只是胡子在玉米上像小刷子似的来往着。

“我也没吃饭呢！”我咬着指甲。

“不吃……你愿意不吃……你是家里人！”好像抛给狗吃的东西一样，他把半段玉米打在我的脚上。

有一天，我看到母亲的头发在枕头上已经蓬乱起来，我知道她是睡熟了，我就从木格子下面提着鸡蛋筐子跑了。

那些邻居家的孩子就等在后院的空磨房里边。我顺着墙根走了回来的时候，安全，毫没有意外，我轻轻的招呼他们一声，他们就从窗口把篮子提了进去，其中有一个比我们大一些的，叫他小哥哥的，他一看见鸡蛋就抬一抬肩膀，伸一下舌头。小哑巴姑娘，她还为了特殊的得意啊啊了两声。

“嗳！小点声……花姐她妈剥她的皮呀……”

把窗子关了，就在碾盘上开始烧起火来，树枝和干草的烟围蒸腾了起来；老鼠在碾盘底下跑来跑去；风车站在墙角的地方，那大轮子上边盖着蛛网，罗柜旁边余留下来的谷类的粉末，那上面挂着许多种类虫子的皮壳。

“咱们来分分吧……一人几个，自家烧自家的。”

火苗旺盛起来了，伙伴们的脸孔，完全照红了。

“烧吧！放上去吧……一人三个……”

“可是多一个给谁呢？”

“给哑巴吧！”

她接过去，啊啊的。

“小点声，别吵！别把到肚的东西吵靡啦。”

“多吃一个鸡蛋……下回别用手指画着骂人啦！啊！哑巴？”

蛋皮开始发黄的时候，我们为着这心上的满足，几乎要冒险叫喊了。

“唉呀！快要吃啦！”

“预备着吧，说熟就快的……”

“我的鸡蛋比你们的全大……像个大鸭蛋……”

“别叫……别叫。花姐她妈这半天一定睡醒啦……”

窗外有哽哽的声音，我们知道是大白狗在扒着墙皮的泥土。但同时似乎听到了母亲的声音。

母亲终于在叫我了！鸡蛋开始爆裂的时候，母亲的喊声也在尖利的刺着纸窗了。

等她停止了喊声，我才慢慢从窗子跳出去，我走得很慢，好像没有睡醒的样子，等我站到她面前的那一刻，无论如何再也压制不住那种心跳。

“妈！叫我干什么？”我一定惨白了脸。

“等一会……”她回身去找什么东西的样子。

我想她一定去拿什么东西来打我，我想要逃，但我又强制着忍耐了一刻。

“去把这孩子也带去玩……”把小妹妹放在我的怀中。

我几乎要抱不动她了，我流了汗。

“去吧！还站在这干什么……”其实磨房的声音，一点也传不到母亲这里来，她到镜子前面去梳她的头发。

我绕了一个圈子，在磨房的前面，那锁着的门边告诉了他们：

“没有事……不要紧……妈什么也不知道。”

我离开那门前，走了几步，就有一种异样的香味扑了来，并且飘满了院子。等我把小妹妹放在炕上，这种气味就满屋都是了。

“这是谁家炒鸡蛋，炒得这样香……”母亲很高的鼻子在镜子里使我有点害怕。

“不是炒鸡蛋……明明是烧的，哈！这蛋皮味，谁家……呆老婆烧鸡蛋……五里香。”

“许是吴大婶她们家？”我说这话的时候，隔着菜园子看到磨房的窗口冒着烟。

等我跑回了磨房，火完全灭了。我站在他们当中，他们几乎是摸着我的头发。

“我妈说谁家烧鸡蛋呢？谁家烧鸡蛋呢？我就告诉她，许是吴大婶她们家。哈！这是吴大婶？这是一群小鬼……”

我们就开朗的笑着。站在碾盘上往下跳着，甚至于多事起来，他们就在磨房里捉耗子。因为我告诉他们，我妈抱着小妹妹出去串门去了。

“什么人啊！”我们知道是有二伯在敲着窗棂。

“要进来，你就爬上来！还招呼什么？”我们之中有人回答他。

起初，他什么也没有看到，他站在窗口，摆着手。后来他说：

“看吧！”他把鼻子用力抽了两下，“一定有点故事……哪来的这种气味？”

他开始爬到窗台上面来，他那短小健康的身子从窗台跳进来时，好像一张磨盘滚了下来似的，土地发着响。他围着磨盘走了两圈。他上唇的红色的小胡为着鼻子时时抽动的缘故，像是一条秋天里的毛虫在他的唇上不住的滚动。

“你们烧火吗？看这碾盘上的灰……花子……这又是你领头！我要不告诉你妈的……整天家领一群野孩子来作祸……”他要爬上窗口去了，可是他看到了那只筐子：“这是什么人提出来的呢？这不是咱家装鸡蛋的吗？花子……你不定又偷了什么东西……你妈没看见！”

他提着筐子走的时候，我们还嘲笑着他的草帽：“像个小瓦盆……像个小水桶……”

但夜里，我是挨打了。我伏在窗台上用舌尖舐着自己的眼泪。

“有二伯……有老虎……什么东西……坏老头子……”我一边哭着一边咒诅着他。

但过不多久，我又把他忘记了，我和许多孩子们一道去抽开了他的腰带，或是用杆子从后面掀掉了他的没有边檐的草帽。我们嘲笑他和嘲笑院心的大白狗一样。

秋末，我们寂寞了一个长久的时间。

那些空房子里充满了冷风和黑暗；长在空场上的高草，干败了而倒了下来；房后菜园上的各种秧棵完全挂满了白霜；老榆树在墙根边仍旧随风摇摆它那还没有落完的叶子；天空是发灰色的，云彩也失去了形状，有时带来了雨点，有时又带来了细雪。

我为着一种疲倦，也为着一点新的发现，我登着箱子和柜子，爬上了装旧东西的屋子的棚顶。

那上面，黑暗，有一种完全不可知的感觉，我摸到了一个小木箱，来捧着它，来到棚顶洞口的地方，借着洞口的光亮，看到木箱是锁着一个发光的小铁锁，我把它在耳边摇了摇，又用手掌拍一拍……那里面冬郎冬郎的响着。

我很失望，因为我打不开这箱子，我又把它送了回去。于是我又往更深和更黑的角落处去探爬。因为我不能站起来走，这黑洞洞的地方一点也不规则，走在上面时时有跌倒的可能。所以在爬着的当儿，手指所触到的东西，可以随时把它们摸一摸。当我摸到了一个小琉璃罐，我又回到了亮光的地方……我该多么高兴，那里面完全是黑枣，我一点也没有再迟疑，就抱着这宝物下来了，脚尖刚接触到那箱子的盖顶，我又和小蛇一样把自己落下去的身子缩了回来，我又在棚顶蹲了好些时候。

我看着有二伯打开了就是我上来的时候登着的那个箱子。我看着他开了很多时候，他用牙齿咬着他手里的那块小东西……他歪着头，咬得咯啦啦的发响，咬了之后又放在手里扭着它，而后又把它触到箱子上去试一试。最后一次那箱子上的铜锁发着弹响的时候，我才知道他扭着的是一段铁丝。他把帽子脱下来，把那块盘卷的小东西就压在帽顶里面。

他把箱子翻了好几次：红色的椅垫子，蓝色粗布的绣花围裙……

女人的绣花鞋子……还有一团滚乱的花色的线，在箱子底上还躺着一只湛黄的铜酒壶。

后来他伸出那布满了筋络的两臂，震撼着那箱子。

我想他可不是把这箱子搬开！搬开我可怎么下去？

他抱起好几次，又放下好几次，我几乎要招呼住他。

等一会，他从身上解下腰带来了，他弯下腰去，把腰带横在地上，一张一张的把椅垫子堆起来，压到腰带上去，而后打着结，椅垫子被束起来了。他喘着呼吸，试着去提一提。

他怎么还不快点出去呢？我想到了哑巴，也想到了别人，好像他们就在我的眼前吃着这东西似的使我得意。

“啊哈……这些……这些都是油乌乌的黑枣……”

我要向他们说的话都已想好了。

同时这些枣在我的眼睛里闪光，并且很滑，又好像已经在我的喉咙里上下的跳着。

他并没有把箱子搬开，他是开始锁着它。他把铜酒壶立在箱子的盖上，而后他出去了。

我把身子用力去拖长，使两个脚掌完全牢牢实实的踏到了箱子，因为过于用力抱着那琉璃罐，胸脯感到了发疼。

有二伯又走来了，他先提起门旁的椅垫子，而后又来拿箱盖上的铜酒壶，等他把铜酒壶压在肚子上面，他才看到墙角站着的是我。

他立刻就笑了，我还从来没有看到过他笑得这样过分，把牙齿完全露在外面，嘴唇像是缺少了一个边。

“你不说么？”他的头顶站着无数很大的汗珠。

“说什么……”

“不说，好孩子……”他拍着我的头顶。

“那么，你让我把这个琉璃罐拿出去？”

“拿吧！”

他一点也没有看到我，我另外又在门旁的筐子里抓了五个馒头跑了。

等母亲说丢了东西的那天，我也站到她的旁边去。

我说："那我也不知道。"

"这可怪啦……明明是锁着……可哪儿来的钥匙呢？"母亲的尖尖的下颚是向着家里的别的人说的。后来那歪脖的年青的厨夫也说：

"哼！这是谁呢？"

我又说："那我也不知道。"

可是我脑子上走着的，是有二伯怎样用腰带捆了那些椅垫子，怎样把铜酒壶压在肚子上，并且那酒壶就贴着肉的。并且有二伯好像在我的身体里边咬着那铁丝咖郎郎的响着似的。我的耳朵一阵阵的发烧，我把眼睛闭了一会。可是一睁开眼睛，我就向着那敞开的箱子又说：

"那我也不知道。"

后来我竟说出了："那我可没看见。"

等母亲找来一条铁丝，试着怎样可以做成钥匙，她扭了一些时候，那铁丝并没有扭弯。

"不对的……要用牙咬，就这样……一咬……再一扭……再一咬……"很危险，舌头若一滑转的时候，就要说了出来。我看见我的手已经在作着手势。

我开始把嘴唇咬得很紧，把手臂放在背后在看着他们。

"这可怪啦……这东西，又不是小东西……怎么能从院子走得出？除非是晚上……可是晚上就是来贼也偷不出去的……"母亲很尖的下颚使我害怕，她说的时候，用手推了推旁边的那张窗子：

"是啊！这东西是从前门走的，你们看……这窗子一夏就没有打开过……你们看……这还是去年秋天糊的窗缝子。"

"别绊脚！过去……"她用手推着我。

她又把这屋子的四边都看了看。

"不信……这东西去路也没有几条……我也能摸到一点边……不信……看着吧……这也不行啦。春天丢了一个铜火锅……说是放忘了地方啦……说是慢慢找，又是……也许借出去啦！哪有那么一回事……早还了输赢账啦……当他家里人看待……还说不拿他当家里人看待，好哇……慢慢把房梁也拆走啦……”

“啊……啊！”那厨夫抓住了自己的围裙，擦着嘴角。那歪了的脖子和一根蜡签似的，好像就要折断下来。

母亲和别人完全走完了时，他还站在那个地方。

晚饭的桌上，厨夫问着有二伯：

“都说你不吃羊肉，那么羊肠你吃不吃呢？”

“羊肠也是不能吃。”他看着他自己的饭碗说。

“我说，有二爷，这炒辣椒里边，可就有一段羊肠，我可告诉你！”

“怎么早不说，这……这……这……”他把筷子放下来，他运动着又要红起来的脖颈，把头掉转过去，转得很慢，看起来就和用手去转动一只瓦盆那样迟滞。

“有二是个粗人，一辈子……什么都吃……就……是……不吃……这……羊……身上……的……不戴……羊……皮帽……子……不穿……羊……皮……衣裳……”他一个字一个字平板的说下去：

“下回……他说……杨安……你炒什么……不管菜汤里头……若有那羊身上的呀……先告诉我一声……有二不是那嘴馋的人！吃不吃不要紧……就是吃口咸菜……我也不吃那……羊……身……上……的……”

“可是有二爷，我问你一件事……你喝酒用什么酒壶喝呢？非用铜酒壶不可？”杨厨子的下巴举得很高。

“什么酒壶……还不一样……”他又放下了筷子，把旁边的锡酒壶格格的蹲了两下，“这不是吗？……锡酒壶……喝的是酒……酒好……就不在壶上……哼！也不……年青的时候，就总爱……这个……锡酒壶……把它擦得闪光湛亮……”

“我说有二爷……铜酒壶好不好呢？”

“怎么不好……一擦比什么都亮堂……”

“对了，还是铜酒壶好喔……哈……哈哈……”厨子笑了起来。他笑得在给我装饭的时候，几乎是抢掉了我的饭碗。

母亲把下唇拉长着，她的舌头往外边吹一点风，有几颗饭粒落在我的手上。

“哼！杨安……你笑我……不吃……羊肉，那真是吃不得：比方，我三个月就……没有了娘……羊奶把我长大的……若不是……还活了六十多岁……”

杨安拍着膝盖：“你真算是个有良心的人，为人没作过昧良心的事？是不是？我说，有二爷……”

“你们年青人，不信这话……这都不好……人要知道自家的来路……不好反回头去倒咬一口……人要知恩报恩……说书讲古上都说……比方羊……就是我的娘……不是……不是……我可活六十多岁？”他挺直了背脊，把那盘羊肠炒辣椒用筷子推开了一点。

吃完了饭，他退了出去，手里拿着那没有边檐的草帽。沿着砖路，他走下去了，那泥污的，好像两块朽木头似的……他的脚后跟随着那挂在脚尖上的鞋片在砖路上拖拖着而那头顶就完全像个小锅似的冒着气。

母亲跟那厨夫在起着高笑。

“铜酒壶……啊哈……还有椅垫子呢……问问他……他知道不知道？”杨厨夫，他的脖子上的那块疤痕，我看也大了一些。

我有点害怕母亲，她的完全露着骨节的手指，把一条很胖的鸡腿，送到嘴上去，撕着，并且还露着牙齿。

又是一回母亲打我，我又跑到树上去，因为树枝完全没有了叶子，母亲向我飞来的小石子差不多每颗都像小钻子似的刺痛着我的全身。

“你再往上爬……再往上爬……拿杆子把你绞下来。”

母亲说着的时候，我觉得抱在胸前的那树干有些颤了，因为我已经爬到了顶梢，差不多就要爬到枝子上去了。

“你这小贴树皮，你这小妖精……我可真就算治不了你……”她就在树下徘徊着……许多工夫没有向我打着石子。

许多天，我没有上树，这感觉很新奇，我向四面望着，觉得只有我才比一切高了一点，街道上走着的人，车，附近的房子都在我的下面，就连后街上卖豆芽菜的那家的幌杆，我也和它一般高了。

“小死鬼……你滚下来不滚下来呀……”母亲说着“小死鬼”的时候，就好像叫着我的名字那般平常。

“啊！怎样的？”只要她没有牢牢实实的抓到我，我总不十分怕她。

她一没有留心，我就从树干跑到墙头上去：“啊哈……看我站在什么地方？”

“好孩子啊……要站到老爷庙的旗杆上去啦……”回答着我的，不是母亲，是站在墙外的一个人。

“快下来……墙头不都是踏堆了吗？我去叫你妈来打你。”是有二伯。

“我下不来啦，你看，这不是吗？我妈在树根下等着我……”

“等你干什么？”他从墙下的板门走了进来。

“等着打我！”

“为啥打你？”

“尿了裤子。”

“还说呢……还有脸？七八岁的姑娘……尿裤子……滚下来！墙头踏坏啦！”他好像一只猪在叫唤着。

“把她抓下来……今天我让她认识认识我！”

母亲说着的时候，有二伯就开始卷着裤脚。

我想这是做什么呢？

“好！小花子，你看着……这还无法无天啦呢……你可等着……”

等我看见他真的爬上了那最低级的树杈，我开始要流出眼泪来，喉管感到特别发涨。

“我要……我要说……我要说……”

母亲好像没有听懂我的话，可是有二伯没有再进一步，他就蹲在那很粗的树杈上：

“下来……好孩子……不碍事的，你妈打不着你，快下来，明天吃完早饭二伯领你上公园……省得在家里她们打你……”

他抱着我，从墙头上把我抱到树上，又从树上把我抱下来。

我一边抹着眼泪一边听着他说：

“好孩子……明天咱们上公园。”

第二天早晨，我就等在大门洞里边，可是等到他走过我的时候，他也并不向我说一声：“走吧！”我从身后赶了上去，我拉住他的腰带：

“你不说今天领我上公园吗？”

“上什么公园……去玩去吧！去吧……”只看着前面的道路，他并不看着我。昨天说的话好像不是他。

后来我就挂在他的腰带上，他摇着身子，他好像摆着贴在他身上的虫子似的摆脱着我。

“那我要说，我说铜酒壶……”

他向四边看了看，好像是叹着气：

“走吧，绊脚星……”

一路上他也不看我，不管我怎样看中了那商店窗子里摆着的小橡皮人，我也不能多看一会，因为一转眼……他就走远了。等走在公园门外的板桥上，我就跑在他的前面。

“到了！到了啊……”我张开了两只胳臂，几乎自己要飞起来那么轻快。

没有叶子的树，公园里面的凉亭，都在我的前面招呼着我。一走进公园去，那跑马戏的锣鼓的声音，就震着我的耳朵，几乎把耳朵震聋了的样子，我有点不辨方向了。我拉着有二伯烟荷包上的小圆葫芦向前走。经过白色布棚的时候，我听到里面喊着：

“怕不怕？”

“不怕。”

“敢不敢？”

“敢哪……”

不知道有二伯要走到什么地方去。

棚棚戏、西洋景、耍猴的、耍熊瞎子的、唱木偶戏的，这一些我们都走过来了，再往那边去，就什么也看不见了。并且地上的落叶也厚了起来，树叶子完全盖着我们在走着的路径。

“二伯！我们不看跑马戏的？”

我把烟荷包上的小圆葫芦放开，我和他距离开一点，我看着他的脸色：

“那里头有老虎……老虎我看过。我还没有看过大象。人家说这伙马戏班子是有三匹象：一匹大的两匹小的，大的……大的……人家说，那鼻子，就只一根鼻子比咱家烧火的叉子还长……”

他的脸色完全没有变动。我从他的左边跑到他的右边，又从右边跑到左边：

“是不是呢？有二伯，你说是不是……你也没看见过？”

因为我是倒退着走，被一条露在地面上的树根绊倒了。

“好好走！”他也并没有拉我。

我自己起来了。

公园的末角上，有一座茶亭，我想他到这个地方来，他是渴了！但他没有走进茶亭去，在茶亭后边，有和房子差不多，是席子搭起来的小房。

他把我领进去了，那里边黑洞洞的，最里边站着一个人，比画着，还打着什么竹板。有二伯一进门，就靠边坐在长板凳上，我就站在他的膝盖前，我的腿站得麻木了的时候，我也不能懂得那人是在干什么。他还和姑娘似的带着一条辫子，他把腿伸开了一只，像打拳的样子，又缩了回来，又把一只手往外推着……就这样走了一圈，接着又“叭”打了一下竹板。唱戏不像唱戏，耍猴不像耍猴，好像卖膏药的，可是我也看不见有人买膏药。

后来我就不向前边看，而向四面看，一个小孩也没有。前面的板凳一空下来，有二伯就带着我升到前面去，我也坐下来，但我坐不住，我总想看那大象。

“二伯，咱们看大象去吧，不看这个。”

他说：“别闹，别闹，好好听……”

“听什么，那是什么？”

“他说的是关公斩蔡阳……”

“什么关公哇？”

“关老爷，你没去过关老爷庙吗？”

我想起来了，关老爷庙里，关老爷骑着红色的马。

“对吧！关老爷骑着红色……”

“你听着……”他把我的话截断了。

我听了一会还是不懂，于是我转过身来，面向后坐着，还有一个瞎子，他的每一个眼球上盖着一个白泡。还有一个一条腿的人，手里还拿着木杖。坐在我旁边的人，那人的手包了起来，用一条布带挂到脖子上去。

等我听到“叭叭叭”的响了一阵竹板之后，有二伯还流了几颗眼泪。

我是一定要看大象的，回来的时候再经过白布棚我就站着不动了。

“要看，吃完晌饭再来看……”有二伯离开我慢慢的走着，“回去，回去吃完晌饭再来看。”

“不吗！饭我不吃，我不饿，看了再回去。”我拉住他的烟荷包。

“人家不让进,要买‘票’的,你没看见……那不是把门的人吗？”

“那咱们不好也买‘票’！”

“哪来的钱……买‘票’两个人要好几拾吊钱。”

“我看见啦，你有钱，刚才在那棚子里你不是还给那个人钱来吗？”我贴到他的身上去。

“那才给几个铜钱！多啦没有，你二伯多啦没有。”

“我不信，我看有一大堆！”我跷着脚尖，掀开了他的衣襟，把手探进他的衣兜里去。

“是吧！多啦没有吧！你二伯多啦没有，没有进财的道……也就是个月七成的看个小牌，赢两吊……可是输的时候也不少。哼哼。”他看着拿在我手里的五六个铜元。

“信了吧！孩子，你二伯多啦没有……不能有……”一边走下了木桥，他一边说着。

那马戏班子的喊声还是那么热烈的在我们的背后反复着。

有二伯在木桥下那围着一群孩子，抽签子的地方也替我抛上两个铜元去。

我一伸手就在铁丝上拉下一张纸条来，纸条在水碗里面立刻变出一个通红的“五”字。

“是个几？”

“那不明明是个五吗？”我用肘部击撞着他。

“我哪认得呀！你二伯一个字也不识，一天书也没念过。”

回来的路上，我就不断的吃着这五个糖球。

第二次，我看到有二伯偷东西，好像是第二年的夏天。因为那马蛇菜的花，开得过于鲜红，院心空场上的高草，长得比我的年龄还快，它超过我了，那草场上的蜂子、蜻蜓，还更来了一些不知名的小虫，也来了一些特殊的草种，它们还会开着花，淡紫色的，一串一串的，站在草场中，它们还特别的高，所以那花穗和小旗子一样动荡在草场上。

吃完了午饭，我是什么也不做，专等着小朋友们来，可是他们一个也不来。于是我就跑到粮食房子去，因为母亲在清早端了一个方盘走进去过。我想那方盘中……哼……一定是有点什么东西？

母亲把方盘藏得很巧妙，也不把它放在米柜上，也不放在粮食仓子上，她把它用绳子吊在房梁上了。我正在看着那奇怪的方盘的时候，我听到板仓里好像有耗子，也或者墙里面有耗子……总之，我是听到了一点响动……过了一会竟有了喘气的声音，我想不会是黄鼠狼子？我有点害怕，就故意用手拍着板仓，拍了两下，听听就什么也没有了……可是很快又有什么东西在喘气……呲呲的……好像肺管里面起着泡沫。

这次我有点暴躁：

“去！什么东西……”

有二伯的胸部和他红色的脖子从板仓伸出来一段……当时，我疑心我也许是在看着木偶戏！但那顶窗透进来的太阳证明给我，被那金红色液体的东西染着的正是有二伯尖长的突出的鼻子……他的胸膛在白色的单衫下面不能够再压制得住，好像小波浪似的在雨点里面任意的跳着。

他一点声音也没有作，只是站着，站着……他完全和一只受惊的公羊那般愚傻！

我和小朋友们，捉着甲虫，捕着蜻蜓，我们做这种事情，永不会厌倦。野草，野花，野的虫子，它们完全经营在我们的手里，从早晨到黄昏。

假若是个晴好的夜，我就单独留在草丛里边，那里有闪光的甲虫，有虫子低微的吟鸣，有高草摇着的夜影。

有时我竟压倒了高草，躺在上面，我爱那天空，我爱那星子……听人说过的海洋，我想也就和这天空差不多了。

晚饭的时候，我抱着一些装满了虫子的盒子，从草丛回来，经过粮食房子的旁边，使我惊奇的是有二伯还站在那里，破了的窗洞口露着他发青的嘴角和灰白的眼圈。

“院子里没有人吗？”好像是生病的人喑哑的喉咙。

“有！我妈在台阶上抽烟。”

“去吧！”

他完全没有笑容，他苍白，那头发好像墙头上跑着的野猫的毛皮。

饭桌上，有二伯的位置，那木凳上蹲着一匹小花狗。它戏耍着的时候，那卷尾巴和那铜铃完全引人可爱。

母亲投了一块肉给它。歪脖的厨子从汤锅里取出一块很大的骨头来……花狗跳到地上去，追了那骨头发了狂，那铜铃暴躁起来……

小妹妹笑得用筷子打着碗边，厨夫拉起围裙来擦着眼睛，母亲却把汤碗倒翻在桌子上了。

"快拿……快拿抹布来，快……流下来啦……"她用手按着嘴，可是总有些饭粒喷出来。

厨夫收拾桌子的时候，就点起煤油灯来，我面向着菜园坐在门槛上，从门道流出来的黄色的灯光当中，砌着我圆圆的头部和肩膀，我时时举动着手，揩着额头的汗水，每揩了一下，那影子也学着我揩了一下。透过我单衫的晚风，像是青蓝色的河水似的清凉……后街，粮米店的胡琴的声音也响了起来，幽远的回音，东边也在叫着，西边也在叫着……日里黄色的花变成白色的了，红色的花，变成黑色的了。

火一样红的马蛇菜的花也变成黑色的了。同时，那盘结着墙根的野马蛇菜的小花，就完全看不见了。

有二伯也许就踏着那些小花走去的，因为他太接近了墙根，我看着他……看着他……他走出了菜园的板门。

他一点也不知道，我从后面跟了上去。因为我觉得奇怪，他偷这东西做什么呢？也不好吃，也不好玩。

我追到了板门，他已经过了桥，奔向着东边的高岗。高岗上的去路，宽宏而明亮。两边排着的门楼在月亮下面，我把它们当成庙堂一般想象。

有二伯的背上那圆圆的小袋子我还看得见的时候，远处，在他的前方，就起着狗叫了。

第三次我看见他偷东西，也许是第四次……但这也就是最后的一次。

他掮了大澡盆从菜园的边上横穿了过去，一些龙头花被他撞掉下来。这次好像他一点也不害怕，那白洋铁的澡盆刚郎刚郎的埋没着他的头部在呻叫。

并且好像大块的白银似的，那闪光照耀得我很害怕，我靠到墙根上去，我几乎是发呆的站着。

我想：母亲抓到了他，是不是会打他呢？同时我又起了一种佩服他的心情："我将来也敢和他这样偷东西吗？"

但我又想：我是不偷这东西的，偷这东西干什么呢？这样大，放到哪里母亲也会捉到的。

但有二伯却顶着它像是故事里银色的大蛇似的走去了。

以后，我就没有看到他再偷过。但我又看到了别样的事情，那更危险，而且又常常发生，比方我在高草中正捏住了蜻蜓的尾巴……鼓冬……板墙上有一块大石头似的抛了过来，蜻蜓无疑的是飞了。比方夜里我就不敢再沿着那道板墙去捉蟋蟀，因为不知什么时候有二伯会从墙顶落下来。

丢了澡盆之后，母亲把三道门都下了锁。

所以小朋友们之中，我的蟋蟀捉得最少。因此我就怨恨有二伯：

"你总是跳墙，跳墙……人家蟋蟀都不能捉了！"

"不跳墙……说得好，有谁给开门呢？"他的脖子挺得很直。

"杨厨子开吧……"

"杨……厨子……哼……你们是家里人……支使得动他……你二伯……"

"你不会喊！叫他……叫他听不着，你就不会打门……"我的两只手，向两边摆着。

"哼……打门……"他的眼睛用力往低处看去。

"打门再听不着，你不会用脚踢……"

"踢……锁上啦……踢他干什么！"

"那你就非跳墙不可，是不是？跳也不轻轻跳，跳得那样吓人？"

"怎么轻轻的？"

"像我跳墙的时候，谁也听不着，落下来的时候，是蹲着……两只膀子张开……"我平地就跳了一下给他看。

"小的时候是行啊……老了，不行啦！骨头都硬啦！你二伯比你大六十岁，哪儿还比得了？”

他嘴角上流下来一点点的笑来。右手拿抓着烟荷包，左手摸着站在旁边的大白狗的耳朵……狗的舌头舐着他。

可是我总也不相信，怎么骨头还会硬与不硬？骨头不就是骨头吗？猪骨头我也咬不动，羊骨头我也咬不动，怎么我的骨头就和有二伯的骨头不一样？

所以，以后我拾到了骨头，就常常彼此把它们磕一磕。遇到同伴比我大几岁的，或是小一岁的，我都要和他们试试，怎样试呢？撞一撞拳头的骨节，倒是软多少硬多少？但总也觉不出来。若用力些就撞得很痛，第一次来撞的是哑巴——管事的女儿。起先她不肯，我就告诉她：

“你比我小一岁，来试试，人小骨头是软的，看看你软不软？”

当时，她的骨节就红了，我想：她的一定比我软。可是，看看自己的也红了。

有一次，有二伯从板墙上掉下来。他摔破了鼻子。

“哼！没加小心……一只腿下来……一只腿挂在墙上……哼！闹个大头朝下……”

他好像在嘲笑着他自己，并不用衣襟或是什么揩去那血，看起来，在流血的似乎不是他自己的鼻子，他挺着很直的背脊走向厢房去，血条一面走着一面更多的画着他的前襟。已经染了血的手是垂着，而不去按住鼻子。

厨夫歪着脖子站在院心，他说：

“有二爷，你这血真新鲜……我看你多摔两个也不要紧……

“哼，小伙子，谁也从年青过过！就不用挖苦……慢慢就有啦……”他的嘴还在血条里面笑着。

过一会，有二伯裸着胸脯和肩头，站在厢房门口，鼻子孔塞着两块小东西，他喊着：

“老杨……杨安……有单褂子借给穿穿……明天这件干啦，就把你的脱下来……我那件掉了膀子。夹的送去做，还没倒出工夫去拿……”他手里抖着那件洗过的衣裳。

“你说什么？”杨安几乎是喊着，“你送去做的夹衣裳还没倒出工夫去拿？有二爷真是忙人！衣服做都做好啦……拿一趟就没有工夫去拿……有二爷真是二爷，将来要用个跟班的啦……”

我爬着梯子，上了厢房的房顶，听着街上是有打架的，上去看一看。房顶上的风很大，我打着颤子下来了。有二伯还赤着臂膀站在檐下。那件湿的衣裳在绳子上拍拍的被风吹着。

点灯的时候，我进屋去加了件衣裳，很例外我看到有二伯单独的坐在饭桌的屋子里喝酒，并且更奇怪的是杨厨子给他盛着汤。

“我各自盛吧！你去歇歇吧……”有二伯和杨安争夺着汤盆里的勺子。

我走去看看，酒壶旁边的小碟子里还有两片肉。

有二伯穿着杨安的小黑马褂，腰带几乎是束到胸脯上去。他从来不穿这样小的衣裳，我看他不像个有二伯，像谁呢？也说不出来。他嘴在嚼着东西，鼻子上的小塞还会动着。

本来只有父亲晚上回来的时候，才单独的坐在洋灯下吃饭。在有二伯，就很新奇，所以我站着看了一会。

杨安像个弯腰的瘦甲虫，他跑到客室的门口去……

“快看看……”他歪着脖子，“都说他不吃羊肉……不吃羊肉……肚子太小，怕是胀破了……三大碗羊汤喝完啦……完啦……哈哈哈……”他小声的笑着，做着手势，放下了门帘。

又一次，完全不是羊肉汤……而是牛肉汤……可是当有二伯拿起了勺子，杨安就说：

“羊肉汤……”

他就把勺子放下了，用筷子夹着盘子里的炒茄子，杨安又告诉他：

“羊肝炒茄子。”

他把筷子去洗了洗，他自己到碗橱去拿出了一碟酱咸菜，他还没有拿到桌子上，杨安又说：

“羊……”他说不下去了。

“羊什么呢……”有二伯看着他：

“羊……羊……唔……是咸菜呀……嗯！咸菜里边说干净也不干净……”

“怎么不干净？”

“用切羊肉的刀切的咸菜。”

“我说杨安，你可不能这样……”有二伯离着桌子很远，就把碟子摔了上去，桌面过于光滑，小碟在上面呱呱的跑着，撞在另一个盘子上才停住。

“你杨安……可不用欺生……姓姜的家里没有你……你和我也是一样，是个外棵秧！年青人好好学……怪模怪样的……将来还要有个后成……”

“呃呀呀！后成！就算绝后一辈子吧……不吃羊肠……麻花铺子炸面鱼，假腥气……不吃羊肠，可吃羊肉……别装扮着啦……”杨安的脖子因为生气直了一点。

“兔羔子……你他妈……阳气什么？”有二伯站起来向前走去。

“有二爷，不要动那样大的气……气大伤身不养家……我说，咱爷俩都是跑腿子……说个笑话……开个心……”厨子嗷嗷的笑着，“哪里有羊肠呢……说着玩……你看你就不得了啦……”

好像站在公园里的石人似的，有二伯站在地心。

“……别的我不生气……闹笑话，也不怕闹……可是我就忌讳这羊……这不是好闹笑话的……前年我不知道吃过一回……后来知道啦，病了半个多月……后来这脖上生了一块疮算是好啦……吃一回羊肉倒不算什么……就是心里头放不下，就好像背了自己的良心……背良心的事不做……做了那后悔是受不住的。有二不吃羊肉也就是为的这个……”喝了一口冷水之后，他还是抽烟。

别人一个一个的开始离开了桌子……

从此有二伯的鼻子常常塞着小塞，后来又说腰痛，后来又说腿痛。他走过院心不像从前那么挺直，有时身子向一边歪着，有时用手拉住自己的腰带……大白狗跟着他前后的跳着的时候，他躲闪着它：

“去吧……去吧！”他把手梢缩在袖子里面，用袖口向后扫摆着。

但，他开始诅骂更小的东西，比方一块砖头打在他的脚上，他就坐下来，用手按住那砖头，好像他疑心那砖头会自己走到他脚上来的一样。若当鸟雀们飞着时，有什么脏污的东西落在他的袖子或是什么地方，他就一面抖掉它，一面对着那已经飞过去的小东西讲着话：

“这东西……啊哈！会找地方，往袖子上掉……你也是个瞎眼睛，掉，就往那个穿绸穿缎的身上掉！往我这掉也是白……穷跑腿子……”

他擦净了袖子，又向他头顶上那块天空看了一会，才重新走路。

板墙下的蟋蟀没有了，有二伯也好像不再跳板墙了。早晨厨子挑水的时候，他就跟着水桶通过板门去，而后向着井沿走，就坐在井沿旁的空着的碾盘上。差不多每天我拿了钥匙放小朋友们进来时，他总是在碾盘上招呼着：

“花子……等一等你二伯……”我看他像鸭子在走路似的。“你二伯真是不行了……眼看着……眼看着孩子们往这面来，可是你二伯就追不上……”

他一进了板门，又坐在门边的木樽上。他的一只脚穿着袜子，另一只的脚趾捆了一段麻绳，他把麻绳抖开，在小布片下面，那肿胀的脚趾上还腐了一小块。好像茄子似的脚趾，他又把它包扎起来。

“今年的运气十分不好……小毛病紧着添……”他取下来咬在嘴上的麻绳。

以后当我放小朋友进来的时候，不是有二伯招呼着我，而是我招呼着他。因为关了门，他再走到门口，给他开门的人也还是我。

在碾盘上不但坐着，他后来就常常睡觉，他睡得就像完全没有了感觉似的，有一个花鸭子伸着脖颈啄着他的脚心，可是他没有醒，他还是把脚伸在原来的地方。碾盘在太阳下闪着光，他像是睡在圆镜子上边。

我们这些孩子们抛着石子和飞着沙土，我们从板门冲出来，跑到井沿上去，因为井沿上有更多的石子，我把我的衣袋装满了它们，我就蹲在碾盘后和他们作战，石子在碾盘上“叭”“叭”，好像还冒着一道烟。

有二伯闭着眼睛忽然抓了他的烟袋：

“王八蛋，干什么……还敢来……还敢上……”

他打着他的左边和右边，等我们都集拢来看他的时候，他才坐起来。

“……妈的……做了一个梦……那条道上的狗真多……连小狗崽也上来啦……让我几烟袋锅子就全数打了回去……”他揉一揉手骨节，嘴角上流下笑来，“妈的……真是那么个滋味……做梦狗咬啦呢……醒啦还有点疼……”

明明是我们打来的石子，他说是小狗崽，我们都为这事吃惊而得意。跑开了，好像散开的鸡群，吵叫着，展着翅膀。

他打着呵欠：“呵……呵呵……”在我们背后像小驴子似的叫着。

我们回头看他，他和要吞食什么一样，向着太阳张着嘴。

那下着毛毛雨的早晨，有二伯就坐到碾盘上去了。杨安担着水桶从板门来来往往的走了好几回……杨安锁着板门的时候，他就说：

“有二爷子这几天可真变样……那神气，我看几天就得进庙啦……”

我从板缝往西边看看，看不清是有二伯，好像小草堆似的，在雨里边浇着。

“有二伯……吃饭啦！”我试着喊了一声。

回答我的，只是我自己的回响：“呜呜”的在我的背后传来。

“有二伯，吃饭啦！”这次把嘴唇对准了板缝。

可是回答我的又是“呜呜”。

下雨的天气永远和夜晚一样，到处好像空瓶子似的，随时被吹着随时发着响。

“不用理他……”母亲在开窗子，“他是找死……你爸爸这几天就想收拾他呢……”

我知道这“收拾”是什么意思：打孩子们叫“打”，打大人就叫“收拾”。

我看到一次，因为看纸牌的事情，有二伯被管事的“收拾”了一回。可是父亲，我还没有看见过，母亲向杨厨子说：

“这几年来，他爸爸不屑理他……总也没在他身上动过手……可是他的骄毛越长越长……贱骨头，非得收拾不可……若不然……他就不自在。”

母亲越说“收拾”我就越有点害怕，在什么地方“收拾”呢？在院心，管事的那回可不是在院心，是在厢房的炕上。那么这回也要在厢房里！是不是要拿着烧火的叉子？那回管事的可是拿着。我又想起来小哑巴，小哑巴让他们踏了一脚，手指差一点没有踏断。到现在那小手指还不是弯着吗？

有二伯一面敲着门一面说着：

“大白……大白……你是没心肝的……你早晚……”等大白狗从板墙跳出去，他又说：“去……去……”

“开门！没有人吗？”

我要跑去的时候，母亲按住了我的头顶：“不用你显勤快！让他站一会吧，不是吃他饭长的……”

那声音越来越大了，真是好像用脚踢着。

“没有人吗？”每个字的声音完全喊得一平。

“人倒是有，倒不是侍候你的……你这份老爷子不中用……”母亲的说话，不知有二伯听到没有听到。

但那板门暴乱起来：

“死绝了吗？人都死绝啦……”

“你可不用假装疯魔……有二，你骂谁呀……对不住你吗？”母亲在厨房里叫着，“你的后半辈吃谁的饭来的……你想想，睡不着觉思量思量……有骨头，别吃人家的饭？讨饭吃，还嫌酸……”

并没有回答的声音，板墙隆隆的响着，等我们看到他，他已经是站在墙这边了。

“我……我说……四妹子……你二哥说的是杨安，家里人……我是不说的……你二哥，没能耐不是假的，可是吃这碗饭，你可也不用委曲……”我奇怪要打架的时候，他还笑着：“有四兄弟在……算账咱们和四兄弟算……”

“四兄弟……四兄弟屑得跟你算……”母亲向后推着我。

“不屑得跟你二哥算……哼！哪天咱们就算算看……哪天四兄弟不上学堂……咱们就算算看……”他哼哼的，好像水洗过的小瓦盆似的没有边檐的草帽切着他的前额。

他走过的院心上，一个一个的留下了泥窝。

“这死鬼……也不死……脚烂啦！还一样会跳墙……”母亲像是故意让他听到。

“我说四妹子……你们说的是你二哥……哼哼……你们能说出口来？我死……人不好那样，谁都是爹娘养的，吃饭长的……”他拉开了厢房的门扇，就和拉着一片石头似的那样用力，但他并不走进去。“你二哥，在你家住了三十多年……哪一点对不住你们；拍拍良心……一根草棍也没给你们糟蹋过……唉……四妹子……这年头……没处说去……没处说去……人心看不见……”

我拿着满手的柿子，在院心滑着跳着跑到厢房去，有二伯在烤着一个温暖的火堆，他坐得那么刚直，和门旁那只空着的大坛子一样。

“滚……鬼头鬼脑的……干什么事？你们家里头尽是些耗子。”我站在门口还没有进去，他就这样的骂着我。

我想：可真是，不怪杨厨子说，有二伯真有点变了。他骂人也骂得那么奇怪，尽是些我不懂的话，“耗子”，“耗子”与我有什么关系！说它干什么？

我还是站在门边，他又说：

“王八羔子……兔羔子……穷命……狗命……不是人……在人里头缺点什么……”他说的是一套一套的，我一点也记不住。

我也学着他，把鞋脱下来，两个鞋底相对起来，坐在下面。

“你这孩子……人家什么样，你也什么样！看着葫芦就画瓢……

那好的……新新的鞋子就坐……”他的眼睛就像坛子上没有烧好的小坑似的向着我。

“那你怎么坐呢！”我把手伸到火上去。

“你二伯坐……你看看你二伯这鞋……坐不坐都是一样，不能要啦！穿啦它二年整。”把鞋从身下抽出来，向着火看了许多工夫。他忽然又生起气来……

“你们……这都是天堂的呀……你二伯像你那大……靡穿过鞋……哪来的鞋呢？放猪去，拿着个小鞭子就走……一天跟着太阳出去……又跟着太阳回来……带着两个饭团就算是晌饭……你看看你们……馒头干粮，满院子滚！我若一扫院子就准能捡着几个……你二伯小时候连馒头边都……都摸不着哇！如今……连大白狗都不去吃啦……”

他的这些话若不去打断他，他就会永久说下去：从幼小说到长大，再说到锅台上的瓦盆……再从瓦盆回到他幼年吃过的那个饭团上去。我知道他又是这一套，很使我起反感，我讨厌他，我就把红柿子放在火上去烧着，看一看烧熟是个什么样。

“去去……哪有你这样的孩子呢？人家烘点火暖暖……你也必得弄灭它……去，上一边去烧去……”他看着火堆喊着。

我穿上鞋就跑了，房门是开着，所以那骂的声音很大：

“鬼头鬼脑的，干些什么事？你们家里……尽是些耗子……”

有二伯和后园里的老茄子一样，是灰白了，然而老茄子一天比一天静默下去，好像完全任凭了命运。可是有二伯从东墙骂到西墙，从扫地的扫帚骂到水桶……而后他骂着他自己的草帽……

“……王八蛋……这是什么东西……去你的吧……没有人心！夏不遮凉，冬不抗寒……”

后来他还是把草帽戴上，跟着杨厨子的水桶走到井沿上去，他并不坐到石碾上，跟着水桶又回来了。

“王八蛋……你还算个牲口……你黑心粒……”他看看墙根的猪说。

他一转身又看到了一群鸭子：

“哪天都杀了你们……一天到晚呱呱的……他妈的若是个人，也是个闲人。都杀了你们……别享福……吃得溜溜胖……溜溜肥……”

后园里的葵花籽，完全成熟了，那过重的头柄几乎折断了它自己的身子。玉米有的只带了叶子站在那里，有的还挂着稀少的玉米棒。黄瓜老在架上了，赭黄色的，麻裂了皮，有的束上了红色的带子，母亲规定了它们：来年做为种子。葵花籽也是一样，在它们的颈间也有的是挂了红布条。只有已经发了灰白的老茄子还都自由的吊在枝棵上，因为它们的内面，完全是黑色的子粒，孩子们既然不吃它，厨子也总不采它。

只有红柿子，红得更快，一个跟着一个，一堆跟着一堆。好像捣衣裳的声音，从四面八方传来了一样。

有二伯在一个清凉的早晨，和那捣衣裳的声音一道倒在院心了。

我们这些孩子们围绕着他，邻人们也围绕着他，但当他爬起来的时候，邻人们又都向他让开了路。

他跑过去。又倒下来了。父亲好像什么也没做，只在有二伯的头上拍了一下。

照这样做了好几次，有二伯只是和一条卷虫似的滚着。

父亲却和一部机器似的那么灵巧。他读书看报时的眼镜也还戴着，他叉着腿，有二伯来了的时候，我看见他的白绸衫的襟角很和谐的抖了一下。

“有二……你这小子混蛋……一天到晚，你骂什么……有吃有喝，你还要挣命……你个祖宗的！”

有二伯什么声音也没有。倒了的时候，他想法子爬起来，爬起来他就向前走着，走到父亲的地方他又倒了下来。

等他再倒了下来的时候，邻人们也不去围绕着他。母亲始终是站在台阶上。杨安在柴堆旁边，胸前立着竹帚……邻家的老祖母在板门外被风吹着她头上的蓝色的花。还有管事的……还有小哑巴……

还有我不认识的人，他们都靠到墙根上去。

到后来有二伯枕着他自己的血，不再起来了，脚趾上扎着的那块麻绳脱落在旁边，烟荷包上的小圆葫芦，只留了一些片沫在他的左近。鸡叫着，但是跑得那么远……只有鸭子来啄食那地上的血液。

我看到一个绿头顶的鸭子和一个花脖子的。

冬天一来了的时候，那榆树的叶子，连一棵也不能够存在，因为是一棵孤树，所有从四面来的风，都摇得到它。所以每夜听着火炉盖上茶壶咝咝的声音的时候，我就从后窗看着那棵大树，白的，穿起了鹅毛似的……连那顶小的枝子也胖了一些。太阳来了的时候，榆树也会闪光，和闪光的房顶，闪光的地面一样。

起初，我们是玩着堆雪人，后来就厌倦了，改为拖狗爬犁了，大白狗的脖子上每天束着绳子，杨安给我们做起来的爬犁。起初，大白狗完全不走正路，它往狗窝里面跑，往厨房里面跑。我们打着它，终于使它习惯下来，但也常常兜着圈子，把我们全数扣在雪地上。它每这样做了一次，我们就一天不许它吃东西，嘴上给他挂了龙头。

但这它又受不惯，总是闹着，叫着……用腿抓着雪地，所以我们把它束到马桩子上。

不知为什么，有二伯把它解了下来，他的手又颤颤得那么厉害。

而后他把狗牵到厢房里去，好像牵着一匹小马一样……

过了一会出来了，白狗的背上压着不少东西：草帽顶，铜水壶，豆油灯碗，方枕头，团蒲扇……小圆筐……好像一辆搬家的小车。

有二伯则挟着他的棉被。

“二伯！你要回家吗？”

他总常说“走走”。我想“走”就是回家的意思。

“你二伯……嗯……”那被子流下来的棉花一块一块的沾污了雪地，黑灰似的在雪地上滚着。

还没走到板门，白狗就停下了，并且打着，他有些牵不住它了。

“你不走吗？你……大白……”

我取来钥匙给他开了门。

在井沿的地方，狗背上的东西，就全都弄翻了。在石碾上摆着小圆筐和铜茶壶这一切。

“有二伯……你回家吗？”若是不回家为什么带着这些东西呢！

“嗯……你二伯……”

白狗跑得很远的了。

“这儿不是你二伯的家，你二伯别处也没有家。”

“来……”他招呼着大白狗，“不让你背东西……就来吧……”

他好像要去抱那狗似的张开了两臂。

“我要等到开春……就不行……”他拿起了铜水壶和别的一切。

我想他是一定要走了。

我看着远处白雪里边的大门。

但他转回身去，又向着板门走了回来，他走动的时候，好像肩上担着水桶的人一样，东边摇着，西边摇着。

“二伯，你是忘下了什么东西？”

但回答着我的只有水壶盖上的铜环……咯铃铃咯铃铃……

他是去牵大白狗吧？对这件事我很感到趣味，所以我抛弃了小朋友们，跟在有二伯的背后。

走到厢房门口，他就进去了，戴着龙头的白狗，他像没有看见它。

他是忘下了什么东西？

但他什么也不去拿，坐在炕沿上，那所有的全套的零碎完全照样在背上和胸上压着他。

他开始说话的时候，连自己也不能知道我是已经向着他的旁边走去。

“花子！你关上门……来……”他按着从身上退下来的东西……“你来看看！”

我看到的是些什么呢？

掀起席子来，他抓了一把：

“就是这个……”而后他把谷粒抛到地上，“这不明明是往外撵我吗……腰疼……腿疼没有人看见……这炕暖倒记住啦！说是没有米吃，这谷子又潮湿……垫在这炕下炀几天……十几天啦……一寸多厚……烧点火还能热上来……暖……想是等到开春……这衣裳不抗风……”

他拿起扫帚来，扫着窗棂上的霜雪，又扫着墙壁：

“这是些什么？吃糖可就不用花钱？”

随后他烧起火来，柴草就着在灶口外边，他的胡子上小白冰溜变成了水，而我的眼睛流着泪……那烟遮没了他和我。

他说他七岁上被狼咬了一口，八岁上被驴子踢掉一个脚趾……我问他：

“老虎，真的，山上的你看见过吗？”

他说：“那倒没有。”

我又问他：

“大象你看见过吗？”

而他就不说到这上面来。他说他放牛放了几年，放猪放了几年……

“你二伯三个月没有娘……六个月没有爹……在叔叔家里住到整整七岁，就像你这么大……”

“像我这么大怎么的呢？”他不说到狼和虎我就不愿意听。

“像你那么大就给人家放猪去啦吧……”

“狼咬你就是像我那大咬的？咬完啦，你还敢再上山不敢啦……”

“不敢，哼……在自家里是孩子……在别人就当大人看……不敢……不敢……回家去……你二伯也是怕呀……为此哭过一些……好打也挨过一些……”

我再问他：“狼就咬过一回？”

他就不说狼，而说一些别的：又是哪年他给人家当过喂马的……又是我爷爷怎么把他领到家里来的……又是什么五月里樱桃开花啦……又是“你二伯前些年也想给你娶个二大娘……”

我知道他又是从前那一套，我冲开了门站在院心去了。被烟所伤痛的眼睛什么也不能看了，只是流着泪……

但有二伯摊在火堆旁边，幽幽的起着哭声……

我走向上房去了，太阳晒着我，还有别的白色的闪光，它们都来包围了我；或是在前面迎接着，或是从后面追赶着我站在台阶上，向四面看看，那么多纯白而闪光的房顶！那么多闪光的树枝！它们好像白石雕成的珊瑚树似的站在一些房子中间。

有二伯的哭声更高了的时候，我就对着这眼前的一切更爱：它们多么接近，比方雪地是踏在我的脚下，那些房顶和树枝就是我的邻家，太阳虽然远一点，然而也来照在我的头上。

春天，我进了附近的小学校。

有二伯从此也就不见了。

九月四日，一九三六年，东京

后花园[1]

后花园五月里就开花的，六月里就结果子，黄瓜、茄子、玉蜀黍、大芸豆、冬瓜、西瓜、西红柿，还有爬着蔓子的倭瓜。这倭瓜蔓往往会爬到墙头上去，而后从墙头它出去了，出到院子外边去了。就向着大街，这倭瓜蔓上开了一朵大黄花。

正临着这热闹闹的后花园，有一座冷清清的黑洞洞的磨房，磨房的后窗子就向着花园。刚巧沿着窗外的一排种的是黄瓜。这黄瓜虽然不是倭瓜，但同样会爬蔓子的，于是就在磨房的窗棂上开了花，而且巧妙的结了果子。

在朝露里，那样嫩弱的须蔓的梢头，好像淡绿色的玻璃抽成的，不敢去触，一触非断不可的样子。同时一边结着果，一边攀着窗棂往高处伸张，好像它们彼此学着样，一个跟一个都爬上窗子来了。到六月，窗子就被封满了，而且就在窗棂上挂着滴滴嘟嘟的大黄瓜、小黄瓜，瘦黄瓜、胖黄瓜，还有最小的小黄瓜妞儿，头顶上还正在顶着一朵黄花还没有落呢。

---

① 该篇首刊于 1940 年 4 月 15 至 25 日香港《大公报》副刊《文艺综合》与《学生界》，署名萧红。

于是随着磨房里打着铜筛罗的震抖，而这些黄瓜也就在窗子上摇摆起来了。铜罗在磨夫的脚下，东踏一下它就“咚”，西踏一下它就“咚”；这些黄瓜也就在窗子上滴滴嘟嘟的跟着东边“咚”，西边“咚”。

六月里，后花园更热闹起来了，蝴蝶飞，蜻蜓飞，螳螂跳，蚂蚱跳。大红的外国柿子都红了，茄子青的青、紫的紫，溜明湛亮，又肥又胖，每一棵茄秧上结着三四个、四五个。玉蜀黍的缨子刚刚才出缨，就各色不同，好比女人绣花的丝线夹子打开了，红的绿的，深的浅的，干净得过分，简直不知道它为什么那样干净，不知怎样它才那样干净的，不知怎样才做到那样的，或者说它是刚刚用水洗过，或者说它是用膏油涂过。但是又都不像，那简直是干净得连手都没有上过。

然而这样漂亮的缨子并不发出什么香气，所以蜂子、蝴蝶永久不在它上边搔一搔，或是吮一吮。

却是那些蝴蝶乱纷纷，在那些正开着的花上闹着。

后花园沿着主人住房的一方面，种着一大片花草。因为这园主并非怎样精细的人，而是一位厚敦敦的老头。所以他的花园多半变成菜园了。其做种花的部分，也没有什么好花，比如马蛇菜、爬山虎、胭粉豆、小龙豆……这都是些草本植物，没有什么高贵的。到冬天就都埋在大雪里边，它们都死去了。春天打扫干净了这个地盘，再重种起来。有的甚或不用下种，它就自己出来了，好比大菽茨，那就是每年也不用种，它就自己出来的。它自己的种子，今年落在地上没有人去拾它，明年它就出来了；明年落了子，又没有人去采它，它就又自己出来了。

这样年年代代，这花园无处不长着花。墙根上，花架边，人行道的两旁，有的竟长在倭瓜或者黄瓜一块去了。那讨厌的倭瓜的丝蔓竟缠绕在它的身上，缠得多了，把它拉倒了。

可是它就倒在地上仍旧开着花。

铲地的人一遇到它，总是把它拔了，可是越拔它越生得快，那第一班开过的花子落下，落在地上，不久它就生出新的来。所以铲也铲不尽，拔也拔不尽，简直成了一种讨厌的东西了。还有那些被倭瓜缠住了的，若想拔它，把倭瓜也拔掉了，所以只得让它横躺竖卧的在地上，也不能不开花。

长得非常之高，五六尺高，和玉蜀黍差不多一般高，比人还高了一点，红辣辣的开满了一片。

人们并不把它当做花看待，要折就折，要断就断，要连根拔也都随便。到这园子里来玩的孩子随便折了一堆去，女人折了插满了一头。

这花园从园主一直到来游园的人，没有一个人是爱护这花的。这些花从来不浇水，任着风吹，任着太阳晒，可是却越开越红，越开越旺盛，把园子煊耀得闪眼，把六月夸奖得和水滚着那么热。

胭粉豆、金荷叶、马蛇菜都开得像火一般。

其中尤其是马蛇菜，红得鲜明晃眼，红得它自己随时要破裂流下红色汁液来。

从磨房看这园子，这园子更不知鲜明了多少倍，简直是金属的了，简直像在火里边烧着那么热烈。

可是磨房里的磨倌是寂寞的。

他终天没有朋友来访他，他也不去访别人，他记忆中的那些生活也模糊下去了，新的一样也没有。他三十多岁了，尚未结过婚，可是他的头发白了许多，牙齿脱落了好几个，看起来像是个青年的老头。阴天下雨，他不晓得；春夏秋冬，在他都是一样。和他同院的住些什么人，他不去留心；他的邻居和他住得很久了，他没有记得；住的是什么人，他没有记得。

他什么都忘了，他什么都记不得，因为他觉得没有一件事情是新鲜了。人间在他是全呆板的了。他只知道他自己是个磨倌，磨倌就是拉磨，拉磨之外的事情都与他毫无关系。

所以邻家的女儿，他好像没有见过；见过是见过的，因为他没有印象，就像没有见过差不多。

磨房里，一匹小驴子围着一盘青白的圆石转着。磨道下面，被驴子经年的踢踏，已经陷下去一圈小洼槽。小驴的眼睛是戴了眼罩的，所以它什么也看不见，只是绕着圈瞎走。嘴上也给戴上了笼头，怕它偷吃磨盘上的麦子。

小驴知道，一上了磨道就该开始转了，所以走起来一声不响，两个耳朵尖尖的竖得笔直。

磨倌坐在罗架上，身子有点向前探着。他的面前竖了一个木架，架上横着一个用木做成的乐器，那乐器的名字叫“梆子”。

每一个磨倌都用一个，也就是每一个磨房都有一个。旧的磨倌走了，新的磨倌来了，仍然打着原来的梆子。梆子渐渐变成个元宝的形状，两端高而中间陷下，所发出来的音响也就不好听了，不响亮，不脆快，而且“踏踏”的沉闷的调子。

冯二成的梆子正是已经旧了的。他自己说：

“这梆子有什么用？打在这梆子上就像打在老牛身上一样。”

他尽管如此说，梆子他仍旧是打了。

磨眼上的麦子没有了，他去添一添。从磨漏下来的麦粉满了一磨盘，他过去扫了扫。小驴的眼罩松了，他替它紧一紧。若是麦粉磨得太多了，应该上风车子了，他就把风车添满，摇着风车的大手轮，吹了起来，把麦皮都从风车的后部吹了出去。那风车是很大的，好像大象那么大。尤其是当那手轮摇起来的时候，呼呼的作响，麦皮混着冷风从洞口喷出来。这风车摇起来是很好看的，同时很好听。可是风车并不常吹，一天或两天才吹一次。

除了这一点点工作，冯二成子多半是站在罗架上，身子向前探着，他的左脚踏一下，右脚踏一下，罗底盖着罗床，那力量是很大的，连地皮都抖动了，和盖新房子时打地基的工夫差不多的，又沉重，又闷气，使人听了要睡觉的样子。

所有磨房里的设备都说过了，只不过还有一件东西没有说，那就是冯二成子的小炕了。那小炕没有什么好记载的。总之这磨房是简单、寂静、呆板。看那小驴竖着两个尖尖的耳朵，好像也不吃草也不喝水，只晓得拉磨的样子。冯二成子一看就看到小驴那两个直竖竖的耳朵，再看就看到墙下跑出的耗子，那滴溜溜亮的眼睛好像两盏小油灯似的。再看也看不见别的，仍旧是小驴的耳朵。

所以他不能不打梆子，从午间打起，一打打个通宵。

花儿和鸟儿睡着了，太阳回去了。大地变得清凉了好些。从后花园透进来的热气，凉爽爽的，风也不吹了，树也不摇了。

窗外虫子的鸣叫，远处狗的夜吠，和冯二成子的梆子混在一起，好像三种乐器似的。

磨房的小油灯忽闪闪的燃着（那油灯是在墙壁中间的，好像古墓里边站的长明灯似的），像有风吹着它似的。这磨房只有一扇窗子，还被挂满了黄瓜，把窗子遮得风雨不透。可是从哪里来的风？小驴也在响着鼻子抖擞着毛，好像小驴也着了寒了。

每天是如此：东方快启明的时候，朝露就先下来了，伴随着朝露而来的，是一种阴森森的冷气，这冷气冒着白烟似的沉重重的压到地面上来了。

落到屋瓦上，屋瓦从浅灰变到深灰色，落到茅屋上，那本来是浅黄的草，就变成深黄的了。因为露珠把它们打湿了，它们吸收了露珠的缘故。

惟有落到花上、草上、叶子上，那露珠是原形不变，并且由小聚大。大叶子上聚着大露珠，小叶子聚着小露珠。

玉蜀黍的缨穗挂上了霜似的，毛茸茸的。

倭瓜花的中心抱着一颗大水晶球。

剑形草是又细又长的一种野草，这野草顶不住太大的露珠，所以它的周身都是一点点的小粒。

等到太阳一出来时，那亮晶晶的后花园无异于昨天洒了水了。

冯二成子看一看墙上的灯碗，在灯芯上结了一个红橙橙的大灯花。他又伸手去摸一摸那生长在窗棂上的黄瓜，黄瓜跟水洗的一样。

他知道天快亮了，露水已经下来了。

这时候，正是人们睡得正熟的时候，而冯二成子就像更焕发了起来。他的梆子就更响了，他拼命，打，他用了全身的力量，使那梆子响得爆豆似的。不但如此，那磨房唱了起来了，他大声急呼的。好像他是照着民间所流传的，他是招了鬼了。他有意要把远近的人家都惊动起来，他竟乱打起来，他不把梆子打断了，他不甘心停止似的。

有一天下雨了。

雨下得很大，青蛙跳进磨房来好几个，有些蛾子就不断的往小油灯上扑，扑了几下之后，被烧坏了翅膀就掉在油碗里溺死了，而且不久蛾子就把油灯碗给掉满了，所以油灯渐渐的不亮下去，几乎连小驴的耳朵都看不清楚。

冯二成子想要添些灯油，但是灯油在上房里，在主人的屋里。

他推开门一看，雨真是大得不得了，瓢泼的一样，而且上房里也怕是睡下了，灯光不很大，只是影影绰绰的。也许是因为下雨上了风窗的关系，才那样黑混混的。

"十步八步跑过去，拿了灯油就跑回来。"冯二成子想。

但也是太大了，衣裳非都湿了不可；湿了衣裳不要紧，湿了鞋子可得什么时候干。

他推开房门看了好几次，也都是把房门关上了，没有跑过去。

可是墙上的灯又一闪一闪的要灭了，小驴的耳朵简直看不见了。他又打开门向上房看看，上房灭了灯了，院子里什么也看不见，只有隔壁赵老太太那屋还亮通通的，窗里还有咯咯的笑声。

那笑的是赵老太太的女儿。冯二成子不知为什么心里好不平静，他赶快关了门，赶快去拨灯碗，赶快走到磨架上，开始很慌张的打动着筛罗。可是无论如何那窗里的笑声好像还在那儿笑。

冯二成子打起梆子来，打了不几下，很自然的就会停住，又好像很愿意再听到那笑声似的。

"这可奇怪了，怎么像第一天那边住着人。"他自己想。

第二天早晨，雨过天晴了。

冯二成子在院子里晒他的那双湿得透透的鞋子时，偶一抬头看见了赵老太太的女儿，跟他站了个对面。冯二成子从来没和女人接近过，他赶快低下头去。

那邻家女儿是从井边来，提了满满的一桶水，走得非常慢。等她完全走过去了，冯二成子才抬起头来。

她那向日葵花似的大眼睛，似笑非笑的样子，冯二成子一想起来就无缘无故的心跳。

有一天，冯二成子用一个大盆在院子里洗他自己的衣裳，洗着洗着，一不小心，大盆从木凳滑落而打碎了。

赵老太太也在窗下缝着针线，连忙就喊她的女儿，把自家的大盆搬出来，借给他用。

冯二成子接过那大盆时，他连看都没看赵姑娘一眼，连抬头都没敢抬头，但是赵姑娘的眼睛像向日葵花那么大，在想象之中他比看见来得清晰。于是他的手好像抖着似的把大盆接过来了。他又重新打了点水，没有打很多的水，只打了一大盆底。

恍恍惚惚的衣裳也没有洗干净，他就晒起来了。

从那之后，他也并不常见赵姑娘，但他觉得好像天天见面的一样。尤其是到深夜，他常常听到隔壁的笑声。

有一天，他打了一夜梆子。天亮了，他的全身都酸了。他把小驴子解下来，拉到下过朝露的潮湿的院子里，看着那小驴打了几个滚，而后把小驴拴到槽子上去吃草。他也该是睡觉的时候了。

他刚躺下，就听到隔壁女孩的笑声，他赶快抓住被边把耳朵掩盖起来。

但那笑声仍旧在笑。

他翻了一个身，把背脊向着墙壁，可是仍旧不能睡。

他和那女孩相邻的住了两年多了，好像他听到她的笑还是最近的事情。他自己也奇怪起来。

那边虽是笑声停止了，但是又有别的声音了：刷锅，劈柴烧火的声音，件件样样都听得清清晰晰。而后，吃早饭的声音他都感觉到了。

这一天，他实在睡不着，他躺在那里心中十分悲哀，他把这两年来的生活都回想了一遍……

刚来的那年，母亲来看过他一次。从乡下给他带来一筐子黄米豆包。母亲临走的时候还流了眼泪说："孩儿，你在外边好好给东家做事，东家错待不了你的……你老娘这两年身子不大硬实。一旦有个一口气不来，只让你哥把老娘埋起来就算了事。人死如灯灭，你就是跑到家又能怎样！……可千万要听娘的话，人家拉磨，一天拉好多麦子，是一定的，耽误不得，可要记住老娘的话……"

那时，冯二成子已经三十六岁了，他仍很小似的，听了那话就哭了。他抬起头看看母亲，母亲确是瘦得厉害，而且也咳嗽得厉害。

"不要这样傻气，你老娘说是这样说，哪就真会离开了你们的。你和你哥哥都是三十多岁了，还没成家，你老娘还要看到你们……"

冯二成子想到"成家"两个字，脸红了一阵。

母亲回到乡下去，不久就死了。

他没有照着母亲的话做，他回去了，他和哥哥亲自送的葬。

是八月里辣椒红了的时候，送葬回来，沿路还摘了许多红辣椒，炒着吃了。

以后再想一想，就想不起什么来了。拉磨的小驴子仍旧是原来的小驴子。磨房也一点没有改变，风车也是和他刚来时一样，黑洞洞的站在那里，连个方向也没改换。筛罗子一踏起来它就"咚咚"响。他向筛罗子看了一眼，宛如他不去踏它，它也在响的样子。

一切都习惯了，一切都照着老样子。他想来想去什么也没有变，什么也没有多，什么也没有少。这两年是怎样生活的呢？他自己也不知道，好像他没有活过的一样。他伸出自己的手来，看看也没有什么变化；捏一捏手指的骨节，骨节也是原来的样子，尖锐而突出。

他又回想到他更远的幼小的时候去，在沙滩上煎着小鱼，在河里脱光了衣裳洗澡；冬天堆了雪人，用绿豆给雪人做了眼睛，用红豆做了嘴唇；下雨的天气，妈妈打来了，就往水洼中跑……妈妈因此而打不着他。

再想又想不起什么来，这时候他昏昏沉沉的要睡了去。

刚要睡着，他又被惊醒了，好几次都是这样。也许是炕下的耗子，也许是院子里什么人说话。

但他每次睁开眼睛，都觉得是邻家女儿惊动了他。他在梦中羞怯怯的红了好几次脸。

从这以后，他早晨睡觉时，他先站在地中心听一听，邻家是否有了声音。若是有了声音，他就到院子里拿着一把马刷子刷那小驴。

但是巧得很，那女孩子一清早就到院子来走动，一会出来拿一捆柴，一会出来泼一瓢水。总之，他与她从这以后，好像天天相见。

这一天八月十五，冯二成子穿了崭新的衣裳，刚刚理过头发回来，上房就嚷着：

"喝酒了，喝酒啦……"

因为过节是和东家同桌吃的饭，什么腊肉，什么松花蛋，样样皆有。其中下酒最好的要算凉拌粉皮，粉皮里外加着一束黄瓜丝，还有辣椒油洒在上面。

冯二成子喝足了酒，退出来了，连饭也没有吃，他打算到磨房去睡一觉。常年也不喝酒，喝了酒头有些昏。他从上房走出来，走到院子里碰到了赵老太太，她手里拿着一包月饼，正要到亲戚家去。她一见了冯二成子，她连忙喊着女儿说：

"你快拿月饼给老冯吃。过节了，在外边的跑腿人，不要客气。"

说完了，赵老太太就走了。

冯二成子接过月饼在手里，他看那姑娘满身都穿了新衣裳，脸上涂着胭脂和香粉。因为他怕难为情，他想说一声谢谢也没说出来，回身就进了磨房。

磨房比平日更冷清了，小驴也没有拉磨，磨盘上供着一块黄色的牌位，上面写着"白虎神之位"，燃了两根红蜡烛，烧着三炷香。

冯二成子迷迷昏昏的吃完了月饼，靠着罗架站着，眼睛望着窗外的花园。他一无所思的往外看着，正这时又有了女人的笑声，并且这笑声是熟悉的，但不知这笑声是从哪方面来的，后花园还是隔壁？

他一回身，就看见了邻家的女儿站在大开着的门口。

她的嘴是红的，她的眼睛是黑的，她的周身发着光辉，带着吸力。

他怕了，低了头不敢再看。

那姑娘自言自语的说：

“这儿还供着白虎神呢！”

说完，她的一个小同伴招呼着她就跑了。

冯二成子几乎要昏倒了，他坚持着自己，他睁大了眼睛，看一看自己的周遭，看一看是否在做梦。

这哪里是在做梦，小驴站在院子里吃草，上房还没有喝完酒的划拳的吵闹声仍还没有完结。他站到磨房外边，向着远处都看了一遍。远处的人家，有的在树林中，有的在白云中露着屋角，而附近的人家，就是同院子住着的也都恬静的在节日里边升腾着一种看不见的欢喜，流荡着一种听不见的笑声。

但冯二成子看着什么都是空虚的。寂寞的秋空的游丝，飞了他满脸，挂住了他的鼻子，绕住了他的头发。他用手把游丝揉擦断了，他还是往前看去。

他的眼睛充满了亮晶晶的眼泪，他的心中起了一阵莫名其妙的悲哀。

他羡慕在他左右跳着的活泼的麻雀，他妒恨房脊上咕咕叫的悠闲的鸽子。

他的感情软弱得像要瘫了的蜡烛似的。他心里想：鸽子你为什么叫？叫得人心慌！你不能不叫吗？游丝你为什么绕了我满脸？你多可恨！

恍恍惚惚他又听到那女孩子的笑声。

而且和闪电一般，那女孩子来到他的面前了，从他面前跑过去了，一转眼跑得无影无踪的。

冯二成子仿佛被卷在旋风里似的，迷迷离离的被卷了半天，而后旋风把他丢弃了。旋风自己跑去了，他仍旧是站在磨房外边。

从这以后，可怜的冯二成子害了相思病，脸色灰白，眼圈发紫，茶也不想吃，饭也咽不下，他一心一意的想着那邻家的姑娘。

读者们，你们读到这里，一定以为那磨房里的磨倌必得要和邻家女儿发生一点关系。其实不然的。后来是另外的一位寡妇。

世界上竟有这样谦卑的人，他爱了她，他又怕自己的身份太低，怕毁坏了她。他偷着对她寄托一种心思，好像他在信仰一种宗教一样。邻家女儿根本不晓得有这么一回事。

不久，邻家女儿来了说媒的，不久那女儿就出嫁了。

婆家来娶新媳妇的那天，抬着花轿子，打着锣鼓，吹着喇叭，就在磨房的窗外，连吹带打的热闹了起来。

冯二成子把头伏在梆子上，他闭了眼睛，他一动也不动。

那边姑娘穿了大红的衣裳，搽了胭脂粉，满手抓着铜钱，被人抱上了轿子。放了一阵炮仗，敲了一阵铜锣，抬起轿子来走了。

走得很远很远了，走出了街去，那打锣声只能嗞嗞啦啦听到一点。

冯二成子仍旧没有把头抬起，一直到那轿子走出几里路之外，就连被娶亲惊醒了的狗叫也都平静下去时，他才抬起头来。

那小驴蒙着眼罩静静的一圈一圈的在拉着空磨。

他看一看磨眼上一点麦子也没有了，白花花的麦粉流了满地。

那女儿出嫁以后，冯二成子常常和赵老太太攀谈，有的时候还到老太太的房里坐一坐。他不知为什么总把那老太太当做一位近亲来看待，早晚相见时，总是彼此笑笑。

这样也就算了，他觉得那女儿出嫁了反而随便了些。

可是这样过了没久，赵老太太也要搬家了，搬到女儿家去。

冯二成子帮着去收拾东西。在他收拾着东西时，他看见针线篓里有一个细小的白骨顶针。他想：这可不是她的？那姑娘又活跃跃的来到他的眼前。他看见了好几样东西，都是那姑娘的。刺花的围裙卷放在小柜门里，一团扎过了的红头绳子洗得干干净净的，用一块纸包着。他在许多乱东西里拾到这纸包，他打开一看，他问赵老太太，这头绳要放在哪里？老太太说：

“放在小梳头匣子里吧，我好给她带去。”

冯二成子打开了小梳头匣，他看见几根扣发针和一个假烧翡翠的戒指仍放在里边。他嗅到一种梳头油的香气。他想这一定是那姑娘的，他把梳头匣关了。

他帮着老太太把东西收拾好，装上了车，还牵着拉车的大黑骡子上前去送了一程。

送到郊外，迎面的菜花都开了，满野飘着香气。老太太催他回来，他说他再送一程。他好像对着旷野要高歌的样子，他的胸怀像飞鸟似的张着，他面向着前面，放着大步，好像他一去就不回来的样子。

可是冯二成子回来的时候，太阳还正晌午。虽然是秋天了，没有夏天那么鲜艳，但是到处飘着香气。高粱成熟了，大豆黄了秧子，野地上仍旧是红的红，绿的绿。冯二成子沿着原路往回走。走了一程，他还转回身去，向着赵老太太走去的远方望一望。但是连一点影子也看不见了。

蓝天凝结得那么严酷，连一些褶折也没有，简直像是用蓝色纸剪成的。他用了他所有的目力，探究着蓝色的天边外，是否还存在着一点点黑点，若是还有一个黑点，那就是赵老太太的车子了。可是连一个黑点也没有，实在是没有的，只有一条白亮亮的大路，向着蓝天那边爬去，爬到蓝天的尽头，这大路只剩了窄狭的一条。

赵老太太这一去什么时候再能够见到，没有和她约定时间，也没有和她约定地方。他想顺着大路跑去，跑到赵老太太的车子前面，拉住大黑骡子，他要向她说：

“不要忘记了你的邻居，上城里来的时候可来看我一次。”

但是车子一点影也没有了，追也追不上了。

他转回身来，仍走他的归途，他觉得这回来的路，比去的时候不知远了多少倍。

他不知为什么这次送赵老太太，比送他自己的亲娘还更难过。他想：人活着为什么要分别？既然永远分别，当初又何必认识！人与人之间又是谁给造了这个机会？既然造了机会，又是谁把机会给取消了！

他越走他的脚越沉重，他的心越空虚，就在一个有树荫的地方坐下来。他往四方左右望一望，他望到的，都是在劳动着的，都是在活着的，赶车的赶车，拉马的拉马，割高粱的人，满头流着大汗。还有的手被高粱秆扎破了，或是脚被扎破了，还浸浸的沁着血，而仍是不停的在割。他看了一看，他不能明白，这都是在做什么；他不明白，这都是为着什么。他想：你们那些手拿着的，脚踏着的，到了终归，你们是什么也没有的。你们没有了母亲，你们的父亲早早死了，你们该娶的时候，娶不到你们所想的；你们到老的时候，看不到你们的子女成人，你们就先累死了。

冯二成子看一看自己的鞋子掉底了，于是脱下鞋子用手提鞋子，站起来光着脚走。他越走越奇怪，本来是往回走，可是心越走越往远处飞。究竟飞到哪里去了，他自己也把捉不定。总之，他越往回走，他就越觉得空虚。路上他遇上一些推手车的，挑担的，他都用了奇怪的眼光看了他们一下：

你们是什么也不知道，你们只知道为你们的老婆孩子当一辈子牛马，你们都白活了，你们自己还不知道。你们要吃的吃不到嘴，要穿的穿不上身，你们为了什么活着，活得那么起劲！

他看见个卖豆腐脑的，搭着白布篷，篷下站着好几个人在吃。有的争着要多加点酱油，而那卖豆腐脑的偏偏给他加上几粒盐。卖豆腐脑的说酱油太贵，多加要赔本的。于是为着点酱油争吵了起来。冯二成子老远的就听他们在嚷嚷。他用斜眼看了那卖豆腐脑的：

“你这个小气人，你为什么那么苛刻？你都是为了老婆孩子！你要白白活这一辈子，你省吃俭用，到头你还不是个穷鬼！”

冯二成子这一路上所看到的几乎完全是这一类人。

他用各种眼光批评了他们。

他走了一会，转回身去看看远方，并且站着等了一会，好像远方会有什么东西自动向他飞来，又好像远方有谁在招呼着他。他几次三番的这样停下来，好像他侧着耳朵细听。但只有雀子的叫声从他头上飞过，其余没有别的了。

他又转身向回走，但走得非常迟缓，像走在荆蓁的草中。仿佛他走一步，被那荆蓁拉住过一次。

终于他全然没有了气力，全身和头脑。他找到一片小树林，他在那里伏在地上哭了一袋烟的工夫。他的眼泪落了一满树根。

他回想着那姑娘束了花围裙的样子，那走路的全身愉快的样子。他再想那姑娘是什么时候搬来的，他连一点印象也没有记住，他后悔他为什么不早点发现她。她的眼睛看过他两三次，他虽不敢直视过去，但他感觉得到，那眼睛是深黑的，含着无限情意的。他想到了那天早晨他与她站了个对面，那眼睛是多么大！那眼光是直逼他而来的。他一想到这里，他恨不得站起来扑过去。但是现在都完了，都去得无声无息的那么远了，也一点痕迹没有留下，也永久不会重来了。

这样广茫茫的人间，让他走到哪方面去呢？是谁让人如此，把人生下来，并不领给他一条路子，就不管他了。

黄昏的时候，他从地面上抓了两把泥土，他昏昏沉沉的站起来，仍旧得走着他的归路。

他好像失了魂魄的样子，回到了磨房。

看一看罗架好好的在那儿站着，磨盘好好的在那儿放着，一切都没有变动。吹来的风依旧是很凉爽的。从风车吹出来的麦皮仍旧在大篓子里盛着，他抓起一把放在手心上擦了擦，这都是昨天磨的麦子，昨天和今天是一点也没有变。他拿了刷子刷了一下磨盘，残余的麦粉冒了一阵白烟。这一切都和昨天一样，什么也没有变。耗子的眼睛仍旧是很亮很亮的跑来跑去。后花园静静的和往日里一样的没有声音。上房里，东家的太太抱着孙儿和邻居讲话，讲得仍旧和往常一样热闹。担水的往来在井边，有谈有笑的放着大步往来的跑，绞着井绳的转车喀啦喀啦的大大方方的响着。一切都是快乐的，有意思的。就连站在槽子那里的小驴，一看冯二成子回来了，也表示欢迎似的张开大嘴来叫了几声。冯二成子走上前去，摸一摸小驴的耳朵，而后从草包取一点草散在槽子里，而后又领着那小驴到井边去饮水。

他打算再工作起来，把小驴仍旧架到磨上，而他自己还是愿意鼓动着勇气打起梆子来。但是他未能做到，他好像丢了什么似的，好像是被人家抢去了什么似的。

他没有拉磨，他走到街上来荡了半夜，二更之后，街上的人稀疏了，都回家去睡觉去了。

他经过靠着缝衣裳来过活的老王那里，看她的灯还未灭，他想进去歇一歇脚也是好的。

老王是一个三十多岁的寡妇，因为生活的忧心，头发白了一半了。

她听了是冯二成子来叫门，就放下了手里的针线来给他开门了。还没等他坐下，她就把缝好的冯二成子的蓝单衫取出来了，并且说着：

“我这两天就想要给你送去，为着这两天活计多，多做一件，多赚几个，还让你自家来拿……”

她抬头一看冯二成子的脸色是那么冷落，她忙着问：

“你是从街上来的吗？是从哪儿来的？”

一边说着一边就让冯二成子坐下。

他不肯坐下，打算立刻就要走，可是老王说：

“有什么不痛快的？跑腿子在外的人，要舒心坦意。”

冯二成子还是没有响。

老王跑出去给冯二成子买了些烧饼来，那烧饼还是又脆又热的，还买了酱肉。老王手里有钱时，常常自己喝一点酒，今天也买了酒来。

酒喝到三更，王寡妇说：

“人活着就是这么的，有孩子的为孩子忙，有老婆的为老婆忙，反正做一辈子牛马。年轻的时候，谁还不是像一棵小树似的，盼着自己往大了长，好像有多少黄金在前边等着。可是没有几年，体力也消耗完了，头发黑的黑，白的白……”

她给他再斟一盅酒。

她斟酒时，冯二成子看她满手都是筋络，苍老得好像大麻的叶子一样。

但是她说的话，他觉得那是对的，于是他把那盅酒举起来就喝了。

冯二成子把近日的心情告诉了她。他说他对什么都是烦躁的，对什么都没有耐性了。他所说的，她都理解得很好，接着他的话，她所发的议论也和他的一样。

喝过了三更以后，冯二成子也该回去了。他站起来，抖擞一下他的前襟，他的感情宁静多了，他也清晰得多了，和落过雨后又复见了太阳似的，他还拿起老王在缝着的衣裳看看，问她一件夹袄的手工多少钱。

老王说："那好说，那好说，有夹袄尽管拿来做吧。"

说着，她就拿起一个烧饼，把剩下的酱肉通通夹在烧饼里，让冯二成子带着：

"过了半夜，酒要往上返的，吃下去压一压酒。"

冯二成子百般的没有要，开了门，出来了，满天都是星光；中秋以后的风，也有些凉了。

"是个月黑头夜，可怎么走！我这儿也没有灯笼……"

冯二成子说："不要，不要！"就走出来了。

在这时，有一条狗往屋里钻，老王骂着那狗：

"还没有到冬天，你就怕冷了，你就往屋里钻！"

因为是夜深了的缘故，这声音很响。

冯二成子看一看附近的人家都睡了。王寡妇也在他的背后闩上了门，适才从门口流出来的那道灯光，在闩门的声音里边，又被收了回去。

冯二成子一边看着天空的北斗星，一边来到了小土坡前。那小土坡上长着不少野草，脚踏在上边，绒绒乎乎的。于是他蹲了双腿，试着用指尖搔一搔，是否这地方可以坐一下。

他坐在那里非常宁静，前前后后的事情，他都忘得干干净净，他心里边没有什么骚扰，什么也没有想，好像什么也想不起来了。晌午他送赵老太太走的那回事，似乎是多少年前的事情。现在他觉得人间并没有许多人，所以彼此没有什么妨害，他的心境自由得多了，也宽舒得多了，任着夜风吹着他的衣襟和裤脚。

他看一看远近的人家，差不多都睡觉了，尤其是老王的那一排房子，通通睡了，只有王寡妇的窗子还透着灯光。他看了一会，他又把眼睛转到另外的方向去，有的透着灯光的窗子，眼睛看着看着，窗子忽然就黑了一个，忽然又黑了一个。屋子灭掉了灯，竟好像沉到深渊里边去的样子，立刻消灭了。

而老王的窗子仍旧是亮的，她的四周都黑了，都不存在了，那就更显得她单独的停在那里。

“她还没有睡呢！”他想。

她怎么还不睡？他似乎这样想了一下。是否他还要回到她那边去，他心里很犹疑。

等他不自觉的又回到老王的窗下时，他终于敲了她的门。里边应着的声音并没有惊奇，开了门让他进去。

这夜，冯二成子就在王寡妇家里结了婚了。

他并不像世界上所有的人结婚那样：也不跳舞，也不招待宾客，也不到礼拜堂去。而也并不像邻家姑娘那样打着铜锣，敲着大鼓。但是他们庄严得很，因为百感交集，彼此哭了一遍。

第二年夏天，后花园里的花草又是那么热闹，倭瓜淘气的爬上了树了，向日葵开了大花，惹得蜂子成群的闹着，大菽茨、爬山虎、马蛇菜、胭粉豆，样样都开了花。耀眼的耀眼，散着香气的散着香气。年年爬到磨房窗棂上来的黄瓜，今年又照样的爬上来了；年年结果子的，今年又照样的结了果子。

惟有墙上的狗尾草比去年更为茂盛，因为今年雨水多而风少。园子里虽然是花草鲜艳，而很少有人到园子里来，是依然如故。

偶然园主的小孙女跑进来折一朵大菽茨花，听到屋里有人喊着：

“小春，小春……”

她转身就跑回屋去，而后把门又轻轻的闩上了。

算起来就要一年了，赵老太太的女儿就是从这靠着花园的厢房出嫁的。在街上，冯二成子碰到那出嫁的女儿一次，她的怀里抱着一个小孩。

可是冯二成子也有了小孩了。磨房里拉起了一张白布帘子来，帘子后边就藏着出生不久的婴孩和孩子的妈妈。

又过了两年，孩子的妈妈死了。

冯二成子坐在罗架上打筛罗时，就把孩子骑在梆子上。夏昼十分热了，冯二成子把头垂在孩子的腿上，打着瞌睡。

不久，那孩子也死了。

后花园里经过了几度繁华，经过了几次凋零，但那大菽茨花它好像世世代代要存在下去的样子，经冬复历春，年年照样的在园子里边开着。

园主人把后花园里的房子都翻了新了，只有这磨房连动也没动，说是磨房用不着好房子的，好房子也让筛罗“咚咚”的震坏了。

所以磨房的屋瓦，为着风吹，为着雨淋，一排一排的都脱了节。每刮一次大风，屋瓦就要随着风在半天空里飞走了几块。

夏昼，冯二成子伏在梆子上，每每要打瞌睡。他瞌睡醒来时，昏昏庸庸的他看见眼前跳跃着无数条光线，他揉一揉眼睛，再仔细看一看，原来是房顶露了天了。

以后两年三年，不知多少年，他仍旧在那磨房里平平静静的活着。

后花园的园主也老死了，后花园也拍卖了。这拍卖只不过给冯二成子换了个主人。这个主人并不是个老头，而是个年轻的、爱漂亮、爱说话的，常常穿了很干净的衣裳来磨房的窗外，看那磨倌怎样打他的筛罗，怎样摇他的风车。

一九四〇，四

小城三月①

一

三月的原野已经绿了，像地衣那样绿，透出在这里，那里。郊原上的草，是必须转折了好几个弯儿才能钻出地面的，草儿头上还顶着那胀破了种粒的壳，发出一寸多高的芽子，欣幸的钻出了土皮。放牛的孩子，在掀起了墙脚下面的瓦时，找到了一片草芽子，孩子们回到家里告诉妈妈，说："今天草芽出土了！"妈妈惊喜的说："那一定是向阳的地方！"抢根菜的白色的圆石似的籽儿在地上滚着，野孩子一升一斗的在拾着。蒲公英发芽了，羊咩咩的叫，乌鸦绕着杨树林子飞，天气一天暖似一天，日子一寸一寸的都有意思。杨花满天照地飞，像棉花似的。人们出门都是用手捉着，杨花挂着他了。草和牛粪都横在道上，放散着强烈的气味。远远的有用石子打船的声音，"空空……"的大声传来。

① 该篇首刊于1941年7月1日香港《时代文学》第一卷第二期，署名萧红。

河冰化了，冰块顶着冰块，苦闷的又奔放的向下流。乌鸦站在冰块上寻觅小鱼吃，或者是还在冬眠的青蛙。

天气突然的热起来，说是“二八月，小阳春”，自然冷天气要来的，但是这几天可热了。春带着强烈的呼唤从这头走到那头……

小城里被杨花给装满了，在榆钱还没变黄之前，大街小巷到处飞着，像纷纷落下的雪块……

春来了，人人像久久等待着一个大暴动，今天夜里就要举行，人人带着犯罪的心情，想参加到解放的尝试……春吹到每个人的心坎，带着呼唤，带着蛊惑……

我有一个姨，和我的堂哥哥大概是恋爱了。

姨母本来是很近的亲属，就是母亲的姊妹。但是我这个姨，她不是我的亲姨，她是我的继母的继母的女儿。那么她可算与我的继母有点血统的关系了，其实也是没有的。因为我这个外祖母是在已经做了寡妇之后才来到我外祖父家，翠姨就是这个外祖母原来在另外一家所生的女儿。

翠姨生得并不是十分漂亮，但是她长得窈窕，走起路来沉静而且漂亮，讲起话来清楚的带着一种平静的感情。她伸手拿樱桃吃的时候，好像她的手指尖对那樱桃十分可怜的样子，她怕把它触坏了似的轻轻的捏着。

假若有人在她的背后唤她一声，她若是正在走路，她就会停下了，若是正在吃饭，就要把饭碗放下，而后把头向着自己的肩膀转过去，而全身并不大转，于是她自觉的闭合着嘴唇，像是有什么要说而一时说不出来似的……

而翠姨的妹妹，忘记了她叫什么名字，反正是一个大说大笑的，不十分修边幅，和她的姐姐全不同。花的绿的，红的紫的，只要是市上流行的，她就不大加以选择，做起一件衣服来赶快就穿在身上。穿上了而后，到亲戚家去串门，人家恭维她的衣料怎样漂亮的时候，她总是说，和这完全一样的，还有一件，她给了她的姐姐了。

我到外祖父家去，外祖父家里没有像我一般大的女孩子陪着我玩，所以每当我去，外祖母总是把翠姨喊来陪我。

翠姨就住在外祖父的后院，隔着一道板墙，一招呼，听见就来了。

外祖父住的院子和翠姨住的院子，虽然只隔一道板墙，但是却没有门可通，所以还得绕到大街上去从正门进来。

因此有时翠姨先来到板墙这里，从板墙缝中和我打了招呼，而后回到屋去装饰一番，才从大街上绕了个圈来她母亲的家里。

翠姨很喜欢我，因为我在学堂里念书，而她没有，她想什么事我都比她明白。所以她总是有许多事务同我商量，看看我的意见如何。

到夜里，我住在外祖父家里了，她就陪着我也住下。

每每睡下就谈，谈过了半夜，不知为什么总是谈不完……

开初谈的是衣服怎样穿，穿什么样颜色，穿什么样的料子。比如走路应该快或是应该慢，有时白天里她买了一个别针，到夜里她拿出来看看，问我这别针到底是好看或是不好看。那时候，大概是十五年前的时候，我们不知城外如何装扮一个女子，而在这个城里几乎个个都有一条宽大的绒绳结的披肩，蓝的，紫的，各色的都有，但最多多不过枣红色的。几乎在街上所见的都是枣红色的大披肩了。

哪怕红的绿的那么多，但总没有枣红色的最流行。

翠姨的妹妹有一条，翠姨有一条，我的所有的同学，几乎每人都有一条。就连素不考究的外祖母的肩上也披着一条，只不过披的是蓝色的，没有敢用最流行的枣红色的就是了。因为她总算年纪大了一点，对年轻人让了一步。

还有那时候都流行穿绒绳鞋，翠姨的妹妹就赶快的买了穿上。因为她那个人很粗心大意，好坏她不管，只是人家有她也有，别人是人穿衣服，而翠姨的妹妹就好像被衣服所穿了似的，芜芜杂杂，但永远合乎着应有尽有的原则。

翠姨的妹妹的那绒绳鞋，买来了，穿上了。在地板上跑着，不大一会工夫，那每只鞋脸上系着的一只毛球，竟有一个毛球已经离开了鞋子，向上跳着，只还有一根绳连着，不然就要掉下来了。很好玩的，好像一颗大红枣被系到脚上去了。因为她的鞋子也是枣红色的。大家都在嘲笑她的鞋子一买回来就坏了。

翠姨她没有买，也许她心里边早已经喜欢了，但是看上去她都像反对似的，好像她都不接受。

她必得等到许多人都开始采办了，这时候看样子，她才稍稍有些动心。

好比买绒绳鞋，夜里她和我谈话，问过我的意见，我说也是好看的，我有很多的同学，她们也都买了绒绳鞋。

第二天翠姨就要求我陪着她上街，先不告诉我去买什么，进了铺子选了半天别的，才问到我绒绳鞋。

走了几家铺子，都没有，都说是已经卖完了。我晓得店铺的人是这样瞎说的。表示他这家店铺平常总是最丰富的，只恰巧你要的这件东西，他就没有了。我劝翠姨说咱们慢慢的走，别家一定会有的。

我们是坐马车从街梢上的外祖父家来到街中心的。

见了第一家铺子，我们就下了马车。不用说，马车我们已经是付过了价钱的。等我们买好了东西回来的时候，会另外叫一辆的。因为我们不知道要等多久。

大概看见什么好，虽然不需要也要买点，或是东西已经买全了不必要再多留连，也要留连一会，或是买东西的目的，本来只在一双鞋，而结果鞋子没有买到，反而罗里罗嗦的买回来许多用不着的东西。

这一天，我们辞退了马车，进了第一家店铺。

在别的大城市里没有这种情形，而在我家乡里往往是这样，坐了马车，虽然是付过了钱，让他自由去兜揽生意，但是他常常还仍旧等候在铺子的门外，等一出来，他仍旧请你坐他的车。

我们走进第一个铺子，一问没有。于是就看了些别的东西，从绸缎看到呢绒，从呢绒再看到绸缎，布匹根本不看的，并不像母亲们进了店铺那样子，这个买去做被单，那个买去做棉袄的，因为我们管不了被单棉袄的事。母亲们一月不进店铺，一进店铺又是这个便宜应该买，那个不贵，也应该买。比方一块在夏天才用得着的花洋布，母亲们冬天里就买起来了，说是趁着便宜多买点，总是用得着的。而我们就不然了，我们是天天进店铺的，天天搜寻些个是好看的，是贵的值钱的，平常时候，绝对的用不到想不到的。

那一天我们买了许多花边回来，钉着光片的，带着琉璃的。说不上要做什么样的衣服才配得着这种花边。也许根本没有想到做衣服，就贸然的把花边买下了。一边买着，一边说好，翠姨说好，我也说好。到后来，回到家里，当众打开了让大家评判，这个一言，那个一语，让大家说得也有点没有主意了，心里已经五六分空虚了。于是赶快的收拾了起来，或者从别人的手里夺过来，把它包起来，说她们不识货，不让她们看了。

勉强说着：

“我们要做一件红金丝绒的袍子，把这个黑琉璃边镶上。”

或：“这红的我们送人去……”

说虽仍旧如此说，心里已经八九分空虚了，大概是这些所心爱的，从此就不会再出头露面的了。

在这小城里，商店究竟没有多少，到后来又加上看不到绒绳鞋，心里着急，也许跑得更快些，不一会工夫，只剩了三两家了。而那三两家，又偏偏是不常去的，铺子小，货物少。想来它那里也是一定不会有的了。

我们走进一个小铺子里去，果然有三四双，非小即大，而且颜色都不好看。

翠姨有意要买，我就觉得奇怪，原来就不十分喜欢，既然没有好的，又为什么要买呢？让我说着，没有买成回家去了。

过了两天，我把买鞋子这件事情早忘了。

翠姨忽然又提议要去买。

从此我知道了她的秘密，她早就爱上了那绒绳鞋了，不过她没有说出来就是了，她的恋爱的秘密就是这样子的，她似乎要把它带到坟墓里去，一直不要说出口，好像天底下没有一个人值得听她的告诉……

在外边飞着满天大雪，我和翠姨坐着马车去买绒绳鞋。我们身上围着皮褥子，赶车的车夫高高的坐在车夫台上，摇晃着身子唱着沙哑的山歌："喝咧咧……"耳边风呜呜的啸着，从天上倾下来的大雪迷乱了我们的眼睛，远远的天隐在云雾里，我默默的祝福翠姨快快买到可爱的绒绳鞋，我从心里愿意她得救……

市中心远远的朦朦胧胧的站着，行人很少，全街静悄无声。我们一家挨一家的问着，我比她更急切，我想赶快买到吧，我小心的盘问着那些店员们，我从来不放弃一个细微的机会，我鼓励翠姨，没有忘记一家。使她都有点儿诧异，我为什么忽然这样热心起来，但是我完全不管她的猜疑，我不顾一切的想在这小城里面，找出一双绒绳鞋来。

只有我们的马车，因为载着翠姨的愿望，在街上奔驰得特别的清醒，又特别的快。雪下的更大了，街上什么人都没有了，只有我们两个人，催着车夫，跑来跑去。一直到天都很晚了，鞋子没有买到。翠姨深深的看到我的眼睛里说："我的命，不会好的。"我很想装出大人的样子，来安慰她，但是没有等到找出什么适当的话来，泪便流出来了。

二

翠姨以后也常来我家住着，是我的继母把她接来的。

因为她的妹妹订婚了，怕是她的家里并没有多少人，只有她的一个六十多岁的老祖父，再就是一个也是寡妇的伯母，带一个女儿。

堂姊妹本该在一起玩耍解闷的，但是因性格的相差太远，一向是水火不同炉的过着日子。

她的堂妹妹，我见过，永久是穿着深色的衣裳，黑黑的脸，一天到晚陪着母亲坐在屋子里，母亲洗衣裳，她也洗衣裳，母亲哭，她也哭。也许她帮着母亲哭她死去的父亲，也许哭的是她们的家穷。那别人就不晓得了。

本来是一家的女儿，翠姨她们两姊妹却像有钱的人家的小姐，而那个堂妹妹，看上去却像乡下丫头。这一点，使她得到常常到我们家里来住的权利。

她的亲妹妹订婚了，再过一年就出嫁了。在这一年中，妹妹大大的阔气起来，因为婆家那方面一订了婚就送来了聘礼。这个城里，从前不用大洋票，而用的是广信公司出的帖子，一百吊一千吊的论。她妹妹的聘礼大概是几万吊。所以她忽然不得了起来，今天买这样，明天买那样，花别针一个又一个的，丝头绳一团一团的，带穗的耳坠子，洋手表，样样都有了。每逢上街的时候，她和她姐姐一道，现在总是她付车钱了，她的姐姐要付，她却百般的不肯，有时当着人面，姐姐一定要付，妹妹一定不肯，结果闹得很窘，姐姐无形中觉得一种权利被人剥夺了。

但是关于妹妹的订婚，翠姨一点也没有羡慕的心理。妹妹未来的丈夫，她是看过的，没有什么好看，很高，穿着蓝袍子黑马褂，好像商人，又像一个小土绅士。又加上翠姨太年轻了，想不到什么丈夫，什么结婚。

因此，虽然妹妹在她的旁边一天比一天丰富起来，妹妹是有钱了，但是妹妹为什么有钱的，她没有考查过。

所以当妹妹尚未离开她之前，她绝对的没有重视“订婚”的事。

不过她常常的感到寂寞。她和妹妹出来进去的，因家庭环境孤寂，竟好像一对双生子似的，而今去了一个。不但翠姨自己觉得单调，就是她的祖父也觉得她可怜。

所以自从她的妹妹嫁了人，她就不大回家，总是住在她的母亲的家里，有时我的继母也把她接到我们家里。

翠姨非常聪明，她会弹大正琴，就是前些年所流行在中国的一种日本琴，她还会吹箫或是会吹笛子。不过弹那琴的时候却很多。住在我家里的时候，我家的伯父，每在晚饭之后必同我们玩这些乐器的，笛子、箫、日本琴、风琴、月琴，还有什么打琴。真正的西洋的乐器，可一样也没有。

在这种正玩得热闹的时候，翠姨也来参加了，翠姨弹了一个曲子，和我们大家立刻就配合上了。于是大家都觉得在我们那已经天天闹熟了的老调子之中，又多了一个新的花样。于是立刻我们就加倍的努力，正在吹笛的把笛吹得特别响，把笛膜震抖得似乎就要爆炸了似的滋滋的叫着。十岁的弟弟在吹口琴，他摇着头，好像要把那口琴吞下去似的，至于他吹的是什么调子，已经是没有人留意了。在大家忽然来了勇气的时候，似乎只需要这种胡闹。

而那按风琴的人，因为越按越快，到后来也许是已经找不到琴键了，只是那踏脚板越踏越快，踏得呜呜的响，好像有意要毁坏了那风琴，而想把风琴撕裂了一般的。

大概所奏的曲子是《梅花三弄》，也不知道接连的弹过了多少圈，看大家的意思都不想要停下来。不过到了后来，实在是气力没有了，找不着拍子的找不着拍子，跟不上调的跟不上调，于是在大笑之中，大家停下来了。

不知为什么，在这么快乐的调子里边，大家都有点伤心，也许是乐极生悲了，把我们都笑得流着眼泪，一边还笑。

正在这时候，我们往门窗处一看，我的最小的小弟弟，刚会走路，他也背着一个很大的破手风琴来参加了。

谁都知道，那手风琴从来也不会响的。把大家笑死了。在这回得到了快乐。

我的哥哥（伯父的儿子，钢琴弹得很好），吹箫吹得最好，这时候他放下了箫，对翠姨说："你来吹吧！"翠姨却没有言语，站起身来，跑到自己的屋子去了，我的哥哥，好久好久的看住那帘子。

三

翠姨在我家，和我住一个屋子。月明之夜，屋子照得通亮，翠姨和我谈话，往往谈到鸡叫，觉得也不过刚刚才半夜。

鸡叫了，才说：“快睡吧，天亮了。”

有的时候，一转身，她又问我：

“是不是一个人结婚太早不好，或许是女孩子结婚太早是不好的！”

我们以前谈了很多话，但没有谈到这些。

总是谈什么，衣服怎样穿，鞋子怎样买，颜色怎样配；买了毛线来，这毛线应该打个什么样的花纹；买了帽子来，应该批判这帽子还微微有缺点，这缺点究竟在什么地方，虽然说是不要紧，或者是一点关系也没有，但批评总是要批评的。

有时再谈得远一点，就是表姊表妹之类订了婆家，或什么亲戚的女儿出嫁了。或是什么耳闻的，听说的，新娘和新姑爷闹别扭之类。

那个时候，我们的县里，早就有了洋学堂了，小学好几个，大学没有。只有一个男子中学，往往成为谈论的目标。谈论这个，不单是翠姨，外祖母、姑姑、姐姐之类，都愿意讲究这当地中学的学生。因为他们一切洋化，穿着裤子，把裤腿卷起来一寸，一张口“格得毛宁”外国语，他们彼此一说话就“答答答”，听说这是什么俄国话。而更奇怪的是他们见了女人不怕羞。这一点，大家都批评说是不如从前了，从前的书生，一见了女人脸就红。

我家算是最开通的了，叔叔和哥哥他们都到北京和哈尔滨那些大地方去读书了，他们开了不少的眼界，回到家里来，大讲他们那里都是男孩子和女孩子同学。

这一题目，非常的新奇，开初都认为这是造了反。后来因为叔叔也常和女同学通信，因为叔叔在家庭里是有点地位的人。并且父亲从前也加入过国民党，革过命，所以这个家庭都“咸与维新”起来。

因此在我家里一切都是很随便的，逛公园，正月十五看花灯，都是不分男女，一齐去。

而且我家里设了网球场，一天到晚的打网球，亲戚家的男孩子来了，我们也一齐的打。

这都不谈，仍旧来谈翠姨。

翠姨听了很多的故事，关于男学生结婚的事情，就是我们本县里，已经有几件事情不幸的了。有的结婚了，从此就不回家了，有的娶来了太太，把太太放在另一间屋子里住着，而且自己却永久住在书房里。

每逢讲到这些故事时，多半别人都是站在女的一边，说那男子都是念书念坏了，一看了那不识字的又不是女学生之类就生气，觉得处处都不如他。天天总说婚姻不自由，可是自古至今，都是爹许娘配的，偏偏到了今天，都要自由，看吧，这还没有自由呢，就先来了花头故事了，娶了太太的不回家，或是把太太放在另一个屋子里。这些都是念书念坏了的。

翠姨听了许多别人家的评论。大概她心里边也有些不平，她就问我不读书是不是很坏的，我自然说是很坏的。而且她看了我们家里男孩子、女孩子通通到学堂去念书的。而且我们亲戚家的孩子也都是读书的。

因此她对我很佩服，因为我是读书的。

但是不久，翠姨就订婚了。就是她妹妹出嫁不久的事情。

她的未来的丈夫，我见过。在外祖父的家里。人长得又矮又小，穿一身蓝布棉袍子，黑马褂，头上戴一顶赶大车的人所戴的四耳帽子。

当时翠姨也在的，但她不知道那是她的什么人，她只当是哪里来了这样一位乡下的客人。外祖母偷着把我叫过去，特别告诉了我一番，这就是翠姨将来的丈夫。不久翠姨就很有钱，她的丈夫的家里，比她妹妹丈夫的家里还更有钱得多。婆婆也是个寡妇，守着个独生的儿子。儿子才十七岁，是在乡下的私学馆里读书。

翠姨的母亲常常替翠姨解说，人小点不要紧，岁数还小呢，再长上两三年两个人就一般高了。劝翠姨不要难过，婆家有钱就好的。聘礼的钱十多万都交过来了，而且就由外祖母的手亲自交给了翠姨；而且还有别的条件保障着，那就是说，三年之内绝对不准娶亲，藉着男的一方面年纪太小为辞，翠姨更愿意远远的推着。

翠姨自从订婚之后，是很有钱的了，什么新样子的东西一到，虽说不是一定抢先去买了来，总是过不了多久，箱子里就要有的了。那时候夏天最流行银灰色市布大衫，而翠姨的穿起来最好，因为她有好几件，穿过两次不新鲜就不要了，就只在家里穿，而出门就又去做一件新的。

那时候正流行着一种长穗的耳坠子，翠姨就有两对，一对红宝石的，一对绿的，而我的母亲才能有两对，而我才有一对。可见翠姨是顶阔气的了。

还有那时候就已经开始流行高跟鞋了。可是在我们本街上却不大有人穿，只有我的继母早就开始穿，其余就算是翠姨。并不是一定因为我的母亲有钱，也不是因为高跟鞋一定贵，只是女人们没有那么摩登的行为，或者说她们不很容易接受新的思想。

翠姨第一天穿起高跟鞋来，走路还很不安定，但到第二天就比较的习惯了。到了第三天，就说以后，她就是跑起来也是很平稳的，而且走路的姿态更加可爱了。

我们有时也去打网球玩玩，球撞到她脸上的时候，她才用球拍遮了一下，否则她半天也打不到一个球。因为她一上了场站在白线上就是白线上，站在格子里就是格子里，她根本不动。有的时候，她竟拿着网球拍子站着一边去看风景去了。尤其是大家打完了网球，吃东西的吃东西去了，洗脸的洗脸去了，惟有她一个人站在短篱前面，向着远远的哈尔滨市影痴望着。

有一次我同翠姨一同去做客。我继母的族中娶媳妇。她们是八旗人，也就是满人，满人才讲究场面呢，所有的族中的年轻的媳妇都必得到场，而且个个打扮得如花似玉。似乎咱们中国的社会，是没这么繁华的社交的场面的，也许那时候，我是小孩子，把什么都看得特别繁华，就只说女人们的衣服吧，就个个都穿得和现在西洋女人在夜会里边那么庄严，一律都穿着绣花大袄。而她们是八旗人，大袄的襟下一律的没有开口，而且很长。大袄的颜色枣红的居多，绛色的也有，玫瑰紫色的也有。而那上边绣的花色，有的荷花，有的玫瑰，有的松竹梅，一句话，特别的繁华。

她们的脸上，都搽着白粉，她们的嘴上都染得桃红。

每逢一个客人到了门前，她们是要列着队出来迎接的，她们都是我的舅母，一个一个的上前来问候了我和翠姨。

翠姨早就熟识她们的，有的叫表嫂子，有的叫四嫂子。而在我，她们就都是一样的，好像小孩子的时候，所玩的用花纸剪的纸人，这个和那个都是一样，完全没有分别。都是花缎袍子，都是白白的脸，都是很红的嘴唇。

就是这一次，翠姨出了风头了，她进到屋里，靠着一张大镜子旁坐下了。女人们就忽然都上前来看她，也许她从来没有这么漂亮过，今天把别人都惊住了。依我看，翠姨还没有她从前漂亮呢，不过她们说翠姨漂亮得像棵新开的腊梅。翠姨从来不搽胭脂的，而那天又穿了一件为着将来做新娘子而准备的蓝色缎子满是金花的夹袍。

翠姨让她们围起看着，难为情了起来，站起来想要逃掉似的，迈着很勇敢的步子，茫然的往里边的房间里闪开了。

谁知那里边就是新房呢，于是许多的嫂嫂就哗然的叫着，说：

“翠姐姐不要急，明年就是个漂亮的新娘子，现在先试试去。”

当天吃饭饮酒的时候，许多客人从别的屋子来呆呆的望着翠姨。翠姨举着筷子，似乎是在思量着，保持着镇静的态度，用温和的眼光看着她们，仿佛她不晓得人们专门在看着她似的。但是别的女人们羡慕了翠姨半天了，脸上又都突然的冷落起来，觉得有什么话要说出，又都没有说，然后彼此对望着，笑了一下，吃菜了。

四

有一年冬天，刚过了年，翠姨就来到了我家。

伯父的儿子——我的哥哥，就正在我家里。

我的哥哥，人很漂亮，很直的鼻子，很黑的眼睛，嘴也好看，头发也梳得好看，人很长，走路很爽快。大概在我们所有的家族中，没有这么漂亮的人物。

冬天，学校放了寒假，所以来我们家里休息。大概不久，学校开学就要上学去了。哥哥是在哈尔滨读书。

我们的音乐会，自然要为这新来的角色而开了。翠姨也参加的。

于是非常的热闹，比方我的母亲，她一点也不懂这行，但是她也列了席，她坐在旁边观看，连家里的厨子、女工，都停下了工作来望着我们，似乎他们不是听什么乐器，而是在看人。我们聚满了一客厅。这些乐器的声音，大概很远的邻居都可以听到。

第二天邻居来串门的，就说：

“昨天晚上，你们家又是给谁祝寿？”

我们就说，是欢迎我们的刚到的哥哥。因此，我们家是很好玩的，很有趣的。不久，就来到了正月十五看花灯的时节了。

我们家里自从父亲维新革命，总之在我们家里，兄弟姊妹，一律相待，有好玩的就一齐玩，有好看的就一齐去看。

伯父带着我们，哥哥、弟弟、姨……共八九个人，在大月亮地里往大街里跑去了。那路之滑，滑得不能站脚，而且高低不平。他们男孩子们跑在前面，而我们因为跑得慢就落了后。

于是那在前边的他们回头来嘲笑我们，说我们是小姐，说我们是娘娘，说我们走不动。

我们和翠姨早就连成一排向前冲去，但是不是我倒，就是她倒。到后来还是哥哥他们一个一个的来扶着我们，说是扶着未免的太示弱了，也不过就是和他们连成一排向前进着。

不一会到了市里，满路花灯，人山人海。又加上狮子、旱船、龙灯、秧歌，闹得眼也花起来，一时也数不清多少玩艺，哪里会来得及看，似乎只是在眼前一晃就过去了。而一会别的又来了，又过去了。其实也不见得繁华得多么不得了，不过觉得世界上是不会比这个再繁华的了。

商店的门前，点着那么大的火把，好像热带的大椰子树似的，一个比一个亮。

我们进了一家商店，那是父亲的朋友开的。他们很好的招待我们，茶、点心、橘子、元宵。我们哪里吃得下去，听到门外一打鼓，就心慌了。而外边鼓和喇叭又那么多，一阵来了，一阵还没有去远，一阵又来了。

因为城本来是不大的，有许多熟人，也都是来看灯的，都遇到了。其中我们本城里的在哈尔滨念书的几个男学生，他们也来看灯了。哥哥都认识他们。我也认识他们，因为这时候我们到哈尔滨念书去了。所以一遇到了我们，他们就和我们在一起，他们出去看灯，看了一会，又回到我们的地方，和伯父谈话，和哥哥谈话。我晓得他们，因为我们家比较有势力，他们是很愿和我们讲话的。

所以回家的一路上，又多了两个男孩子。

不管人讨厌不讨厌，他们穿的衣服总算都市化了。个个都穿着西装，戴着呢帽，外套都是到膝盖的地方，脚下很利落清爽。比起我们城里的那种怪样子的外套，好像大棉袍子似的，好看得多了。而且颈间又都束着一条围巾来，人就更显得庄严，漂亮。

翠姨觉得他们个个都很好看。

哥哥也穿的西装，自然哥哥也很好看。因此在路上她直在看哥哥。

翠姨梳头梳得是很慢的，必定梳得一丝不乱，搽粉也要搽了洗掉，洗掉再搽，一直搽到认为满意为止。花灯节的第二天早晨她就梳得更慢，一边梳头一边在思量。本来按规矩每天吃早饭，必得三请两请才能出席，今天必得请到四次，她才来了。

我的伯父当年也是一位英雄，骑马，打枪绝对的好。后来虽然已经五十岁了，但是风采犹存。我们都爱伯父的，伯父从小也就爱我们。诗、词、文章，都是伯父教我们的。翠姨住在我们家里，伯父也很喜欢翠姨。今天早饭已经开好了。催了翠姨几次，翠姨总是不出来。

伯父说了一句："林黛玉……"

于是我们全家的人都笑了起来。

翠姨出来了，看见我们这样的笑，就问我们笑什么。我们没有人肯告诉她。翠姨知道一定是笑的她，她就说：

“你们赶快的告诉我，若不告诉我，今天我就不吃饭了，你们读书识字，我不懂，你们欺侮我……”

闹嚷了很久，还是我的哥哥讲给她听了。伯父当着自己的儿子面前到底有些难为情，喝了好些酒，总算是躲过去了。

翠姨从此想到了念书的问题，但是她已经二十岁了，哪里去念书？上小学，没有她这样大的学生；上中学，她是一字不识，怎么可以。所以仍旧住在我们家里。

弹琴，吹箫，看纸牌，我们一天到晚的玩着。我们玩的时候，全体参加，我的伯父，我的哥哥，我的母亲。

翠姨对我的哥哥没有什么特别的好，我的哥哥对翠姨就像对我们，也是完全的一样。

不过哥哥讲故事的时候，翠姨总比我们留心听些，那是因为她的年龄稍稍比我们大些，当然在理解力上，比我们更接近一些哥哥的了。哥哥对翠姨比对我们稍稍的客气一点。他和翠姨说话的时候，总是“是的”“是的”的，而和我们说话则“对啦”“对啦”。这显然因为翠姨是客人的关系，而且在名分上比他大。

不过有一天晚饭之后，翠姨和哥哥都没有了。每天饭后大概总要开个音乐会的。这一天也许因为伯父不在家，没有人领导的缘故。大家吃过也就散了。客厅里一个人也没有。我想找弟弟和我下一盘棋，弟弟也不见了。于是我就一个人在客厅里按起风琴来，玩了一下也觉得没有趣。客厅是静得很的，在我关上了风琴盖子之后，我就听见了在后屋里，或者在我的房子里是有人的。

我想一定是翠姨在屋里。过去看看她，叫她出来张罗着看纸牌。

我跑进去一看，不单是翠姨，还有哥哥陪着她。

看见了我，翠姨就赶快的站起来说：

“我们去玩吧。”

哥哥也说：

“我们下棋去，下棋去。”

他们出来陪我来玩棋，这次哥哥总是输，从前是他回回赢我的，我觉得奇怪，但是心里高兴极了。

不久寒假终了，我就回到哈尔滨的学校念书去了。可是哥哥没有同来，因为他上半年生了点病，曾在医院里休养了一些时候，这次伯父主张他再请两个月的假，留在家里。

以后家里的事情，我就不大知道了，都是由哥哥或母亲讲给我听的。我走了以后，翠姨还住在家里。

后来母亲告诉过，就是在翠姨还没有订婚之前，有过这样一件事情。我的族中有一个小叔叔，和哥哥一般大的年纪，说话口吃，没有风采，也是和哥哥在一个学校里读书。虽然他也到我们家里来过，但怕翠姨没有见过。那时外祖母就主张给翠姨提婚。那族中的祖母，一听就拒绝了，说是寡妇的孩子，命不好，也怕没有家教，何况父亲死了，母亲又出嫁了，好女不嫁二夫郎，这种人家的女儿，祖母不要。但是我母亲说，辈分合，他家还有钱，翠姨过门是一品当朝的日子，不会受气的。

这件事情翠姨是晓得的，而今天又见了我的哥哥，她不能不想哥哥大概是那样看她的。她自觉的觉得自己的命运不会好的，现在翠姨自己已经订了婚，是一个人的未婚妻。二则她是出了嫁的寡妇的女儿，她自己一天把这个背了不知有多少遍，她记得清清楚楚。

五

翠姨订婚，转眼三年了，正这时，翠姨的婆家，通了消息来，张罗要娶。她的母亲来接她回去整理嫁妆。

翠姨一听就得病了。

但没有几天，她的母亲就带着她到哈尔滨采办嫁妆去了。

偏偏那带着她采办嫁妆的向导又是哥哥给介绍来的他的同学。他们住在哈尔滨的秦家岗上，风景绝佳，是洋人最多的地方。那男学生们的宿舍里边，有暖气，洋床。翠姨带着哥哥的介绍信，像一个女同学似的被他们招待着。又加上已经学了俄国人的规矩，处处尊重女子，所以翠姨当然受了他们不少的尊敬，请她吃大菜，请她看电影。坐马车的时候，上车让她先上；下车的时候，人家扶她下来。她每一动别人都为她服务，外套一脱，就接过去了。她刚一表示要穿外套，就给她穿上了。

不用说，买嫁妆她是不痛快的，但那几天，她总算一生中最开心的时候。

她觉得到底是读大学的人好，不野蛮，不会对女人不客气，绝不能像她的妹夫常常打她的妹妹。

经这到哈尔滨去一买嫁妆，翠姨就不愿意出嫁了。她一想那个又丑又小的男人，她就恐怖。

她回来的时候，母亲又接她来到我们家来住着，说她的家里又黑，又冷，说她太孤单可怜。我们家是一团和气的。

到了后来，她的母亲发现她对于出嫁太不热心，该剪裁的衣裳，她不去剪裁，有一些零碎还要去买的，她也不去买。做母亲的总是常常要加以督促，后来就要接她回去，接到她的身边，好随时提醒她。她的母亲以为年轻的人必定要随时提醒的，不然总是贪玩。而况出嫁的日子又不远了，或者就是二三月。

想不到外祖母来接她的时候，她从心里不肯回去，她竟很勇敢的提出来她要读书的要求。她说她要念书，她想不到出嫁。

开初外祖母不肯，到后来，她说若是不让她读书，她是不出嫁的，外祖母知道她的心情，而且想起了很多可怕的事情……

外祖母没有办法，依了她。给她在家里请了一位老先生，就在自己家院子的空房子里边摆上了书桌，还有几个邻居家的姑娘，一齐念书。

翠姨白天念书，晚上回到外祖母家。

念了书，不多日子，人就开始咳嗽，而且整天的闷闷不乐。她的母亲问她，有什么不如意？陪嫁的东西买得不顺心吗？或者是想到我们家去玩吗？什么事都问到了。

翠姨摇着头不说什么。

过了一些日子，我的母亲去看翠姨，带着我的哥哥，他们一看见她，第一个印象，就觉得她苍白了不少。而且母亲断言的说，她活不久了。

大家都说是念书累的，外祖母也说是念书累的，没有什么要紧的，要出嫁的女儿们，总是先前瘦的，嫁过去就要胖了。

而翠姨自己则点点头，笑笑，不承认，也不加以否认。还是念书，也不到我们家来了，母亲接了几次，也不来，回说没有工夫。

翠姨越来越瘦了，哥哥去到外祖母家看了她两次，也不过是吃饭，喝酒，应酬了一番，而且说是去看外祖母的。在这里年轻的男子，去拜访年轻的女子，是不可以的。哥哥回来也并不带回什么喜欢或是什么新奇的忧郁，还是一样和我们打牌下棋。

翠姨后来支持不了啦，躺下了，她的婆婆听说她病了，就要娶她，因为花了钱，死了不是可惜了吗？这一种消息，翠姨听了病就更加严重。婆家一听她病重，立刻要娶她。因为在迷信中有这样一章：病新娘娶过来一冲，就冲好了。翠姨听了就只盼望赶快死，拼命的糟蹋自己的身体，想死得越快一点儿越好。

母亲记起了翠姨，叫哥哥去看翠姨。是我的母亲派哥哥去的，母亲拿了些钱让哥哥给翠姨送去，说是母亲送她在病中随便买点什么吃的。母亲晓得他们年轻人是很拘泥的，或者不好意思去看翠姨，也或者翠姨是很想看他的，他们好久不能看见了。同时翠姨不愿意出嫁，母亲很久的就在心里猜疑着他们了。

男子是不好先去专访一位小姐的，这城里没有这样的风俗。

母亲给了哥哥一件礼物，哥哥就可去了。

哥哥去的那天，她家里正没有人，只是她家的堂妹妹迎接着这从未见过的生疏的年轻的客人。那堂妹妹还没问清客人的来由，就往外跑，说是去找她们的祖父去，请他等一等。大概她想凡是男客就是来会祖父的。

客人只说了自己的名字，那女孩子连听也没有听就跑出去了。

哥哥正想，翠姨在什么地方？或者在里屋吗？翠姨大概听出什么人来了，她就在里边说："请进来。"

哥哥进去了，坐在翠姨的枕边，他要去摸一摸翠姨的前额，是否发热，他说：

"好了点吗？"

他刚一伸出手去，翠姨就突然的拉住他的手，而且大声的哭起来了，好像一颗心也哭出来了似的。哥哥没有准备，就很害怕，不知道说什么，做什么。他不知道现在应该是保护翠姨的地位，还是保护自己的地位。同时听得见外边已经有人来了，就要开门进来了。一定是翠姨的祖父。

翠姨平静的向他笑着，说：

"你来得很好，一定是姐姐，你的婶母告诉你来的，我心里永远纪念着她，她爱我一场，可惜我不能去看她了……我不能报答她了……不过我总会记起在她家里的日子的……她待我也许没有什么，但是我觉得已经太好了……我永远不会忘记的……我现在也不知道为什么，心里只想死得快一点就好，多活一天也是多余的……人家也许以为我是任性……其实是不对的，不知为什么，那家对我也会是很好的，但是我不愿意。我小时候，就不好，我的脾气总是不从心的事，我不愿意……这个脾气把我折磨到今天了……可是我怎能从心呢……真是笑话……谢谢姐姐她还惦着我……请你告诉她，我并不像她想的那么苦，我也很快乐……"翠姨苦笑了一笑，"我的心里安静，而且我求的我都得到了……"

哥哥茫然的不知道说什么，这时祖父进来了。看了翠姨的热度，又感谢了我的母亲，对我哥哥的降临，感到荣幸。他说请我母亲放心吧，翠姨的病马上就会好的，好了就嫁过去。

哥哥看了看翠姨就退出去了，从此再没有看见她。

哥哥后来提起翠姨常常落泪，他不知翠姨为什么死，大家也都心中纳闷。

尾声

等我到春假回来，母亲还当我说：

“要是翠姨一定不愿意出嫁，那也是可以的，假如他们当我说。”

……

翠姨坟头的草籽已经发芽了，一掀一掀的和土粘成了一片，坟头显出淡淡的青色，常常会有白色的山羊跑过。

街上有提着筐子卖蒲公英的了，也有卖小根蒜的了。更有些孩子们，他们按着时节去折了那刚发芽的柳条，正好可以拧成哨子，就含在嘴里满街的吹。声音有高有低，因为那哨子有粗有细。

大街小巷，到处的呜呜呜，呜呜呜。好像春天是从他们的手里招呼回来了似的。但是这为期甚短，一转眼，吹哨子的不见了。

接着杨花飞起来了，榆钱飘满了一地。

在我的家乡那里，春天是快的，五天不出屋，树发芽了，再过五天不看树，树长叶了，再过五天，这树就像绿得使人不认识它了。使人想，这棵树，就是前天的那棵树吗？自己回答自己，当然是的。春天就像跑的那么快。好像人能够看见似的，春天从老远的地方跑来了，跑到这个地方，只向人的耳朵吹一句小小的声音：“我来了呵。”而后很快的就跑过去了。

春，好像它不知多么忙迫，好像无论什么地方都在招呼它，假若它晚到一刻，太阳会变色的，大地会干成石头，尤其是树木，那真是好像再多一刻工夫也不能忍耐，假若春天稍稍在什么地方留连了一下，就会误了不少的生命。

春天为什么它不早一点来，来到我们这城里多住一些日子，而后再慢慢的到另外的一个城里去，在另外一个城里也多住一些日子。

但那是不能的了，春天的命运就是这么短。

年轻的姑娘们，她们三两成双，坐着马车，去选择衣料去了，因为就要换春装了。她们热心的弄着剪刀，打着衣样，想装成自己心中想得出的那么好，她们白天黑夜的忙着，不久春装换起来了，只是不见载着翠姨的马车来。

一九四一，七

回忆鲁迅先生①

鲁迅先生的笑声是明朗的，是从心里的欢喜。若有人说了什么可笑的话，鲁迅先生笑得连烟卷都拿不住了，常常是笑得咳嗽起来。

鲁迅先生走路很轻捷，尤其使人记得清楚的，是他刚抓起帽子来往头上一扣，同时左腿就伸出去了，仿佛不顾一切的走去。

鲁迅先生不大注意人的衣裳，他说："谁穿什么衣裳我看不见的……"

鲁迅先生生病，刚好了一点，窗子开着，他坐在躺椅上，抽着烟，那天我穿着新奇的火红的上衣，很宽的袖子。

鲁迅先生说："这天气闷热起来，这就是梅雨天。"他把他装在象牙烟嘴上的香烟，又用手装得紧一点，往下又说了别的。

许先生忙着家务，跑来跑去，也没有对我的衣裳加以鉴赏。

于是我说："周先生，我的衣裳漂亮不漂亮？"

鲁迅先生从上往下看了一眼："不大漂亮。"

① 该篇收入1940年7月重庆妇女生活社出版的《回忆鲁迅先生》，署名萧红。内收《回忆鲁迅先生》，附录有许寿裳的《鲁迅的生活》和景宋的《鲁迅和青年们》。

过了一会又接着说："你的裙子配的颜色不对，并不是红上衣不好看，各种颜色都是好看的，红上衣要配红裙子，不然就是黑裙子，咖啡色的就不行了；这两种颜色放在一起很混浊……你没看到外国人在街上走的吗？绝没有下边穿一件绿裙子，上边穿一件紫上衣，也没有穿一件红裙子而后穿一件白上衣的……"

鲁迅先生就在躺椅上看着我："你这裙子是咖啡色的，还带格子，颜色混浊得很，所以把红衣裳也弄得不漂亮了。"

"……人瘦不要穿黑衣裳，人胖不要穿白衣裳；脚长的女人一定要穿黑鞋子，脚短就一定要穿白鞋子；方格子的衣裳胖人不能穿，但比横格子的还好；横格子的，胖人穿上，就把胖子更往两边裂着，更横宽了，胖子要穿竖条子的，竖的把人显得长，横的把人显得宽……"

那天鲁迅先生很有兴致，把我一双短统靴子也略略批评一下，说我的短靴是军人穿的，因为靴子的前后都有一条线织的拉手，这拉手据鲁迅先生说是放在裤子下边的……

我说："周先生，为什么那靴子我穿了多久了而不告诉我，怎么现在才想起来呢？现在我不是不穿了吗？我穿的这不是另外的鞋吗？"

"你不穿我才说的，你穿的时候，我一说你该不穿了。"

那天下午要赴一个宴会去，我要许先生给我找一点布条或绸条束一束头发。许先生拿了来米色的、绿色的还有桃红色的。经我和许先生共同选定的是米色的。为着取笑，把那桃红色的，许先生举起来放在我的头发上，并且许先生很开心的说着：

"好看吧！多漂亮！"

我也非常得意，很规矩又顽皮的在等着鲁迅先生往这边看我们。

鲁迅先生这一看，他就生气了，他的眼皮往下一放向我们这边看着：

"不要那样装她……"

许先生有点窘了。

我也安静下来。

鲁迅先生在北平教书时，从不发脾气，但常常好用这种眼光看人，许先生常跟我讲，她在女师大读书时，周先生在课堂上，一生气就用眼睛往下一掠，看着她们，这种眼光鲁迅先生在记范爱农[①]先生的文字曾自己述说过，而谁曾接触过这种眼光的人就会感到一个旷代的全智者的催逼。

我开始问："周先生怎么也晓得女人穿衣裳的这些事情呢？"

"看过书的，关于美学的。"

"什么时候看的……"

"大概是在日本读书的时候……"

"买的书吗？"

"不一定是买的，也许是从什么地方抓到就看的……"

"看了有趣味吗？！"

"随便看看……"

"周先生看这书做什么？"

"……"没有回答，好像很难以答。

许先生在旁说："周先生什么书都看的。"

在鲁迅先生家里做客人，刚开始是从法租界来到虹口，搭电车也要差不多一个钟头的工夫，所以那时候来的次数比较少。还记得有一次谈到半夜了，一过十二点电车就没有的，但那天不知讲了些什么，讲到一个段落就看看旁边小长桌上的圆钟，十一点半了，十一点四十五分了，电车没有了。

"反正已十二点，电车已没有，那么再坐一会。"许先生如此劝着。

鲁迅先生好像听了所讲的什么引起了幻想，安顿的举着象牙烟嘴在沉思着。

一点钟以后，送我（还有别的朋友）出来的是许先生，外边下

① 范爱农（1883—1912），名肇基，字斯年，号爱农，浙江绍兴人，鲁迅同乡，清末革命团体光复会成员。鲁迅1926年11月18日完成散文《范爱农》（载1926年12月25日《莽原》半月刊第一卷第二十四期，后收入《朝花夕拾》）。

着濛濛的小雨，弄堂里灯光全然灭掉了，鲁迅先生嘱许先生一定让坐小汽车回去，并且一定嘱咐许先生付钱。

以后也住到北四川路来，就每夜饭后必到大陆新村来了，刮风的天，下雨的天，几乎没有间断的时候。

鲁迅先生很喜欢北方饭，还喜欢吃油炸的东西，喜欢吃硬的东西，就是后来生病的时候，也不大吃牛奶。鸡汤端到旁边用调羹舀了一二下就算了事。

有一天约好我去包饺子吃，那还是住在法租界，所以带了外国酸菜和用绞肉机绞成的牛肉，就和许先生站在客厅后边的方桌边包起来。海婴公子围着闹得起劲，一会把按成圆饼的面拿去了，他说做了一只船来，送在我们的眼前，我们不看他，转身他又做了一只小鸡。许先生和我都不去看他，对他竭力避免加以赞美，若一赞美起来，怕他更做得起劲。

客厅后没到黄昏就先黑了，背上感到些微的寒凉，知道衣裳不够了，但为着忙，没有加衣裳去。等把饺子包完了看看那数目并不多，这才知道许先生我们谈话谈得太多，误了工作。许先生怎样离开家的，怎样到天津读书的，在女师大读书时怎样做了家庭教师，她去考家庭教师的那一段描写，非常有趣，只取一名，可是考了好几十名，她之能够当选算是难的了。指望对于学费有点补足，冬天来了，北平又冷，那家离学校又远，每月除了车子钱之外，若伤风感冒还得自己拿出买阿司匹林的钱来，每月薪金十元要从西城跑到东城……

饺子煮好，一上楼梯，就听到楼上明朗的鲁迅先生的笑声冲下楼梯来，原来有几个朋友在楼上也正谈得热闹。那一天吃得是很好的。

以后我们又做过韭菜合子，又做过荷叶饼，我一提议鲁迅先生必然赞成，而我做得又不好，可是鲁迅还是在饭桌上举着筷子问许先生："我再吃几个吗？"

因为鲁迅先生胃不大好，每饭后必吃"脾自美"胃药丸一二粒。

有一天下午鲁迅先生正在校对着瞿秋白的《海上述林》，我一走进卧室去，从那圆转椅上鲁迅先生转过来了，向着我，还微微站起了一点。

“好久不见，好久不见。”一边说着一边向我点头。

刚刚我不是来过了吗？怎么会好久不见？就是上午我来的那次周先生忘记了，可是我也每天来呀……怎么都忘记了吗？

周先生转身坐在躺椅上才自己笑起来，他是在开着玩笑。

梅雨季，很少有晴天，一天的上午刚一放晴，我高兴极了，就到鲁迅先生家去了，跑得上楼还喘着。鲁迅先生说：“来啦！”我说：“来啦！”

我喘着连茶也喝不下。

鲁迅先生就问我：

“有什么事吗？”

我说：“天晴啦，太阳出来啦。”

许先生和鲁迅先生都笑着，一种对于冲破忧郁心境的展然的会心的笑。

海婴一看到我非拉我到院子里和他一道玩不可，拉我的头发或拉我的衣裳。

为什么他不拉别人呢？据周先生说：“他看你梳着辫子，和他差不多，别人在他眼里都是大人，就看你小。”

许先生问着海婴：“你为什么喜欢她呢？不喜欢别人？”

“她有小辫子。”说着就来拉我的头发。

鲁迅先生家里生客人很少，几乎没有，尤其是住在他家里的人更没有。一个礼拜六的晚上，在二楼上鲁迅先生的卧室里摆好了晚饭，围着桌子坐满了人。每逢礼拜六晚上都是这样的，周建人先生带着全家来拜访的。在桌子边坐着一个很瘦的很高的穿着中国小背心的人，鲁迅先生介绍说：“这是一位同乡，是商人。”

初看似乎对的，穿着中国裤子，头发剃得很短。当吃饭时，他还让别人酒，也给我倒一盅，态度很活泼，不大像个商人；等吃完了饭，又谈到《伪自由书》及《二心集》。这个商人，开明得很，在中国不常见。没有见过的就总不大放心。

下一次是在楼下客厅后的方桌上吃晚饭，那天很晴，一阵阵的刮着热风，虽然黄昏了，客厅后还不昏黑。鲁迅先生是新剪的头发，还能记得桌上有一碗黄花鱼，大概是顺着鲁迅先生的口味，是用油煎的。鲁迅先生前面摆着一碗酒，酒碗是扁扁的，好像用做吃饭的饭碗。那位商人先生也能喝酒，酒瓶就站在他的旁边。他说蒙古人什么样，苗人什么样，从西藏经过时，那西藏女人见了男人追她，她就如何如何。

这商人可真怪，怎么专门走地方，而不做买卖？并且鲁迅先生的书他也全读过，一开口这个，一开口那个。并且海婴叫他 × 先生，我一听那 × 字就明白他是谁了。× 先生常常回来得很迟，从鲁迅先生家里出来，在弄堂里遇到了几次。

有一天晚上 × 先生从三楼下来，手里提着小箱子，身上穿着长袍子，站在鲁迅先生的面前，他说他要搬了。他告了辞，许先生送他下楼去了。这时候周先生在地板上绕了两个圈子，问我说：

“你看他到底是商人吗？”

“是的。”我说。

鲁迅先生很有意思的在地板上走几步，而后向我说：“他是贩卖私货的商人，是贩卖精神上的……”

× 先生走过二万五千里回来的。

青年人写信，写得太草率，鲁迅先生是深恶痛绝之的。

“字不一定要写得好，但必须得使人一看了就认识，年青人现在都太忙了……他自己赶快胡乱写完了事，别人看了三遍五遍看不明白，这费了多少工夫，他不管。反正这费了功夫不是他的。这存心是不太好的。”

但他还是展读着每封由不同角落里投来的青年的信，眼睛不济时，便戴起眼镜来看，常常看到夜里很深的时光。

鲁迅先生坐在 ×× 电影院楼上的第一排，那片名忘记了，新闻片是苏联纪念五一节的红场。

“这个我怕看不到的……你们将来可以看得到。”鲁迅先生向我们周围的人说。

珂勒惠支的画，鲁迅先生最佩服，同时也很佩服她的做人。珂勒惠支受希特拉的压迫，不准她做教授，不准她画画，鲁迅先生常讲到她。

史沫特烈，鲁迅先生也讲到，她是美国女子，帮助印度独立运动，现在又在援助中国。

鲁迅先生介绍人去看的电影：《夏伯阳》《复仇艳遇》……其余的如《人猿泰山》……或者非洲的怪兽这一类的影片，也常介绍给人的。鲁迅先生说：“电影没有什么好看的，看看鸟兽之类倒可以增加些对于动物的知识。”

鲁迅先生不游公园，住在上海十年，兆丰公园没有进过。虹口公园这么近也没有进过。春天一到了，我常告诉周先生，我说公园里的土松软了，公园里的风多么柔和。周先生答应选个晴好的天气，选个礼拜日，海婴休假日，好一道去，坐一乘小汽车一直开到兆丰公园，也算是短途旅行。但这只是想着而未有做到，并且把公园给下了定义。鲁迅先生说：“公园的样子我知道的……一进门分做两条路，一条通左边，一条通右边，沿着路种着点柳树什么树的，树下摆着几张长椅子，再远一点有个水池子。”

我是去过兆丰公园的，也去过虹口公园或是法国公园的，仿佛这个定义适用在任何国度的公园设计者。

鲁迅先生不戴手套，不围围巾，冬天穿着黑石蓝的棉布袍子，头上戴着灰色毡帽，脚穿黑帆布胶皮底鞋。

胶皮底鞋夏天特别热，冬天又凉又湿，鲁迅先生的身体不算好，大家都提议把这鞋子换掉。鲁迅先生不肯，他说胶皮底鞋子走路方便。

“周先生一天走多少路呢？也不就一转弯到 ×× 书店走一趟吗？”

鲁迅先生笑而不答。

“周先生不是很好伤风吗？不围巾子，风一吹不就伤风了吗？”

鲁迅先生这些个都不习惯，他说：

“从小就没戴过手套围巾，戴不惯。”

鲁迅先生一推开门从家里出来时，两只手露在外边，很宽的袖口冲着风就向前走，腋下夹着个黑绸子印花的包袱，里边包着书或者是信，到老靶子路书店去了。

那包袱每天出去必带出去，回来必带回来。出去时带着给青年们的信，回来又从书店带来新的信和青年请鲁迅先生看的稿子。

鲁迅先生抱着印花包袱从外边回来，还提着一把伞，一进门客厅里早坐着客人，把伞挂在衣架上就陪客人谈起话来。谈了很久了，伞上的水滴顺着伞杆在地板上已经聚了一堆水。

鲁迅先生上楼去拿香烟，抱着印花包袱，而那把伞也没有忘记，顺手也带到楼上去。

鲁迅先生的记忆力非常之强，他的东西从不随便散置在任何地方。

鲁迅先生很喜欢北方口味。许先生想请一个北方厨子，鲁迅先生以为开销太大，请不得的，男佣人，至少要 15 元钱的工钱。

所以买米买炭都是许先生下手。我问许先生为什么用两个女佣人都是年老的，都是六七十岁的？许先生说她们做惯了，海婴的保姆，海婴几个月时就在这里。

正说着那矮胖胖的保姆走下楼梯来了，和我们打了个迎面。

“先生，没吃茶吗？”她赶快拿了杯子去倒茶，那刚刚下楼时气喘的声音还在喉管里咕噜咕噜的，她确实年老了。

来了客人，许先生没有不下厨房的，菜食很丰富，鱼，肉……都是用大碗装着，起码四五碗，多则七八碗。可是平常就只三碗菜：一碗素炒豌豆苗，一碗笋炒咸菜，再一碗黄花鱼。

这菜简单到极点。

鲁迅先生的原稿，在拉都路一家炸油条的那里用着包油条，我得到了一张，是译《死魂灵》的原稿，写信告诉了鲁迅先生。鲁迅先生不以为稀奇，许先生倒很生气。

鲁迅先生出书的校样，都用来揩桌，或做什么的。请客人在家里吃饭，吃到半道，鲁迅先生回身去拿来校样给大家分着，客人接到手里一看，这怎么可以？鲁迅先生说：

"擦一擦，拿着鸡吃，手是腻的。"

到洗澡间去，那边也摆着校样纸。

许先生从早晨忙到晚上，在楼下陪客人，一边还手里打着毛线。不然就是一边谈着话一边站起来用手摘掉花盆里花上已干枯了的叶子。许先生每送一个客人，都要送到楼下的门口，替客人把门开开，客人走出去而后轻轻的关了门再上楼来。

来了客人还到街上去买鱼或买鸡，买回来还要到厨房里去工作。

鲁迅先生临时要寄一封信，就得许先生换起皮鞋子来到邮局或者大陆新村旁边信筒那里去。落着雨天，许先生就打起伞来。

许先生是忙的，许先生的笑是愉快的，但是头发有一些是白了的。

夜里去看电影，施高塔路的汽车房只有一辆车，鲁迅先生一定不坐，一定让我们坐。许先生，周建人夫人……海婴，周建人先生的三位女公子，我们上车了。

鲁迅先生和周建人先生，还有别的一二位朋友在后边。

看完了电影出来，又只叫到一部汽车，鲁迅先生又一定不肯坐，让周建人先生的全家坐着先走了。

鲁迅先生旁边走着海婴，过了苏州河的大桥去等电车去了。等了二三十分钟电车还没有来，鲁迅先生依着沿苏州河的铁栏杆坐在桥边的石围上了，并且拿出香烟来，装上烟嘴，悠然的吸着烟。

海婴不安的来回的乱跑，鲁迅先生还招呼他和自己并排坐下。

鲁迅先生坐在那儿和一个乡下的安静老人一样。

鲁迅先生吃的是清茶，其余不吃别的饮料。咖啡、可可、牛奶、汽水之类，家里都不预备。

鲁迅先生陪客人到夜深，必同客人一道吃些点心。那饼干就是从铺子里买来的，装在饼干盒子里，到夜深许先生拿着碟子取出来，摆在鲁迅先生的书桌上。吃完了，许先生打开立柜再取一碟。还有向日葵子差不多每来客人必不可少。鲁迅先生一边抽着烟，一边剥着瓜子吃，吃完了一碟，鲁迅先生必请许先生再拿一碟来。

鲁迅先生备有两种纸烟，一种价钱贵的，一种便宜的。便宜的是绿听子的，我不认识那是什么牌子，只记得烟头上带着黄纸的嘴，每五十支的价钱大概是四角到五角，是鲁迅先生自己平日用的。另一种是白听子的，是前门烟，用来招待客人的，白烟听放在鲁迅先生书桌的抽屉里。来客人鲁迅先生下楼，把它带到楼下去，客人走了，又带回楼上来照样放在抽屉里。而绿听子的永远放在书桌上，是鲁迅先生随时吸着的。

鲁迅先生的休息，不听留声机，不出去散步，也不倒在床上睡觉，鲁迅先生自己说：

“坐在椅子上翻一翻书就是休息了。”

鲁迅先生从下午两三点钟起就陪客人，陪到五点钟，陪到六点钟，客人若在家吃饭，吃完饭又必要在一起喝茶，或者刚刚喝完茶走了，或者还没走又来了客人，于是又陪下去，陪到八点钟，十点钟，常常陪到十二点钟。从下午两三点钟起，陪到夜里十二点，这么长的时间，鲁迅先生都是坐在藤躺椅上，不断的吸着烟。

客人一走，已经是下半夜了，本来已经是睡觉的时候了，可是鲁迅先生正要开始工作。在工作之前，他稍微合一合眼睛，燃起一支烟来，躺在床边上，这一支烟还没有吸完，许先生差不多就在床里边睡着了。（许先生为什么睡得这样快？因为第二天早晨六七点钟就要起来管理家务。）海婴这时也在三楼和保姆一道睡着了。

全楼都寂静下去，窗外也是一点声音没有了，鲁迅先生站起来，坐到书桌边，在那绿色的台灯下开始写文章了。

许先生说鸡鸣的时候，鲁迅先生还是坐着，街上的汽车嘟嘟的叫起来了，鲁迅先生还是坐着。

有时许先生醒了，看着玻璃窗白萨萨的了，灯光也不显得怎样亮了，鲁迅先生的背影不像夜里那样黑大。

鲁迅先生的背影是灰黑色的，仍旧坐在那里。

人家都起来了，鲁迅先生才睡下。

海婴从三楼下来了，背着书包，保姆送他到学校去，经过鲁迅先生的门前，保姆总是吩咐他说：

“轻一点走，轻一点走。”

鲁迅先生刚一睡下，太阳就高起来了，太阳照着隔院子的人家，明亮亮的，照着鲁迅先生花园的夹竹桃，明亮亮的。

鲁迅先生的书桌整整齐齐的，写好的文章压在书下边，毛笔在烧瓷的小龟背上站着。

一双拖鞋停在床下，鲁迅先生在枕头上边睡着了。

鲁迅先生喜欢吃一点酒，但是不多吃，吃半小碗或一碗。鲁迅先生吃的是中国酒，多半是花雕。

老靶子路有一家小吃茶店，只有门面一间，在门面里边设座，座少，安静，光线不充足，有些冷落。鲁迅先生常到这里吃茶店来，有约会多半是在这里边，老板是犹太人也许是白俄，胖胖的，中国话大概他听不懂。

鲁迅先生这一位老人，穿着布袍子，有时到这里来，泡一壶红茶，和青年人坐在一道谈了一两个钟头。

有一天鲁迅先生的背后那茶座里边坐着一位摩登女子，身穿紫裙子黄衣裳，头戴花帽子……那女子临走时，鲁迅先生一看她，就用眼瞪着她，很生气的看了她半天。而后说：

"是做什么的呢？"

鲁迅先生对于穿着紫裙子黄衣裳，花帽子的人就是这样看法的。

鬼到底是有的是没有的？传说上有人见过，还跟鬼说过话，还有人被鬼在后边追赶过，吊死鬼一见了人就贴在墙上。但没有一个人捉住一个鬼给大家看看。

鲁迅先生讲了他看见过鬼的故事给大家听：

"是在绍兴……"鲁迅先生说，"三十年前……"

那时鲁迅先生从日本读书回来，在一个师范学堂里也不知是什么学堂里教书，晚上没有事时，鲁迅先生总是到朋友家去谈天。这朋友住的离学堂几里路，几里路不算远，但必得经过一片坟地。谈天有的时候就谈得晚了，十一二点钟才回学堂的事也常有，有一天鲁迅先生就回去得很晚，天空有很大的月亮。

鲁迅先生向着归路走得很起劲时，往远处一看，远远有一个白影。

鲁迅先生不相信鬼的，在日本留学时是学的医，常常把死人抬来解剖的，鲁迅先生解剖过二十几个，不但不怕鬼，对死人也不怕，所以，对于坟地也就根本不怕，仍旧是向前走的。

走了不几步，那远处的白影没有了，再看突然又有了。并且时小时大，时高时低，正和鬼一样。鬼不就是变幻无常的吗？

鲁迅先生有点踌躇了，到底向前走呢，还是回过头来走？本来回学堂不止这一条路，这不过是最近的一条就是了。

鲁迅先生仍是向前走，到底要看一看鬼是什么样，虽然那时候也怕了。

鲁迅先生那时从日本回来不久，所以还穿着硬底皮鞋。鲁迅先生决心要给那鬼一个致命的打击，等走到那白影的旁边时，那白影缩小了，蹲下了，一声不响的靠住了一个坟堆。

鲁迅先生就用了他的硬皮鞋踢出去。

那白影噢的一声叫起来，随着就站起来，鲁迅先生定眼看去，他却是个人。

鲁迅先生说在他踢的时候，他是很害怕的，好像若一下不把那东西踢死，自己反而会遭殃的，所以用了全力踢出去。

原来是个盗墓子的人在坟场上半夜作着工作。

鲁迅先生说到这里就笑了起来。

“鬼也是怕踢的，踢他一脚就立刻变成人了。”

我想，倘若是鬼常常让鲁迅先生踢踢倒是好的，因为给了他一个做人的机会。

从福建菜馆叫的菜，有一碗鱼做的丸子。

海婴一吃就说不新鲜，许先生不信，别的人也都不信。因为那丸子有的新鲜，有的不新鲜，别人吃到嘴里的恰好都是没有改味的。

许先生又给海婴一个，海婴一吃，又不是好的，他又嚷嚷着。别人都不注意，鲁迅先生把海婴碟里的拿来尝尝，果然是不新鲜的。鲁迅先生说：

“他说不新鲜，一定也有他的道理，不加以查看就抹杀是不对的。”

……

以后我想起这件事来，私下和许先生谈过，许先生说：“周先生的做人，真是我们学不了的，哪怕一点点小事。”

鲁迅先生包一个纸包也要包得整整齐齐，常常把要寄出的书，鲁迅先生从许先生手里拿过来自己包，许先生本来包得多么好，而鲁迅先生还要亲自动手。

鲁迅先生把书包好了，用细绳捆上，那包方方正正的，连一个角也不准歪一点或扁一点，而后拿着剪刀，把捆书的那绳头都剪得整整齐齐。

就是包这书的纸都不是新的，都是从街上买东西回来留下来的。许先生上街回来把买来的东西一打开随手就把包东西的牛皮纸折起来，随手把小细绳圈了一个圈。若小细绳上有一个疙瘩，也要随手把它解开的，准备着随时用随时方便。

鲁迅先生住的是大陆新村九号。

一进弄堂口，满地铺着大方块的水门汀，院子里不怎样嘈杂，从这院子出入的有时候是外国人，也能够看到外国小孩在院子里零星的玩着。

鲁迅先生隔壁挂着一块大的牌子，上面写着一个“茶”字。

在一九三五年十月一日。

鲁迅先生的客厅摆着长桌，长桌是黑色的，油漆不十分新鲜，但也并不破旧，桌上没有铺什么桌布，只在长桌的当心摆着一个绿豆青色的花瓶，花瓶里长着几株大叶子的万年青，围着长桌有七八张木椅子。尤其是在夜里，全弄堂一点什么声音也听不到。

那夜，就和鲁迅先生和许先生一道坐在长桌旁边喝茶的。当夜谈了许多关于伪满洲国的事情，从饭后谈起，一直谈到九点钟十点钟而后到十一点，时时想退出来，让鲁迅先生好早点休息，因为我看出来鲁迅先生身体不大好，又加上听许先生说过，鲁迅先生伤风了一个多月，刚好了的。

但是鲁迅先生并没有疲倦的样子。虽然客厅里也摆着一张可以卧倒的藤椅，我们劝他几次想让他坐在藤椅上休息一下，但是他没有去，仍旧坐在椅子上，并且还上楼一次，去加穿了一件皮袍子。

那夜鲁迅先生到底讲了些什么，现在记不起来了。也许想起来的不是那夜讲的而是以后讲的也说不定。过了十一点，天就落雨了，雨点淅沥淅沥的打在玻璃窗上，窗子没有窗帘，所以偶一回头，就看到玻璃窗上有小水流往下流。夜已深了，并且落了雨，心里十分着急，几次站起来想要走，但是鲁迅先生和许先生一再说再坐一下：“十二点钟以前终归有车子可搭的。”所以一直坐到将近十二点，才穿起雨衣来，打开客厅外面的响着的铁门，鲁迅先生非要送到铁门外不可。我想为什么他一定要送呢？对于这样年轻的客人，这样的送是应该的吗？雨不会打湿了头发，受了寒伤风不又要继续下去吗？站在铁门外边，鲁迅先生说，并且指着隔壁那家写着“茶”字的大牌子：“下次来记住这个‘茶’字，就是这个‘茶’的隔壁。”而且伸出手去，几乎是触到了钉在锁门旁边的那个九号的‘九’字，“下次来记住‘茶’的旁边九号。”

于是脚踏着方块的水门汀，走出弄堂来，回过身去往院子里边看了一看，鲁迅先生那一排房子统统是黑洞洞的，若不是告诉得那样清楚，下次来恐怕要记不住的。

鲁迅先生的卧室，一张铁架大床，床顶上遮着许先生亲手做的白布刺花的围子，顺着床的一边折着两床被子，都是很厚的，是花洋布的被面。挨着门口的床头的方面站着抽屉柜。一进门的左手摆着八仙桌，桌子的两旁藤椅各一，立柜站在和方桌一排的墙角，立柜本是挂衣裳的，衣裳却很少，都让糖盒子、饼干筒子、瓜子罐给塞满了。有一次 ×× 老板的太太来拿版权的图章花，鲁迅先生就从立柜下边大抽屉里取出的。沿着墙角望窗子那边走，有一张装饰台，桌子上有一个方形的满浮着绿草的玻璃养鱼池，里边游着的不是金鱼而是灰色的扁肚子的小鱼。除了鱼池之外另有一只圆的表，其余那上边满装着书。铁架床靠窗子的那头的书柜里书柜外都是书。最后是鲁迅先生的写字台，那上边也都是书。

鲁迅先生家里，从楼上到楼下，没有一个沙发。鲁迅先生工作时坐的椅子是硬的，休息时的藤椅是硬的，到楼下陪客人时坐的椅子又是硬的。

鲁迅先生的写字台面向着窗子，上海弄堂房子的窗子差不多满一面墙那么大，鲁迅先生把它关起来，因为鲁迅先生工作起来有一个习惯，怕吹风，他说，风一吹，纸就动，时时防备着纸跑，文章就写不好。所以屋子里热得和蒸笼似的，请鲁迅先生到楼下去，他又不肯，鲁迅先生的习惯是不换地方。有时太阳照进来，许先生劝他把书桌移开一点都不肯，只有满身流汗。

鲁迅先生的写字桌，铺了一张蓝格子的油漆布，四角都用图钉按着。桌子上有小砚台一方，墨一块，毛笔站在笔架上。笔架是烧瓷的，在我看来不很细致，是一个龟，龟背上带着好几个洞，笔就插在那洞里。鲁迅先生多半是用毛笔的，钢笔也不是没有，是放在抽屉里。桌上有一个方大的白瓷的烟灰盒，还有一个茶杯，杯子上戴着盖。

鲁迅先生的习惯与别人不同，写文章用的材料和来信都压在桌子上，把桌子都压得满满的，几乎只有写字的地方可以伸开手，其余桌子的一半被书或纸张占有着。

左手边的桌角上有一个带绿灯罩的台灯，那灯泡是横着装的，在上海那是极普通的台灯。

冬天在楼上吃饭，鲁迅先生自己拉着电线把台灯的机关从棚顶的灯头上拔下，而后装上灯泡子。等饭吃过了，许先生再把电线装起来，鲁迅先生的台灯就是这样做成的，拖着一根长的电线在棚顶上。

鲁迅先生的文章，多半是在这台灯下写的。因为鲁迅先生的工作时间，多半是下半夜一两点起，天将明了休息。

卧室就是如此，墙上挂着海婴公子一个月婴孩的油画像。

挨着卧室的后楼里边，完全是书了，不十分整齐，报纸和杂志或洋装的书，都混在这间屋子里，一走进去多少还有些纸张气味。地板被书遮盖得太小了，几乎没有了，大网篮也堆在书中。墙上拉着一条绳子或者是铁丝，就在那上边系了小提盒、铁丝笼之类。风干荸荠就盛在铁丝笼里，扯着的那铁丝几乎被压断了在弯弯着。一推开藏书室的窗子，窗子外边还挂着一筐风干荸荠。

“吃吧，多得很，风干的，格外甜。”许先生说。

楼下厨房传来了煎菜的锅铲的响声，并且两个年老的娘姨慢重重的在讲一些什么。

厨房是家里最热闹的一部分。整个三层楼都是静静的，喊娘姨的声音没有，在楼梯上跑来跑去的声音没有。鲁迅先生家里五六间房子只住着五个人，三位是先生的全家，余下的二位是年老的女佣人。

来了客人都是许先生亲自倒茶，即或是麻烦到娘姨时，也是许先生下楼去吩咐，绝没有站到楼梯口就大声呼唤的时候。所以整个的房子都在静悄悄之中。

只有厨房比较热闹了一点，自来水花花的流着，洋瓷盆在水门汀的水池子上每拖一下磨着擦擦的响，洗米的声音也是擦擦的。鲁迅先生很喜欢吃竹笋的，在菜板上切着笋片笋丝时，刀刃每划下去都是很响的。其他比起别人家的厨房来却冷清极了，所以洗米声和切笋声都分开来听得样样清清晰晰。

客厅的一边摆着并排的两个书架，书架是带玻璃橱的，里边有朵斯托益夫斯基[①]的全集和别的外国作家的全集，大半都是日文译本。地板上没有地毯，但擦得非常干净。

海婴公子的玩具橱也站在客厅里，里边是些毛猴子、橡皮人、火车汽车之类，里边装得满满的，别人是数不清的，只有海婴自己伸手到里边找些什么就有什么。过新年时在街上买的兔子灯，纸毛上已经落了灰尘了，仍摆在玩具橱顶上。

客厅只有一个灯头，大概五十烛光。客厅的后门对着上楼的楼梯，前门一打开有一个一方丈大小的花园，花园里没有什么花看，只有一株很高的七八尺高的小树，大概那树是柳桃，一到了春天，喜欢生长蚜虫，忙得许先生拿着喷蚊虫的机器，一边陪着谈话，一边喷

① 朵斯托益夫斯基：即俄国作家费奥多米·米哈伊洛维奇·陀思妥耶夫斯基（1821-1881）。代表作《罪与罚》。

着杀虫药水。沿着墙根，种了一排玉米，许先生说："这玉米长不大的，这土是没有养料的，海婴一定要种。"

春天，海婴在花园里掘着泥沙，培植着各种玩艺。

三楼则特别静了，向着太阳开着两扇玻璃门，门外有一个水门汀的突出的小廊子，春天很温暖的抚摸着门口长垂着的帘子，有时候帘子被风打得很高，飘扬的饱满得和大鱼泡似的。那时候隔院的绿树照进玻璃门扇里来了。

海婴坐在地板上装着小工程师在修着一座楼房，他那楼房是用椅子横倒了架起来修的，而后遮起一张被单来算作屋瓦，全个房子在他自己拍着手的赞誉声中完成了。

这屋间感到些空旷和寂寞，既不像女工住的屋子，又不像儿童室。海婴的眠床靠着屋子的一边放着，那大圆顶帐子日里也不打起来，长拖拖的好像从棚顶一直垂到地板上，那床是非常讲究的，属于刻花的木器一类的。许先生讲过，租这房子时，从前一个房客转留下来的。海婴和他的保姆，就睡在五六尺宽的大床上。

冬天烧过的火炉，三月里还冷冰冰的在地板上站着。

海婴不大在三楼上玩的，除了到学校去，就是在院子里踏脚踏车，他非常喜欢跑跳，所以厨房、客厅、二楼，他是无处不跑的。

三楼整天在高处空着，三楼的后楼住着另一个老女工，一天很少上楼来，所以楼梯擦过之后，一天到晚干净得溜明。

一九三六年三月里鲁迅先生病了，靠在二楼的躺椅上，心脏跳动得比平日厉害，脸色微灰了一点。

许先生正相反的，脸色是红的，眼睛显得大了，讲话的声音是平静的，态度并没有比平日慌张。在楼下一走进客厅来许先生就告诉说：

"周先生病了，气喘……喘得厉害，在楼上靠在躺椅上。"

鲁迅先生呼喘的声音，不用走到他的旁边，一进了卧室就听得到的。鼻子和胡须在扇着，胸部一起一落。眼睛闭着，差不多永久不离开手的纸烟，也放弃了。躺藤椅后边靠着枕头，鲁迅先生的头有些向后，两只手空闲的垂着。眉头仍和平日一样没有聚皱，脸上是平静的，舒展的，似乎并没有任何痛苦加在身上。

“来了吗？”鲁迅先生睁一睁眼睛，“不小心，着了凉……呼吸困难……到藏书的房子去翻一翻书……那房子因为没有人住，特别凉……回来就……”

许先生看周先生说话吃力，赶快接着说周先生是怎样气喘的。

医生看过了，吃了药，但喘并未停。下午医生又来过，刚刚走。

卧室在黄昏里边一点一点的暗下去，外边起了一点小风，隔院的树被风摇着发响。别人家的窗子有的被风打着发出自动关开的响声，家家的流水道都是花拉花拉的响着水声，一定是晚餐之后洗着杯盘的剩水。晚餐后该散步的散步去了，该会朋友的会友去了，弄堂里来去的稀疏不断的走着人，而娘姨们还没有解掉围裙呢，就依着后门彼此搭讪起来。小孩子们三五一伙前门后门的跑着，弄堂外汽车穿来穿去。

鲁迅先生坐在躺椅上，沉静的，不动的合着眼睛，略微灰了的脸色被炉里的火光染红了一点。纸烟听子蹲在书桌上，盖着盖子，茶杯也蹲在桌子上。

许先生轻轻的在楼梯上走着，许先生一到楼下去，二楼就只剩了鲁迅先生一个人坐在椅子上，呼喘把鲁迅先生的胸部有规律性的抬得高高的。

“鲁迅先生必得休息的。”须藤老医生是这样说的。可是鲁迅先生从此不但没有休息，并且脑子里所想的更多了，要做的事情都像非立刻就做不可，校《海上述林》的校样，印珂尔惠支[1]的画，翻译《死魂灵》下部；刚好了，这些就都一起开始了，还计算着出三十年集（即《鲁迅全集》）。

鲁迅先生感到自己的身体不好，就更没有时间注意身体，所以要多做，赶快做。当时大家不解其中的意思，都以为鲁迅先生不加

① 珂尔惠支：即珂勒惠支。

以休息不以为然，后来读了鲁迅先生《死》[1]的那篇文章才了然了。

鲁迅先生知道自己的健康不成了，工作的时间没有几年了，死了是不要紧的，只要留给人类更多，鲁迅先生就是这样。

不久书桌上德文字典和日文字典都摆起来了，果戈里的《死魂灵》，又开始翻译了。

鲁迅先生的身体不大好，容易伤风，伤风之后，照常要陪客人，回信，校稿子。所以伤风之后总要拖下去一个月或半个月的。

瞿秋白的《海上述林》校样，一九三五年冬，一九三六年的春天，鲁迅先生不断的校着，几十万字的校样，要看三遍，而印刷所送校样来总是十页八页的，并不是统统一道的送来，所以鲁迅先生不断的被这校样催索着，鲁迅先生竟说：

"看吧，一边陪着你们谈话，一边看校样，眼睛可以看，耳朵可以听……"

有时客人来了，一边说着笑话，一边鲁迅先生放下了笔。有的时候也说："就剩几个字了……请坐一坐……"

一九三五年冬天许先生说：

"周先生的身体是不如从前了。"

有一次鲁迅先生到饭馆里去请客，来的时候兴致很好，还记得那次吃了一只烤鸭子，整个的鸭子用大钢叉子叉上来时，大家看着这鸭子烤得又油又亮的，鲁迅先生也笑了。

菜刚上满了，鲁迅先生就到竹躺椅上吸一支烟，并且合一合眼睛。一吃完了饭，有的喝多了酒的，大家都乱闹了起来，彼此抢着苹果，彼此讽刺着玩，说着一些刺人可笑的话。而鲁迅先生这时候，坐在躺椅上，合着眼睛，很庄严的在沉默着，让拿在手上纸烟的烟丝，慢慢的上升着。

别人以为鲁迅先生也是喝多了酒吧！

---

① 《死》：鲁迅随笔，作于1936年9月5日，载1936年9月20日《中流》半月刊第一期第二卷。

许先生说，并不的。

“周先生的身体是不如从前了，吃过了饭总要合一合眼稍微休息一下，从前一向没有这习惯。”

周先生从椅子上站起来了，大概说他喝多了酒的话让他听到了。

“我不多喝酒的。小的时候，母亲常提到父亲喝了酒，脾气怎样坏，母亲说，长大了不要喝酒，不要像父亲那样子……所以我不多喝的……从来没喝醉过……”

鲁迅先生休息好了，换了一支烟，站起来也去拿苹果吃，可是苹果没有了。鲁迅先生说：

“我争不过你们了，苹果让你们抢没了。”

有人抢到手的还在保存着的苹果，奉献出来，鲁迅先生没有吃，只在吸烟。

一九三六年春，鲁迅先生的身体不大好，但没有什么病，吃过了夜饭，坐在躺椅上，总要闭一闭眼睛沉静一会。

许先生对我说，周先生在北平时，有时开着玩笑，手按着桌子一跃就能够跃过去，而近年来没有这么做过，大概没有以前那么灵便了。

这话许先生和我是私下讲的，鲁迅先生没有听见，仍靠在躺椅上沉默着呢。

许先生开了火炉的门，装着煤炭花花的响，把鲁迅先生震醒了。一讲起话来鲁迅先生的精神又照常一样。

鲁迅先生睡在二楼的床上已经一个多月了，气喘虽然停止。但每天发热，尤其是下午热度总在三十八度三十九度之间，有时也到三十九度多，那时鲁迅先生的脸是微红的，目力是疲弱的，不吃东西，不大多睡，没有一些呻吟，似乎全身都没有什么痛楚的地方。躺在床上有的时候张开眼睛看着，有的时候似睡非睡的安静的躺着，茶吃得很少。差不多一刻也不停的吸纸烟，而今几乎完全放弃了，纸烟听子不放在床边，而仍很远的蹲在书桌上，若想吸一支，是请许先生付给的。

许先生从鲁迅先生病起，更过度的忙了。按着时间给鲁迅先生吃药，按着时间给鲁迅先生试温度表，试过了之后还要把一张医生发给的表格填好，那表格是一张硬纸，上面画了无数根线，许先生就在这张纸上拿着米度尺画着度数，那表画得和尖尖的小山丘似的，又像尖尖的水晶石，高的低的一排连的站着。许先生虽然每天画，但那像是一条接连不断的线，不过从低处到高处，从高处到低处，这高峰越高越不好，也就是鲁迅先生的热度越高了。

来看鲁迅先生的人，多半都不到楼上来了，为的是请鲁迅先生好好的静养，所以把客人这些事也推到许先生身上来了。还有书、报、信，都要许先生看过，必要的就告诉鲁迅先生，不十分必要的，就先把它放在一处放一放，等鲁迅先生好些了再取出来交给他。然而这家庭里边还有许多琐事，比方年老的娘姨病了，要请两天假；海婴的牙齿脱掉一个要到牙医那里去看过，但是带他去的人没有，又得许先生。海婴在幼稚园里读书，又是买铅笔，买皮球，还有临时出些个花头，跑上楼来了，说要吃什么花生糖什么牛奶糖，他上楼来是一边跑着一边喊着，许先生连忙拉住了他，拉他下了楼才跟他讲：

“爸爸病啦。”而后拿出钱来，嘱咐好了娘姨，只买几块糖而不准让他格外的多买。

收电灯费的来了，在楼下一打门，许先生就得赶快往楼下跑，怕的是再多打几下，就要惊醒了鲁迅先生。

海婴最喜欢听讲故事，这也是无限的麻烦，许先生除了陪海婴讲故事之外，还要在长桌上偷一点工夫来看鲁迅先生为着病耽搁下来的尚未校完的校样。

在这期间，许先生比鲁迅先生更要担当一切了。

鲁迅先生吃饭，是在楼上单开一桌，那仅仅是一个方木盘，许先生每餐亲手端到楼上去，那黑油漆的方木盘中摆着三四样小菜，每样都用小吃碟盛着，那小吃碟直径不过二寸，一碟豌豆苗或菠菜或苋菜，把黄花鱼或者鸡之类也放在小碟里端上楼去。若是鸡，那鸡也是全鸡身上最好的一块地方拣下来的肉；若是鱼，也是鱼身上最好一部分，许先生才把它拣下放在小碟里。

许先生用筷子来回的翻着楼下的饭桌上菜碗里的东西，菜拣嫩的，不要茎，只要叶，鱼肉之类，拣烧得软的，没有骨头没有刺的。

心里存着无限的期望，无限的要求，用了比祈祷更虔诚的目光，许先生看着她自己手里选得精精致致的菜盘子，而后脚板触着楼梯上了楼。

希望鲁迅先生多吃一口，多动一动筷，多喝一口鸡汤。鸡汤和牛奶是医生所嘱的，一定要多吃一些的。

把饭送上去，有时许先生陪在旁边，有时走下楼来又做些别的事，半个钟头之后，到楼上去取这盘子。这盘子装得满满的，有时竟照原样一动也没有动又端下来了，这时候许先生的眉头微微的皱了一点。旁边若有什么朋友，许先生就说："周先生的热度高，什么也吃不落，连茶也不愿意吃，人很苦，人很吃力。"

有一天许先生用着波浪式的专门切面包的刀切着一个面包，是在客厅后边方桌上切的，许先生一边切着一边对我说：

"劝周先生多吃些东西，周先生说，人好了再保养，现在勉强吃也是没有用的。"

许先生接着似乎问着我：

"这也是对的？"

而后把牛奶面包送上楼去了。一碗烧好的鸡汤，从方盘里许先生把它端出来了，就摆在客厅后的方桌上。许先生上楼去了，那碗热的鸡汤在桌子上自己悠然的冒着热气。

许先生由楼上回来还说呢：

"周先生平常就不喜欢吃汤之类，在病里，更勉强不下了。"

那已经送上去的一碗牛奶又带下来了。

许先生似乎安慰着自己似的。

“周先生人强，欢喜吃硬的，油炸的，就是吃饭也欢喜吃硬饭……”

许先生楼上楼下的跑，呼吸有些不平静，坐在她旁边，似乎可以听到她心脏的跳动。

鲁迅先生开始独桌吃饭以后，客人多半不上楼来了，经许先生婉言把鲁迅先生健康的经过报告了之后就走了。

鲁迅先生在楼上一天一天的睡下去，睡了许多日子就有些寂寞了，有时大概热度低了点就问许先生：

“有什么人来过吗？”

看鲁迅先生精神好些，就一一的报告过。

有时也问到有什么刊物来吗。

鲁迅先生病了一个多月了。

证明了鲁迅先生是肺病，并且是肋膜炎，须藤①老医生每天来了，为鲁迅先生先把肋膜化腐的东西用打针的方法抽净，每天抽一次，共抽了一两个礼拜。

这样的病，为什么鲁迅先生一点也不晓得呢？许先生说，周先生有时觉得肋痛了就自己忍着不说，所以连许先生也不知道，鲁迅先生怕别人晓得了又要不放心，又要看医生，医生一定又要说休息。鲁迅先生自己知道做不到的。

福民医院美国医生的检查，说鲁迅先生肺病已经二十年了。这次发了怕是很严重。

医生规定个日子，请鲁迅先生到福民医院去详细检查，要照X光的。

但鲁迅先生当时就下楼是下不得的，又过了许多天，鲁迅先生到福民医院去查病去了。照X光后给鲁迅先生照了一个全部的肺部的照片。

---

① 须藤：即日本医生须藤五百三（1876-？），日本冈山县下原村（现在川上郡成羽町）人，曾作为军医被派往中国，1918年离开军队，后在上海开私人诊所。1934年11月开始为鲁迅治病，直到鲁迅逝世。抗战结束后，须藤五百三回国继续从医。

这照片取来的那天，许先生在楼下给大家看了，右肺的上尖角是黑的，中部也黑了一块，左肺的下半部都不大好，而沿着左肺的边边黑了一大圈。

这之后，鲁迅先生的热度仍高，若再这样热度不退，就很难抵抗了。

那查病的美国医生，只查病，而不给药吃，他相信药是没有用的。

须藤老医生，鲁迅先生早就认识，所以每天来，他给鲁迅先生吃了些退热的药，还吃停止肺部菌活动的药。他说若肺不再坏下去，就停止在这里，热自然就退了，人是不危险的。

在楼下的客厅里许先生哭了。许先生手里拿着一团毛线，那是海婴的毛线衣拆了洗过之后又团起来的。

鲁迅先生在无欲望状态中，什么也不吃，什么也不想，睡觉是似睡非睡的。

天气热起来了，客厅的门窗都打开着，阳光跳跃在门外的花园里。麻雀来了停在夹竹桃上叫了三两声就又飞去，院子里的小孩们唧唧喳喳的玩耍着，风吹进来好像带着热气，扑到人的身上，天气刚刚发芽的春天，变为夏天了。

楼上老医生和鲁迅先生谈话的声音隐约可以听到。

楼下又来客人，来的人总要问：

“周先生好一点吗？”

许先生照常说：“还是那样子。”

但今天说了眼泪又流了满脸。一边拿起杯子来给客人倒茶，一边用左手拿着手帕按着鼻子。

客人问：

“周先生又不大好吗？”

许先生说：

“没有的，是我心窄。”

过了一会鲁迅先生要找什么东西，喊许先生上楼去，许先生连忙擦着眼睛，想说她不上楼的，但左右看了一看，没有人能替代了她，于是带着她那团还没有缠完的毛线球上楼去了。

楼上坐着老医生，还有两位探望鲁迅先生的客人。许先生一看了他们就自己低了头不好意思的笑了，她不敢到鲁迅先生的面前去，背转着身问鲁迅先生要什么呢，而后又是慌忙的把毛线缕挂在手上缠了起来。

一直到送老医生下楼，许先生都是把背向鲁迅先生而站着的。

每次老医生走，许先生都是替老医生提着皮提包送到前门外的。许先生愉快的、沉静的带着笑容打开铁门闩，很恭敬的把皮包交给老医生，眼看着老医生走了才进来关了门。

这老医生出入在鲁迅先生的家里，连老娘姨对他都是尊敬的，医生从楼上下来时，娘姨若在楼梯的半道，赶快下来躲开，站到楼梯的旁边。有一天老娘姨端着一个杯子上楼，楼上医生和许先生一道下来了，那老娘姨躲闪不灵，急得把杯里的茶都颠出来了。等医生走过去，已经走出了前门，老娘姨还在那里呆呆的望着。

“周先生好了点吧？”

有一天许先生不在家，我问着老娘姨。她说：

“谁晓得，医生天天看过了不声不响的就走了。”

可见老娘姨对医生每天是怀着期望的眼光看着他的。

许先生很镇静，没有紊乱的神色，虽然说那天当着人哭过一次，但该做什么，仍是做什么，毛线该洗的已经洗了，晒的已经晒起，晒干了的随手就把它缠成团子。

“海婴的毛线衣，每年拆一次，洗过之后再重打起，人一年一年的长，衣裳一年穿过，一年就小了。”

在楼下陪着熟的客人，一边谈着，一边开始手里动着竹针。

这种事情许先生是偷空就做的，夏天就开始预备着冬天的，冬天就做夏天的。

许先生自己常常说：

“我是无事忙。”

这话很客气，但忙是真的，每一餐饭，都好像没有安静的吃过。海婴一会要这个，要那个；若一有客人，上街临时买菜，下厨房煎炒还不说，就是摆到桌子上来，还要从菜碗里为着客人选好的夹过去。饭后又是吃水果，若吃苹果还要把皮削掉，若吃荸荠看客人削得慢而不好也要削了送给客人吃，那时鲁迅先生还没有生病。

许先生除了打毛线衣之外，还用机器缝衣裳，剪裁了许多件海婴的内衫裤在窗下缝。

因此许先生对自己忽略了，每天上下楼跑着，所穿的衣裳都是旧的，次数洗得太多，纽扣都洗脱了，也磨破了，都是几年前的旧衣裳，春天时许先生穿了一个紫红宁绸袍子，那料子是海婴在婴孩时候别人送给海婴做被子的礼物。做被子，许先生说很可惜，就拣起来做一件袍子。正说着，海婴来了，许先生使眼神，且不要提到，若提到海婴又要麻烦起来了，一定要说是他的，他就要要。

许先生冬天穿一双大棉鞋，是她自己做的。一直到二三月早晚冷时还穿着。

有一次我和许先生在小花园里一道拍一张照片，许先生说她的纽扣掉了，还拉着我站在她前边遮着她。

许先生买东西也总是到便宜的店铺去买，再不然，到减价的地方去买。

处处俭省，把俭省下来的钱，都印了书和印了画。

现在许先生在窗下缝着衣裳，机器声格答格答的，震着玻璃门有些颤抖。

窗外的黄昏，窗内许先生低着的头，楼上鲁迅先生的咳嗽声，都搅混在一起了，重续着、埋藏着力量。在痛苦中，在悲哀中，一种对于生的强烈的愿望站得和强烈的火焰那样坚定。

许先生的手指把捉了在缝的那张布片，头有时随着机器的力量低沉了一两下。

许先生的面容是宁静的、庄严的、没有恐惧的，坦荡的在使用着机器。

海婴在玩着一大堆黄色的小药瓶，用一个纸盒子盛着，端起来楼上楼下的跑。向着阳光照是金色的，平放着是咖啡色的，他招聚了小朋友来，他向他们展览，向他们夸耀，这种玩艺只有他有而别人不能有。他说：

“这是爸爸打药针的药瓶，你们有吗？”

别人不能有，于是他拍着手骄傲的呼叫起来。

许先生一边招呼着他，不叫他喊，一边下楼来了。

“周先生好了些？”

见了许先生大家都是这样问的。

“还是那样子，”许先生说，随手抓起一个海婴的药瓶来，“这不是么，这许多瓶子，每天打一针，药瓶也积了一大堆。”

许先生一拿起那药瓶，海婴上来就要过去，很宝贵的赶快把那小瓶摆到纸盒里。

在长桌上摆着许先生自己亲手做的蒙着茶壶的棉罩子，从那蓝缎子的花罩子下拿着茶壶倒着茶。

楼上楼下都是静的了，只有海婴快活的和小朋友们的吵嚷躲在太阳里跳荡。

海婴每晚临睡时必向爸爸妈妈说：“明朝会！”

有一天他站在走上三楼去的楼梯口上喊着：

“爸爸，明朝会！”

鲁迅先生那时正病得沉重，喉咙里边似乎有痰，那回答的声音很小，海婴没有听到，于是他又喊：

“爸爸，明朝会！”他等一等，听不到回答的声音，他就大声的连串的喊起来：

“爸爸，明朝会，爸爸，明朝会，……爸爸，明朝会……”

他的保姆在前边往楼上拖他，说是爸爸睡了，不要喊了。可是他怎么能够听呢，仍旧喊。

这时鲁迅先生说“明朝会”，还没有说出来喉咙里边就像有东西在那里堵塞着，声音无论如何放不大。到后来，鲁迅先生挣扎着把头抬起来才很大声的说出：

“明朝会，明朝会。”

说完了就咳嗽起来。

许先生被惊动得从楼下跑来了，不住的训斥着海婴。

海婴一边哭着一边上楼去了，嘴里唠叨着：

“爸爸是个聋人哪！”

鲁迅先生没有听到海婴的话，还在那里咳嗽着。

鲁迅先生在四月里，曾经好了一点，有一天下楼去赴一个约会，把衣裳穿得整整齐齐，手下夹着黑花包袱，戴起帽子来，出门就走。

许先生在楼下正陪客人，看鲁迅先生下来了，赶快说：

“走不得吧，还是坐车子去吧。”

鲁迅先生说：“不要紧，走得动的。”

许先生再加以劝说，又去拿零钱给鲁迅先生带着。

鲁迅先生说不要不要，坚决的就走了。

“鲁迅先生的脾气很刚强。”

许先生无可奈何的，只说了这一句。

鲁迅先生晚上回来，热度增高了。

鲁迅先生说：

“坐车子实在麻烦，没有几步路，一走就到。还有，好久不出去，愿意走走……动一动就出毛病……还是动不得……”

病压服着鲁迅先生又躺下了。

七月里，鲁迅先生又好些。

药每天吃，记温度的表格照例每天好几次在那里画，老医生还是照常的来，说鲁迅先生就要好起来了，说肺部的菌已经停止了一大半，肋膜也好了。

客人来差不多都要到楼上来拜望拜望。鲁迅先生带着久病初愈的心情，又谈起话来，披了一张毛巾子坐在躺椅上，纸烟又拿在手里了，又谈翻译，又谈某刊物。

一个月没有上楼去，忽然上楼还有些心不安，我一进卧室的门，觉得站也没地方站，坐也不知坐在哪里。

许先生让我吃茶，我就倚着桌子边站着，好像没有看见那茶杯似的。

鲁迅先生大概看出我的不安来了，便说：

“人瘦了，这样瘦是不成的，要多吃点。”

鲁迅先生又在说玩笑话了。

“多吃就胖了，那么周先生为什么不多吃点？”

鲁迅先生听了这话就笑了，笑声是明朗的。

从七月以后鲁迅先生一天天的好起来了，牛奶、鸡汤之类，为了医生所嘱也隔三差五的吃着，人虽是瘦了，但精神是好的。

鲁迅先生说自己体质的本质是好的，若差一点的，就让病打倒了。

这一次鲁迅先生保持了很长的时间，没有下楼更没有到外边去过。

在病中，鲁迅先生不看报，不看书，只是安静的躺着。但有一张小画是鲁迅先生放在床边上不断看着的。

那张画，鲁迅先生未生病时，和许多画一道拿给大家看过的，小得和纸烟包里抽出来的那画片差不多。那上边画着一个穿大长裙子飞散着头发的女人在大风里边跑，在她旁边的地面上还有小小的红玫瑰花的花朵。

记得是一张苏联某画家着色的木刻。

鲁迅先生有很多画，为什么只选了这张放在枕边。

许先生告诉我的，她也不知道鲁迅先生为什么常常看这小画。

有人来问他这样那样的，他说：

“你们自己学着做，若没有我呢！”

这一次鲁迅先生好了。

还有一样不同的，觉得做事要多做……

鲁迅先生以为自己好了，别人也以为鲁迅先生好了。

准备冬天要庆祝鲁迅先生工作三十年。

又过了三个月。

一九三六年十月十七日，鲁迅先生病又发了，又是气喘。

十七日，一夜未眠。

十八日，终日喘着。

十九日，夜的下半夜，人衰弱到极点了。天将发白时，鲁迅先生就像他平日一样，工作完了，他休息了。

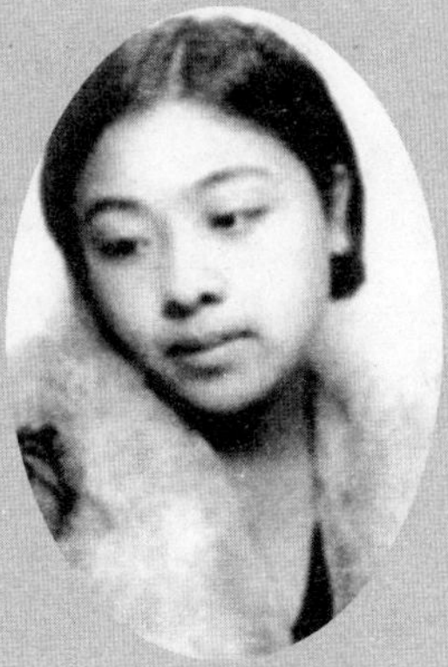

丁

玲

莎菲女士的日记[①]

十二月二十四

今天又刮风！天还没亮，就被风刮醒了。伙计又跑进来生火炉。我知道，这是怎样都不能再睡得着了的。我也知道，不起来，便会头昏，睡在被窝里是太爱想到一些奇奇怪怪的事上去。医生说顶好能多睡，多吃，莫看书，莫想事，偏这就不能，夜晚总得到两三点才能睡着，天不亮又醒了。象这样刮风天，真不能不令人想到许多使人焦躁的事。并且一刮风，就不能出去玩，关在屋子里没有书看，还能做些什么？一个人能呆呆的坐着，等时间的过去吗？我是每天都在等着，挨着，只想这冬天快点过去；天气一暖和，我咳嗽总可好些，那时候，要回南便回南，要进学校便进学校，但这冬天可太长了。

太阳照到纸窗上时，我是在煨第三次的牛奶。昨天煨了四次。次数虽煨得多，却不定是要吃，这只不过是一个人在刮风天为免除烦恼的养气法子。这固然可以混去一小点时间，但有时却又不

① 该篇首刊于1928年2月《小说月报》。

能不令人更加生气，所以上星期整整的有七天没玩它，不过在没想出别的法子时，是又不能不借重它来象一个老年人耐心着消磨时间。

报来了，便看报，顺着次序看那大号字标题的国内新闻，然后又看国外要闻，本埠琐闻……把教育界，党化教育，经济界，九六公债盘价……全看完，还要再去温习一次昨天前天已看熟了的那些招男女编级新生的广告，那些为分家产起诉的启事，连那些什么六〇六、百零机、美容药水、开明戏、真光电影……都熟习了过后才懒懒的丢开报纸。自然，有时会发现点新的广告，但也除不了是些绸缎铺五年六年纪念的减价，恕讣不周的讣闻之类。

报看完，想不出能找点什么事做，只好一人坐在火炉旁生气。气的事，也是天天气惯了的。天天一听到从窗外走廊上传来的那些住客们喊伙计的声音，便头痛，那声音真是又粗，又大，又嗄，又单调；“伙计，开壶！”或是“脸水，伙计！”这是谁也可以想象出来的一种难听的声音。还有，那楼下电话也是不断的有人在那电机旁大声的说话。没有一些声息时，又会感到寂沉沉的可怕，尤其是那四堵粉垩的墙。它们呆呆的把你眼睛挡住，无论你坐在哪方：逃到床上躺着吧，那同样的白垩的天花板，便沉沉的把你压住。真找不出一件事是能令人不生嫌厌的心的；如同那麻脸伙计，那有抹布味的饭菜，那扫不干净的窗格上的沙土，那洗脸台上的镜子——这是一面可以把你的脸拖到一尺多长的镜子，不过只要你肯稍微一偏你的头，那你的脸又会扁得使你自己也害怕……这都是可以令人生气了又生气。也许这只我一人如是。但我却宁肯能找到些新的不快活，不满足；只是新的，无论好坏，似乎都隔得我太远了。

吃过午饭，苇弟便来了，我一听到他那特有的急遽的皮鞋声已从走廊的那端传来时，我的心似乎便从一种窒息中透出一口气来的感到舒适。但我却不会表示，所以当苇弟进来时，我只能默默的望着他；他反以为我又在烦恼，握紧我一双手：“姊姊，姊姊。”那样不断的叫着。我，我自然笑了！我笑的什么呢，我知道！在那两颗只望到我眼睛下面的跳动的眸子中，我准懂得那收藏在眼睑下面，不愿给人知道的是些什么东西！这是有多么久了，你，苇弟，你在爱我！但他捉住过我吗？自然，我是不能负一点责，一个女人是应当这样。其实，我算够忠厚了；我不相信会有第二个女人这样不捉弄他的，并且我还在确确实实的可怜他，竟有时忍不住想去指点他："苇弟，你不可以换个方法吗？这样是只能反使我不高兴的……"对的，假使苇弟能够再聪明一点，我是可以比较喜欢他些，但他却只能如此忠实的去表现他的真挚！

苇弟看见我笑了，便很满足。跳过床头去脱大氅，还脱下他那顶大皮帽来。假使他这时再掉过头来望我一下，我想他一定可以从我的眼睛里得些不快活去。为什么他不可以再多的懂得我些呢？

我总愿意有那末一个人能了解得我清清楚楚的，如若不懂得我，我要那些爱，那些体贴做什么？偏偏我的父亲，我的姊姊，我的朋友都能如此盲目的爱惜我，我真不知他们所爱惜我的是些什么；爱我的骄纵，爱我的脾气，爱我的肺病吗？有时我为这些生气，伤心，但他们却都更容让我，更爱我，说一些错到更能使我想打他们的一些安慰话。我真愿意在这种时候会有人懂得我，便骂我，我也可以快乐而骄傲了。

没有人来理我，看我，我是会想念人家，或恼恨人家，但有人来后，我不觉得又会给人一些难堪，这也是无法的事。近来为要磨练自己，常常话到口边便咽住，怕又在无意中竟刺着了别人的隐处，虽说是开玩笑。因为如此，所以这是可以想象出来的，我是拿一种什么样的心情在陪苇弟坐。但苇弟若站起身来喊走时，我是又会因怕寂寞而感到怅惘，而恨起他来。这个，苇弟是早就知道了的，所以他一直到晚上十点钟才回去。不过我却不骗人，并不骗自己，我清白，苇弟不走，不特于他没有益处，反只能让我更觉得他太容易支使，或竟更可怜他的太不会爱的技巧了。

十二月二十八

今天我请毓芳同云霖看电影。毓芳却邀了剑如来。我气得只想哭，但我却纵声的笑了。剑如，她是多么可以损害我自尊之心的；我因为她的容貌、举止，无一不象我幼时所最投洽的一个朋友，所以我竟不觉的时常在追随她，她又特意给了我许多敢于亲近她的勇气。但后来，我却遭受了一种不可忍耐的待遇，无论什么时候想起，我都会痛恨我那过去的，已不可追悔的无赖行为：在一个星期中我曾足足的给了她八封长信，而未曾给人理睬过。毓芳真不知想的哪一股劲，明知我已不愿再提起从前的事，却故意要邀着她来，象有心要挑逗我的愤恨一样，我真气了。

我的笑，毓芳和云霖是不会留意这有什么变异，但剑如，她是能感觉得；可是她会装，装糊涂，同我毫无芥蒂的说话。我预备骂她几句，不过话只到口边便想到我为自己定下的戒条，并且做得太认真，怕越令人得意。所以我又忍下心去同她们玩。

到真光时，还很早，在门口又遇着一群同乡的小姐们，我真厌恶那些惯做的笑靥，我不去理她们，并且我无缘无故的生气到那许多去看电影的人。我乘毓芳同她们说到热闹中，我丢下我所请的客，悄悄回来了。

除了我自己，是没有人会原谅我的。谁也在批评我，谁也不知道我在人前所忍受的一些人们给我的感触。别人说我怪僻，他们哪里知道我却时常在讨人好，讨人欢喜。不过人们太不肯鼓励我去说那太违我心的话，常常给我机会，让我反省到我自己的行为，让我离人们却更远了。

夜深时，全公寓都静静的，我躺在床上好久了。我清清白白的想透了一些事，我还能伤心什么呢？

十二月二十九

一早毓芳就来电话。毓芳是好人，她不会扯谎，大约剑如是真病。毓芳说，起病是为我，要我去，剑如将向我解释。毓芳错了，剑如也错了，莎菲不是欢喜听人解释的人。根本我就否认宇宙间要解释。朋友们好，便好；合不来时，给别人点苦头吃，也是正大光明的事。我还以为我够大量，太没报复人了。剑如既为我病，我倒快活，我不会拒绝听别人为我而病的消息。并且剑如病，还可以减少点我从前自怨自艾的烦恼。

我真不知应怎样才能分析出我自己来。有时为一朵被风吹散了的白云，会感到一种渺茫的，不可捉摸的难过；但看到一个二十多岁的男子（苇弟其实还大我四岁）把眼泪一颗一颗掉到我手背时，却象野人一样在得意的笑了。苇弟是从东城买了许多信纸信封来我这里玩，为了他很快乐，在笑，我便故意去捉弄，看到他哭了，我却快意起来，并且说“请珍重点你的眼泪吧，不要以为姊姊是象别的女人一样脆弱得受不起一颗眼泪……”“还要哭，请你转家去哭，我看见眼泪就讨厌……”自然，他不走，不分辩，不负气，只蜷在椅角边老老实实无声的去流那不知从哪里得来的那末多的眼泪。我，自然，得意够了，是又会惭愧起来，于是用着姊姊的态度去喊他洗脸，抚摩他的头发。他镶着泪珠又笑了。

在一个老实人面前，我是已尽自己的残酷天性去磨折了他，但当他走后，我真又想能抓回他来，只请求他一句：“我知道自己的罪过，请不要再爱这样一个不配承受那真挚的爱的女人了吧！”

一月一号

我不知道那些热闹的人们是怎样的过年法，我是只在牛奶中加了一个鸡子，鸡子还是昨天苇弟拿来的，一共是二十个，昨天煨了七个茶卤蛋，剩下的十三个，大约总够我两星期来吃它。若吃午饭时，苇弟会来，则一定有两个罐头的希望。我真希望他来。因为想到苇弟来，所以我便上单牌楼去买了四合糖，两包点心，一篓橘子和苹果，是预备他来时给他吃的。我是准断定在今天只有他才能来。

但午饭吃过了，苇弟却没来。

我一共写了五封信，都是用前几天苇弟买来的好纸好笔。但我想能接得几个美丽的画片，却不能。连几个最爱弄这个玩艺儿的姊姊们都把我这应得的一份儿忘了。不得画片，不希罕，单单只忘了我，却是可气的事。不过为了自己从不曾给人拜过一次年，算了，这也是应该的。

晚饭还是我一人独吃，我烦恼透了。

夜晚毓芳云霖却来了，还引来一个高个儿少年，我只想他们才真算幸福；毓芳有云霖爱她，她满意，他也满意。幸福不是在有爱人，是在两人都无更大的欲望，商商量量平平和和的过日子。自然，也有人将不屑于这平庸。但那只是另外那人的，却与我的毓芳无关。

毓芳是好人，因为她有云霖，所以她"愿天下有情人皆成眷属"。她去年曾替玛丽作过一次恋爱婚姻介绍者。她又希望我能同苇弟好，因此她一来便问苇弟。但她却和云霖及那高个儿把我给苇弟买的东西吃完了。

那高个儿可真漂亮，这是我第一次感觉到男人的美上面，从来我是没有留心到。只以为一个男人的本行是在会说话，会看眼色，会小心就够了。今天我看了这高个儿，才懂得男人是另铸有一种高贵的模型，我看出那衬在他面前的云霖显得多么委琐，多么呆拙……我真要可怜云霖，假使他知道了他在这个人前所衬出的不幸时，他将怎样伤心他那些所有的粗丑的眼神、举止。我更不知，当毓芳拿着这一高一矮的男人相比时，是会起一种什么情感！

他，这生人，我将怎样去形容他的美呢？固然，他的颀长的身躯，白嫩的面庞，薄薄的小嘴唇，柔软的头发，都足以闪耀人的眼睛，但他却还另外有一种说不出、捉不到的丰仪来煽动你的心。如同，当我请问他的名字时，他是会用那种我想不到的不急遽的态度递过那只擎有名片的手来。我抬起头去，呀，我看见那两个鲜红的，嫩腻的，深深凹进的嘴角了。我能告诉人吗，我是用一种小儿要糖果的心情在望着那惹人的两个小东西。但我知道在这个社会里面是不会准许任我去取得我所要的来满足我的冲动，我的欲望，无论这是于人并不损害的事，所以我只得忍耐着，低下头去，默默的去念那名片上的字：

“凌吉士，新加坡……”

凌吉士，他是能那样毫无拘束的在我这儿谈话，象是在一个很熟的朋友处，难道我能说他这是有意来捉弄一个胆小的人？我是为要强迫的去拒绝引诱，从不敢把眼光抬平去一望那可爱慕的火炉的一角。并且害得两只从不知羞惭的破烂拖鞋，也逼着我不准走到桌前的灯光处。我并且生气我自己：怎么我只会那样拘束，不调皮的在应对？平日看不起别人的交际法，今天才知道自己是还只能显得又呆，又傻气。唉，他一定以为我是一个乡下才出来的姑娘了！

云霖同毓芳两人看见我木木的，以为我不欢喜这生人，常常去打断他的说话，不久带着他走了。这个我也能感激他们的好意吗？我望着那一高两矮的影子在楼下院子中消失时，我真不愿再回到这留得有那人的靴印，那人的声音，和那人吃剩的饼屑的屋子。

一月三号

这两夜通宵通宵的咳嗽。对于药，简直就不会有信仰，药与病不是已毫无关系吗？我明明已厌烦了那苦水，但却又按时去吃它，假使连药也不吃，我更能拿什么来希望我的病呢？神要人忍耐着生活，便安排许多痛苦在死的前面，使人不敢走拢死去。我呢，我是更为了我这短促的不久的生，所以我越求生得利害；不是我怕死，是我总觉得我还没享有我生的一切。我要，我要使我快乐。

无论在白天，在夜晚，我都是在梦想可以使我没有什么遗憾在我死的时候的一些事情。我想我能睡在一间极精致的卧房的睡榻上，有我的姊姊们跪在榻前的熊皮毡子上为我祈祷，父亲悄悄的朝着窗外叹息，我读着许多封从那些爱我的人儿们寄来的长信，朋友们都纪念我流着忠实的眼泪……我迫切的需要这人间的感情，想占有许多不可能的东西。但人们给我的是什么呢？整整又两天，又一人幽囚在公寓里，没有一个人来，也没有一封信来，我躺在床上咳嗽，坐在火炉旁咳嗽，走到桌子前也咳嗽，还想念这些可恨的人们……其实是还收到一封信的，不过这除了更加我一些不快外，也只不过是加我不快。这是在一年前曾骚扰过我的一个安徽粗壮男人所寄来的，我没有看完就扯了。我真肉麻那满纸的“爱呀爱的”！我厌恨我不喜欢的人们的尽献……

我，我能说得出我真实的需要是些什么呢?

一月四号

事情不知错到什么地方去了。我为什么会想到搬家，并且在糊里糊涂中欺骗了云霖，好象扯谎也是本能一样，所以在今天能毫不费力的便使用了。假使云霖知道了莎菲也会哄骗他，他不知应如何伤心，莎菲是他们那样爱惜的一个小妹妹。自然我不是安心的，并且我现在在后悔。但我能决定吗，搬呢，还是不搬?

我是不能不向我自己说：“你是在想念那高个儿的影子呢！”是的，这几天几夜我是无时不神往到那些足以诱惑我的。为什么他不在这几天中单独来会我呢？他应当知道他是不该让我如此的去思慕他。他应当来看我，说他也想念我才对。假使他来，我是不会拒绝去听他所说的一些爱慕我的话，我还将令他知道我所要的是些什么。但他却不来。我估定这象传奇中的事是难实现了。难道我去找他吗？一个女人这样放肆，是不会得好结果的。何况还要别人能尊敬我呢。我想不出好法子来，只好先去到云霖处试一试，所以吃过午饭，我便冒风向东城去。

云霖是京都大学的学生，他的住房便租在一家间于京都大学一院和二院之间的青年胡同里。我到他那里时，幸好他没出去，毓芳也没来。云霖当然很诧异我在大风天出来，我说是到德国医院看病，顺便来这里。他也就毫不疑惑，又来问我的病状，我却把话头故意引到那天晚上。不费一点气力，我便已打探得那人儿是住在第四寄宿舍，位置是在京都大学二院隔壁的。不久，我于是又叹起气来，我用了许多言辞把在西城公寓里的生活，描摹得怎样的寂寞、暗淡。我又扯谎，说我唯一只想能贴近毓芳（我已知道毓芳已预备搬来云霖处）。我要求云霖同我往近处找房。云霖当然高兴这差事，不会迟疑的。

在找房的时候，凑巧竟碰着了凌吉士。他也陪着我们。我真高兴，高兴使我胆大了，我狠狠的望了他几次，他没有觉得。他问我的病，我说全好了，他不信似的在笑。

我看上一间又低，又小，又霉的东房，这是在云霖的隔壁一家叫大元的公寓里。他和云霖都说太湿，我却执意要在第二天便搬来，理由是那边太使我厌倦，而我急切的又要依着毓芳。云霖无法，也就答应了，还说好第二天一早他和毓芳过来替我帮忙。

我能告诉人，我单单选上这房子的用意吗？它是位置在第四寄宿舍和云霖住所之间。

他不曾向我告别，所以我又转到云霖处，我尽所有的大胆在谈笑。我把他什么细小处都审视遍了，我觉得都有我嘴唇放上去的需要。他不会也想到我是在打量他，盘算他吗？后来我特意说我想请他替我补英文，云霖笑，他听后却受窘了，不好意思的在含含糊糊的问答，于是我向心里说，这还不是一个坏蛋呢，那样高大的一个男人却还会红脸？因此我的狂热更炎炽了。但我不愿让人懂得我，看得我太容易，所以我就驱遣我自己，很早的就回来了。

现在仔细一想，我唯恐我的任性，将把我送到更坏的地方去，暂时且住在这有洋炉的房里吧，难道我能说得上我是爱上了那南洋人吗？我还一丝一毫都不知道他呢。什么那嘴唇，那眉梢，那眼角，那指尖……多无意识，这并不是一个人所应需的，我着魔了，会想到那上面。我决计不搬，一心一意来养病。

我决定了。我懊悔，我懊悔我白天所做的一些不是，一个正经女人所做不出来的。

一月六号

都奇怪我，听说我搬了家，南城的金英，西城的江周，都来到我这低湿的小屋里。我笑着，有时在床上打滚，她们都说我越小孩气了，我更大笑起来。我只想告诉她们我想的是什么。下午苇弟也来了。苇弟最不快活我搬家，因为我未曾同他商量，并且离他更远了。他见着云霖时，竟不理他。云霖摸不着他为什么生气，望着他。他却更板起脸孔。我好笑，我向自己说“可怜，冤枉他了，一个好人！”

毓芳不再向我说剑如。她决定两三天便搬来云霖处，因为她觉得我既这样想傍着她住，她不能让我一人寂寂寞寞的住在这里。她和云霖待我更比以前亲热。

一月十号

这几天我都见着凌吉士，但我从没同他多说过几句话，我是决不先提到补英文事。我看见他一天要两次的往云霖处跑，我发笑，我准断定他以前一定不会同云霖如此亲密的。我没有一次邀请他来我那儿去玩，虽说他问了几次搬了家如何，我都装出不懂的样儿笑一下便算回答。我是把所有的心计都放在这上面用，好象同着什么东西搏斗一样。我要着那样东西，我还不愿去取得，我务必想方设计的让他自己送来。是的，我了解我自己，不过是一个女性十足的女人，女人是只把心思放到她要征服的男人们身上。

我要占有他，我要他无条件的献上他的心，跪着求我赐给他的吻呢。我简直癫了，反反复复的只想着我所要施行的手段的步骤，我简直癫了！

毓芳云霖看不出我的兴奋来，只说我病快好了。我也正不愿他们知道，说我病好，我就假装着高兴。

一月十二

毓芳已搬来，云霖却又搬走了。宇宙间竟会生出这样一对人来，为怕生小孩，便不肯住在一起，我猜想他们是连自己也不敢断定：当两人抱在一床时是不会另外又干出些别的事来，所以只好预先防范，不给那肉体接触的机会。至于那单独在一房时的拥抱和亲嘴，是不会发生危险，所以悄悄来表演几次，便不在禁止之列。我忍不住嘲笑他们了，这禁欲主义者！为什么会不需要拥抱那爱人的裸露的身体？为什么要压制住这爱的表现？为什么在两人还没睡在一个被窝里以前，会想到那些不相干足以担心的事？我不相信恋爱是如此的理智，如此的科学！

他俩不生气我的嘲笑，他俩还骄傲着他们的纯洁，而笑我小孩气呢。我体会得出他们的心情，但我不能解释宇宙间所发生的许许多多奇怪的事。

这夜我在云霖处（现在要说毓芳处了）坐到夜晚十点钟才回来，说了许多关于鬼怪的故事。

鬼怪这东西，我是在一点点大的时候就听惯了，坐在姨妈怀里听姨爹讲《聊斋》是常事，并且一到夜里就爱听。至于怕，又是另外一件不愿告人的。因为一说怕，准就听不成，姨爹便会踱过对面书房去，小孩就不准下床了。到进了学校，又从先生口里得知点科学常识，为了信服我们那位周麻子二先生，所以连书本也信服，从此鬼怪便不屑于害怕了。近来人是更在长高长大，说起来，总是否认有鬼怪的，但鸡粟却不肯因为不信便不出来，寒毛一个个也会竖起的。不过每次同人一说到鬼怪时，别人是不知道我正在想拗开些说到别的闲话上去，为的怕夜里一个人睡在被窝里时想到死去了的姨爹姨妈就伤心。

回来时，我看到那黑魆魆的小胡同，真有点胆悸。我想，假使在哪个角落里露出一个大黄脸，或伸来一只毛手，又是在这样象冻住了的冷巷里，我不会以为是意外。但看到身边的这高大汉子（凌吉士）做镖手，大约总可靠，所以当毓芳问我时，我只答应“不怕，不怕”。

云霖也同我们出来，他回他的新房子去，他向南，我们向北，所以只走了三四步，便听不清那橡皮的鞋底在泥板上发出的声音。

他伸来一只手，拢住了我的腰：

“莎菲，你一定怕哟！”

我想挣，但挣不掉。

我的头停在他的胁前，我想，如若在亮处，看起来，我会象个什么东西，被挟在比我高一个头还多的人的腕中。

我把身一蹲，便窜出来了，他也松了手陪我站在大门边打门。

小胡同里黑极了，但他的眼睛望到何处，我却能很清楚的看见。心微微有点跳，等着开门。

“莎菲，你怕哟！”

门闩已在响，是伙计在问谁。我朝他说：“再——”

他猛的却握住我的手，我也无力再说下去。

伙计看到我身后的大人，露着诧异。

到单独只剩两人在一房时，我的大胆，已经是变得毫无用处了，想故意说几句客套话，也不会，只说：“请坐吧！”自己便去洗脸。

鬼怪的事，已不知忘掉到什么地方去了。

“莎菲！你还高兴读英文吗？”他忽然问。

这是他来找我，提到英文，自然他未必欢喜白白牺牲时间去替人补课，这意思，在一个二十岁的女人面前，怎能瞒过，我笑了（这是只在心里笑）。我说：

“蠢得很，怕读不好，丢人。”

他不说话，把我桌上摆的照片拿来玩弄着，这照片是我姊姊的一个刚满一岁的女儿的。

我洗完脸，坐在桌子那头。

他望望我，便又去望那小女孩，然后又望我。是的，这小女孩长的真象我。于是我问他：

“好玩吗？你说象我不象？”

“她，谁呀！”显然，这声音就表示着非常之认真。

“你说可爱不可爱？”

他只追问着是谁。

忽的，我明白了他意思，我又想扯谎了。

“我的。”于是我把像片抢过来吻着。

他信了。我竟愚弄了他，我得意我的不诚实。

这得意，似乎便能减少他的妩媚，他的英爽。要是不，为什么当他显出那天真的诧愕时，我会忽略了他那眼睛，我会忘掉了他那嘴唇？否则，这得意一定将冷淡下我的热情来。

然而当他走后，我却懊悔了。那不是明明安放着许多机会吗？我只要在他按住我手的当儿，另做出一种眼色，让他懂得他是不会遭拒绝，那他一定可以还做出一些比较大胆的事。这种两性间的大胆，我想只要不厌烦那人，是也会象把肉体来融化了的感到快乐，是无疑。但我为什么要给人一些严厉，一些端庄呢？唉，我搬到这破房子里来，到底为的是什么呢？

一月十五

近来我是不算寂寞了，白天便在隔壁玩，晚上又有一个新鲜的朋友陪我谈话。但我的病却越深了。这真不能不令我灰心，我要什么呢，什么也于我无益。难道我有所眷恋吗？一切又是多么的可笑，但死却不期然的会让我一想到便伤心。每次看见那克利大夫的脸色，我便想：是的，我懂得，你尽管说吧，是不是我已没希望了？但我却拿笑代替了我的哭。谁能知道我在夜深流出的眼泪的分量！

几夜，凌吉士都接着接着来，他告人说是在替我补英文，云霖问我，我只好不答应。晚上我拿一本 *Poor People* 放在他面前，他真个便教起我来。我只好又把书丢开，我说："以后你不要再向人说在替我补英文吧，我病，谁也不会相信这事的。"他赶忙便说："莎菲，我不可以等你病好些就教你吗？莎菲，只要你喜欢。"

这新朋友似乎是来得如此够人爱，但我却不知怎的，反而懒于注意到这些事。我每夜看到他丝毫得不着高兴的出去，心里总觉得有点歉仄，我只好在他穿大氅的当儿向他说："原谅我吧，我是有病！"他会错了我的意思，以为我同他客气。"病有什么要紧呢，我是不怕传染的。"后来我仔细一想，也许这话是另含得有别的意思，我真不敢断定人的所作所为是象可以想象出来的那样单纯。

一月十六

今天接到蕴姊从上海来的信，更把我引到百无可望的境地。我哪里还能找得几句话去安慰她呢？她信里说："我的生命，我的爱，都于我无益了……"那她是更不必需要我的安慰，我为她而流的眼泪了。唉！但从她信中，我可以揣想得出她婚后的生活，虽说她未肯明明的表白出来。神为什么要去捉弄这些在爱中的人儿？蕴姊是最神经质，最热情的人，自然她是更受不住那渐渐的冷淡，那已遮饰不住的虚情……我想要蕴姊来北京，不过这是做得到的吗？这还是疑问。

苇弟来的时候，我把蕴姊的信给他看：他真难过，因为那使我蕴姊感到生之无趣的人，不幸便是苇弟的哥哥。于是我又向他说了我许多新得的"人生哲学"的意义，他又尽他唯一的本能在哭。我只是很冷静的去看他怎样使眼睛变红，怎样拿手去擦干，并且我在他那些举动中，加上许多残酷的解释。我未曾想到在人世中，他是一个例外的老实人，不久，我一个人悄悄的跑出去了。

为要躲避一切的熟人，深夜我才独自从冷寂寂的公园里转来，我不知怎样的度过那些时间，我只想："多无意义啊！倒不如早死了干净……"

一月十七

我想：也许我是发狂了！假使是真发狂，我倒愿意。我想，能够得到那地步，我总可以不会再感到这人生的麻烦了吧……

足足有半年为病而禁绝了的酒，今天又开始痛饮了。明明看到那吐出来的是比酒还红的血。但我心却象有什么别的东西主宰一样，似乎这酒便可在今晚致死我一样，我不愿再去细想那些纠纠葛葛的事……

一月十八

现在我还睡在这床上，但不久就将与这屋分别了，也许是永别，我断得定我还有那样能再亲我这枕头，这棉被……的幸福吗？毓芳、云霖、苇弟、金夏都保守着一种沉默围绕着我坐着，焦急的等着天明了好送我进医院去。我是在他们忧愁的低语中醒来的，我不愿说话，我细想昨天上午的事，我闻到屋子中所遗留下来的酒气和腥气，才觉得心是正在剧烈的痛，于是眼泪便汹涌了。因了他们的沉默，因了他们脸上所显现出来的凄惨和暗淡，我似乎感到这便是我死的预兆。假设我便如此长睡不醒了呢，是不是他们也将是如此的沉默的围绕着我僵硬的尸体？他们看见我醒了，便都走拢来问我。这时我真感到了那可怕的死别！我握着他们，仔细望着他们每个的脸，似乎要将这记忆永远保存着。他们都把眼泪滴到我手上，好象觉得我就要长远的离开他们而便走向死之国一样。尤其是苇弟，哭得现出丑的脸。唉，我想：朋友呵，请给我一点快乐吧……于是我反而笑了。我请他们替我清理一下东西，他们便在床铺底下拖出那口大藤箱来，在箱子里有几捆花手绢的小包，我说："这我要的，随着我进协和吧。"他们便递给我，我又给他们看，原来都满满是信札，我又向他们笑："这，你们的也在内！"他们才似乎也快乐些了。苇弟又忙着从抽屉里递给我一本照片，是要我也带去的样子，我更笑了。这里面有七八张是苇弟的单像，我又特容许了苇弟接吻在我手上，并握着我的手在他脸上摩擦，于是这屋子才不至于象真的有个僵尸停着的一样，天光这时也慢慢显出了鱼肚白。他们又忙乱了，慌着在各处找洋车。于是我病院的生活便开始了。

三月四号

接蕴姊死电是二十天以前的事，而我的病却又一天有希望一天了。所以在一号又由送我进院的几人把我送转公寓来，房子已打扫得干干净净。又因为怕我冷，特生了一个小小的洋炉，我真不知应怎样才能表示我的感谢，尤其是苇弟和毓芳。金和周又在我这儿住了两夜才走，都充当我的看护，我是每日都躺着，简直舒服得不象住公寓，同在家里也差不了什么了！毓芳还决定再陪我住几天，等天气暖和点便替我上西山去找房子，我便好专去养病，我也真想能离开北京，可恨阳历三月了，还如是之冷！毓芳硬要住在这儿，我也不好十分拒绝，所以前两天为金和周搭的一个小铺又不能撤了。

近来在病院却把我自己的心又医转了，这实实在在却是这些朋友们的温情把它又重暖了起来，又觉得这宇宙还充满着爱呢。尤其是凌吉士，当他走到医院去看我时，我便觉得很骄傲，我想他那种丰仪才够去看一个在病院女友的病，并且我也懂得，那些看护妇都在羡慕着我呢。有一天，那个很漂亮的密司杨问我：

“那高个儿，是你的什么人呢？”

“朋友！”我是忽略了她问的无礼。

“同乡吗？”

“不，他是南洋的华侨。”

“那末是同学？”

“也不是。”

于是她狡猾的笑了：“就仅是朋友吗？”

自然，我可以不必脸红，并且还可以警诫她几句，但我却惭愧了。她看到我闭着眼装要睡的狼狈样儿，便很得意的笑着走去。后来我一直都恼着她。并且为了躲避麻烦，有人问起苇弟时，我便扯谎说是我的哥哥。有一个同周很好的小伙子，我便说是同乡，或是亲戚的乱扯。

当毓芳上课去后，我一个人留在房里时，我就去翻在一月多中所收到的信，我又很快活，很满足，还有许多人在纪念我呢。我是需要别人纪念的，总觉得能多得点好意就好。父亲是更不必说，又寄了一张像来，只有白头发似乎又多了几根。姊姊们都好，可惜就为小孩们忙得很，不能多替我写信。

信还没有看完，凌吉士又来了。我想站起来，但他却把我按住。他握着我的手时，我快活得真想哭了。我说：

“你想没想到我又会回转这屋子呢？”

他只瞅着那侧面的小铺，表示一种不高兴的样子，于是我告诉他从前的那两位客已走了，这是特为毓芳预备的。

他听了便向我说他今晚不愿再来，怕毓芳会厌烦他。于是我心里更充满乐意了，便说：

“难道你就不怕我厌烦吗？”

他坐在床头更长篇的述说他这一个多月中的生活，还怎样和云霖冲突，闹意见，因为他赞成我早些出院，而云霖执着说不能出来。毓芳也附着云霖，他懂得他认识我的时间太少，说话自然不会起影响，所以以后他都不管这事了，并且在院中一和云霖碰见，自己便先回来了。

我懂得他的意思，但我却装着说：

“你还说云霖，不是云霖我还不会出院呢，住在里面真舒服多了。”

于是我又看见他默默的把头掉到一边去，不答应我的话。

他算着毓芳快来时，便走了，还悄悄告诉我说等明天再来。果然，不久毓芳便回来了。毓芳不会问，我也不告她，并且她为我的病，不愿同我多说话，怕我费神，我更乐得藉此可以多去想些另外的小闲事。

三月六号

当毓芳上课去后，把我一人撂在房里时，我便会想起这所谓男女间的怪事；其实，在这上面，不是我爱自夸，我所受的训练，至少也有我几个朋友们的相加或相乘，但近来我却非常之不能了解了。当独自同着那高个儿时，我的心便会跳起来，又是羞惭，又是害怕，而他呢，他只是那样随便的坐着，类乎天真的讲他过去的历史，有时是握着我的手；但这也不过是非常之自然，然而我的手便不会很安静的被握在那大手中，慢慢的会发烧。并且一当他站起身预备走时，不由的我心便慌张了，好象我将跌入那可怕的不安中，于是我盯着他看，真说不清那眼光是求怜，还是怨恨；但他却忽略了我这眼光，偶尔懂得了，也只说：“毓芳要来了哟！”我应当怎样说呢？他是在怕毓芳！自然，我也会不愿有人知道我暗地一人所想的一些不近情理的事，不过近来我又感到我有别人了解我感情的必要；几次我向毓芳含糊的说起我的心境，她还是只那样忠实的替我盖被子，留心我的药，我真不能不有点烦闷了。

三月八号

毓芳已搬回去，苇弟却又想代替那看护的差事。我知道，如若苇弟来，一定比毓芳还好，夜晚若想茶吃时，总不至于因听到那浓睡中的鼾声而不愿搅扰人而把头缩进被窝点算了；但我自然拒绝他这好意，他又固执着，我只好说：“你在这里，我有许多不方便，并且病呢，也好了。”他还要证明间壁的屋子是空着，他可以住间壁，我正在无法时，凌吉士却来了。我以为他们还不认识，而凌吉士已握着苇弟的手，说是在医院已见过两次。苇弟只冷冷的不理他，我笑着向凌吉士说：“这是我的弟弟，小孩子，不懂交际，你常来同他玩吧。”苇弟真的变成了小孩子，丧着脸站起身就走了。我因为有人在面前，便感得不快，也只好掩藏住，并且觉得有点对凌吉士不住，但他却毫没介意，反问我：“不是他姓白吗，怎会变成你的弟弟？”于是我笑了：“那末你是只准姓凌的人叫你做哥哥弟弟的！”于是他也笑了。

近来青年人在一处时，便老喜欢研究到这一个“爱”字，虽说有时我也似乎懂得点，不过终究还是不很说得清。至于男女间的一些小动作，似乎我又太看得明白了。也许便是因为我懂得了这些小动作，而于“爱”才反迷糊，才没有勇气鼓吹恋爱，才不敢相信自己还是一个纯粹的够人爱的小女子，并且才会怀疑到世人所谓的“爱”，以及我所接受的“爱”……

在我刚稍微有点懂事的时候，便给爱我的人把我苦够了，给许多无事的人以诬蔑我、凌辱我的机会，以致我顶亲密的小伴侣们也疏远了。后来又为了爱的胁迫，使我害怕得离开了我的学校。以后，人虽说一天天大了，但总常常感到那些无味的纠缠，因此有时不特怀疑到所谓“爱”，竟会不屑于这种亲密。苇弟他说他爱我，为什么他只会常常给我一些难过呢？譬如今晚，他又来了，来了便哭，并且似乎带了很浓的兴味来哭一样，无论我说：“你怎么了，说呀！”“我求你，说话呀，苇弟！……”他都不理会。这是从未有的事，我尽我的脑力也猜想不出他所骤遭的这灾祸。我应当把不幸朝那一方去揣测呢？后来，大约他是哭够了，于是才大声说：“我不喜欢他！”“这又是谁欺侮了你呢，这样大嚷大闹的？”“我不喜欢那高个子！那同你好的！”哦，我这才知道原来还是怄我的气。我不觉得会笑了。这种无味的嫉妒，这种自私的占有，便是所谓爱吗？我发笑，而这笑，自然不会安慰到那有野心的男人的。并且因了我不屑的态度，更激起他那不可抑制的怒气。我看着他那放亮的眼光，我以为他要噬人了，我想：“来吧！”但他却又低下头去哭了，还揩着眼泪，踉跄的又走出去。

这种表示，也许是称为狂热的，真率的爱的表现吧，但苇弟却毫不加思索的来使用在我面前，自然是只会失败；并不是我愿意别人虚伪点、做作点在爱上，我只觉得想靠这种小孩般举动来打动我的心，是全无用。或者因为我的心生来便如此硬；那我之种种不惬于人意而得来烦恼和伤心，也是应该的。

苇弟一走，自自然然我把我自己的心意去揣摩，去仔细回忆到那一种温柔的，大方的，坦白而又多情的态度上去，光这态度已够人欣赏得象吃醉一般的感到那融融的蜜意，于是我拿了一张画片，写了几个字，命伙计即刻送到第四寄宿舍去。

三月九号

我看见安安闲闲坐在我房里的凌吉士，不禁又可怜到苇弟，我祝祷世人不要象我一样，忽略了蔑视了那可贵的真诚而把自己陷到那不可拔的渺茫的悲境里，我更愿有那末一个真诚纯洁的女郎去饱领苇弟的爱，并填实苇弟所感得的空虚啊！

三月十三

好几天又不提笔，不知还是因为我心情不好，或是找不出所谓的情绪。我只知道，从昨天来我是更只想哭了。别人看到我哭，便以为我在想家，想到病，看见我笑呢，又以为我快乐了，还欣庆着这健康的光芒……但所谓朋友皆如是，我能告谁以我的不屑流泪，而又无力笑出的痴呆心境？并且因我看清了自己在人间的种种不愿舍弃的热望以及每次追求而得来的懊丧，所以连自己也不愿再同情这未能悟彻所引起的伤心。更哪能捉住一管笔去详细写出自怨和自恨呢！

是的，我好象又在发牢骚了。但这只是隐忍着在心头而反复向自己说，似乎还无碍。因为我并未曾有过那种胆量，给人看我的蹙紧眉头，和听我的叹气，虽说人们早已无条件的赠送过我以"狷傲""怪僻"等等好字眼。其实，我并不是要发牢骚，我只想哭，想有那末一个人来让我倒在他怀里哭，并告诉他："我又糟蹋我自己了！"不过谁能了解我，抱我，抚慰我呢？是以我只能在笑声中咽住"我又糟踏我自己了"的哭声。

我到底又为了什么呢，这真好难说！自然我是未曾有过一刻私自承认我是爱恋上那高个儿了的，但他之在我的心心念念中怎的又蕴蓄着一种分析不清的意义。虽说他那颀长的身躯，嫩玫瑰般的脸庞，柔软的嘴唇，惹人的眼角，是可以诱惑许多爱美的女子，并以他那娇贵的态度倾倒那些还有情爱的。但我岂肯为了这些无意识的引诱而迷恋到一个十足的南洋人！真的，在他最近的谈话中，我懂得了他的可怜的思想；他需要的是什么？是金钱，是在客厅中能应酬他买卖中朋友们的年轻太太，是几个穿得很标致的白胖儿子。他的爱情是什么？是拿金钱在妓院中，去挥霍而得来的一时肉感的享受，和坐在软软的沙发上，拥着香喷喷的肉体，嘴抽着烟卷，同朋友们任意谈笑，还把左腿叠压在右膝上；不高兴时，便拉倒，回到家里老婆那里去。热心于演讲辩论会，网球比赛，留学哈佛，做外交官、公使大臣，或继承父亲的职业，做橡树生意，成资本家……这便是他的志趣！他除了不满于他父亲未曾给他过多的钱以外，便什么都是可使他在一夜不会做梦的睡觉；如有，便也只是嫌北京好看的女人太少，让他有时也会厌腻起游戏园、戏场、电影院、公园来……唉，我能说什么呢？当我明白了那使我爱慕的一个高贵的美型里，是安置着如此的一个卑劣灵魂，并且无缘无故还接受过他的许多亲密。这亲密，自然是还值不了在他从妓院中挥霍里剩余下的一半多！想起那落在我发际的吻来，真又使我悔恨到想哭了！我岂不是把我献给他任他来玩弄我来比拟到卖笑的姊妹中去！然而这又都只能把责备来加上我自己使我更难受的，因为假设只要我自己肯，肯把严厉的拒绝放到我眸子中去，我敢相信，他不会那样大胆，并且我也敢相信，他之所以不会那样大胆，是由于他还未曾有过那恋爱的火焰燃炽……唉！我应该怎样来诅咒我自己了！

三月十四

这是爱吗，也许要爱才具有如此的魔力，不是，为什么一个人的思想会变幻得如此不可测！当我睡去的时候，我看不起美人，但刚从梦里醒来，一揉开睡眼，便又思念那市侩了。我想：他今天会来吗？什么时候呢，早晨，过午，晚上？于是我跳下床来，急忙忙的洗脸，铺床，还把昨夜丢在地下的一本大书捡起，不住的在边缘处摩挲着，这是凌吉士昨夜遗忘在这儿的一本《威尔逊演讲录》。

三月十四晚上

我是有如此一个美的梦想，这梦想是凌吉士所给我的。然而同时又为他而破灭。所以我因了他才能满饮着青春的醇酒，在爱情的微笑中度过了清晨；但因了他，我认识了“人生”这玩艺，而灰心而又想到死；至于痛恨到自己甘于堕落，所招来的，简直只是最轻的刑罚！真的，有时我为愿保存我所爱的，我竟想到“我有没有力去杀死一个人呢？”

我想遍了，我觉得为了保存我的美梦，为了免除使我生活的力一天天减少，顶好是即刻上西山好，但毓芳告诉我，说她所托找房子的那位住在西山的朋友还没有回信来，我又怎好再去询问或催促呢？不过我决心了，我决心让那高小子来尝一尝我的不柔顺，不近情理的倨傲和侮弄。

三月十七

那天晚上苇弟赌着气回去，今天又小小心心的自己来和解，我不觉笑了，并感到他的可爱。如若一个女人只要能找得一个忠实的男伴，做一身的归宿，我想谁也没有我苇弟可靠。我笑问：“苇弟，还恨姊姊不呢？”于是他羞惭的说：“不敢。姊姊，你了解我吧！我是除了希冀你不摈弃我以外不敢有别的念头的。一切只要你好，你快乐就够了！”这还不真挚吗？这还不动人吗？比起那白脸庞红嘴唇的如何？但是后来我说：“苇弟，你好，你将来一定是一切都会很满你意的。”他却露出凄然的一笑：“永世也不会——但愿如你所说……”这又是什么呢？又是给我难受一下！我恨不得跪在他面前求他只赐我以弟弟或朋友的爱吧！单单为了我的自私，我愿我少些纠葛，多快乐点。苇弟爱我，并会说那样好听的话，但他忽略了：第一他应当真的减少他的热望，第二他也应该藏起他的爱来。我为了这一个老实的男人，所感到无能的抱歉，真也够受了。

三月十八

我又托夏在替我往西山找房了。

三月十九

凌吉士居然已几日不来我这里了。自然，我不会打扮，不会应酬，不会治事理家事，我有肺病，无钱，他来我这里做什么！我本无须乎要他来，但他真的不来了却又更令我伤心，更证实他以前的轻薄。难道他也是如苇弟一样老实，当他看到我写给他的字条："我有病，请不要再来扰我。"就信为是真话，竟不可违背，而果真不来吗？这又使我只想再见他一面，到底审看一下这高大的怪物到底是怎样的在觑看我。

三月二十

今天我往云霖处跑了三次，都未曾遇见我想见的人，似乎云霖也有点疑惑，所以他问我这几天见着凌吉士没有。我只好又怅怅的跑回来。我实在焦烦得很，我敢自己欺自己说我这几日没有思念到他吗？

晚上七点钟的时候，毓芳和云霖来邀我到京都大学第三院去听英语辩论会，并且乙组的组长便是凌吉士。我一听到这消息，心就立刻砰砰的跳起来。我只得拿病来推辞了这善意的邀请。我这无用的弱者。我没有胆量去承受那激动，我还是希望我能不见着他。不过在他俩走时，我却又请他俩致意到凌吉士，说我问候他。唉，这又是多无意识啊！

三月二十一

在我刚吃过鸡子牛奶，一种熟习的叩门声便响着，在纸格上还印上一个颀长的黑影。我只想跳过去开门，但不知为一种什么情感所支使，我咽着气，低下头去了。

“莎菲，起来没有？”这声音是如此柔嫩，令我一听到会想哭。

为了知道我已坐在椅子上吗？为了知道我无能发气和拒绝吗？他轻轻的托开门便走进来了。我不敢仰起我滋润的眼皮来。

“病好些没有，刚起来吗？”

我答不出一句话。

“你真在生我的气啊。莎菲，你厌烦我，我只好走了。莎菲！”

他走，于我自然很合适，但我又猛然抬起头拿眼光止住了他开门的手。

谁说他不是一个坏蛋呢，他懂得了。他敢于把我的双手握得紧紧的。他说：

“莎菲，你捉弄我了。每天我走你门前过，都不敢进来，不是云霖告诉我说你不会生我气，那我今天还不敢来。你，莎菲，你厌烦我不呢？”

谁都可以体会得出来，假使他这时敢于拥抱住我，狂乱的吻我，我一定会倒在他手腕上哭了出来：“我爱你呵！我爱你呵！”但他却如此的冷淡，冷淡得使我又恨他了。然而我心里又在想：“来呀，抱我，我要接吻在你脸上咧！”自然，他依旧还握着我的手，把眼光紧盯在我脸上，然而我搜遍了，在他的各种表示中，我得不着我所等待于他的赐与。为什么他仅仅只懂得我的无用，我的可轻侮，而不够了解他之在我心中所占的是一种怎样的地位！我恨不得用脚尖踢出他去，不过我又为了另一种情绪所支配，我向他摇了头，表示是不厌烦他的来到。

于是我又很柔顺的接受了他许多浅薄的情意，听他又说着那些使他津津有回味的卑劣享乐，以及“赚钱和化钱”的人生意义，并承他暗示我许多做女人的本分。这些又使我看不起他，暗骂他，嘲笑他，我拿我的拳头，隐隐痛击我的心，但当他扬扬的走出我房时，我受逼得又想哭了。因为我压制住我那狂热的欲念，我未曾请求他多留一会儿。

唉，他走了！

三月二十一夜

在去年这时候，我过的是一种什么生活！为了有蕴姊千依百顺的疼我，我便装病躺在床上不肯起来。为了想受蕴姊抚摩我，便因那着急无以安慰我而流泪的滋味，我伏在桌上想到一些小不满意的事而哼哼唧唧的哭。便有时因在整日静寂的沉思里得了点哀戚，但这种淡淡的凄凉，却更令我舍不得去扰乱这情调，似乎在这里面我也可以味出一缕甜意一样的。至于在夜深了的法国公园，听躺在草地上的蕴姊唱《牡丹亭》，那又是更不愿想到的事了。假使她不会被神捉弄般的去爱上那苍白脸色的男人，她一定不会死去得这样快，我当然不会一人漂流到北京，无亲无爱的在病中挣扎。虽说有几个朋友，他们也很体惜我，但在我所感应得出的我和他们的关系能和蕴姊的爱在一个天平上相称吗？想起蕴姊，我是真应当象从前在蕴姊面前撒娇一样的纵声大哭，不过这一年来，因为多懂得了一些事，虽说时时想哭却又咽住了，怕让人知道了厌烦。近来呢，我更是不知为了什么只能焦急。而想得点空闲去思虑一下我所做的，我所想的，关于我的身体，我的名誉，我的前途的好处和歹处的时间也没有，整天把紊乱的脑筋只放到一个我不愿想到的去处，因为便是我想逃避的，所以越把我弄成焦烦苦恼得不堪言说！但是我除了说"死了也活该！"是不能再希冀什么了。我能求得一些同情和慰藉吗？然而我又似乎在向人乞怜了。

晚饭一吃过，毓芳便和云霖来我这儿坐，到九点我还不肯放他俩走。我知道，毓芳碍住面子只好又坐下来，云霖藉口要预备明天的课，执意一人走回去了。于是我隐隐的向毓芳吐露我近来所感得的窘状，我只想她能懂得这事，并且能硬自作主来把我的生活改变一下，做我自己所不能胜任的。但她完全把话听到反面去了，她忠实的告诫我："莎菲，我觉得你太不老实，自然你不是有意，你可太不留心你的眼波了。你要知道，凌吉士他们比不得在上海同我们玩耍的那群孩子，他们很少机会同女人接近，受不起一点好意的，你不要令他将来感到失望和痛苦。我知道，你哪里会爱到他呢？”这错误是不是又该归到我，假设我不想求助于她而向她饶舌，是不是她不会说出这更令我生气，更令我伤心的话来？我噎着气又笑了：“芳姊，不要把我说得太坏了吓！”

毓芳愿意留下住一夜时，我又赶着她走了。

象那些才女们，因为得了一点点不很受用，便能“我是多愁善感呀”“悲哀呀我的心……”“……”做出许多新旧的诗。我呢，没出息的，白白被这些诗境困着，连想以哭代替诗句来表现一下我的情感的搏斗都不能。光在这上面，为了不如人，也应摆开一切去努力做人才对，便还退一千步说，为了自己的热闹，为了得一群浅薄眼光之赞颂，我总也不该拿不起笔或枪来。真的便把自己陷到比死还难忍的苦境里，单单为了那男人的柔发、红唇……

我又梦想到欧洲中古的骑士风度，这拿来比拟是不会有错，如其是有人看到凌吉士过的，他又能把那东方特长的温柔保留着。神把什么好的，都慨然赐给他了，但神为什么不再给他一点聪明呢？他还不懂得真的爱情呢，他确是不懂得，虽说他已有了妻（今夜毓芳告我的），虽说他，曾在新加坡乘着脚踏车追赶坐洋车的女人，因而恋爱过一小段时间，虽说他曾在韩家潭住过夜。但他真得到一个女人的爱过吗？他爱过一个女人吗？我敢说不曾！

一种奇怪的思想又在我脑中燃烧了。我决定来教教这大学生。这宇宙并不是象他所懂的那样简单的啊！

三月二十二

在心的忙乱中，我勉强竟写了这些日记了。早先是因为蕴姊写信来要，再三再四的，我只好开始来写。现在是蕴姊又死了好久，我还舍不得不继续下去，心想便为了蕴姊在世时所谆谆向我说的一些话而便永远写下去做纪念蕴姊也好。所以无论我那样不愿提笔，也只得胡乱画下一页半页的字来。本来是睡了的，但望到挂在壁上蕴姊的像，忍不住又爬起，为免掉想念蕴姊的难受而提笔了。自然，这日记，我总是觉得除了蕴姊我不愿给任何人看。第一是因为这是特为了蕴姊要知道我的生活而记下的一些琐琐碎碎的事，二来我也怕别人给一些理智的面孔给我看，好更刺透我的心；似乎我自己也会因了别人所尊崇的道德而真的也感到象犯下罪一样的难受。所以这黑皮的小本子我许久以来都安放在枕头底下的垫被的下层。今天不幸我却违背我的初意了，然而也是不得已，虽说似乎是出于毫未思考。原因是苇弟近来非常误解我，以致常常使得他自己不安，而又常常波及我，我相信在我平日的一举一动中，我都很能表示出我的态度来。为什么他懂不了我的意思呢？难道我能直捷的说明，和阻止他的爱吗？我常常想，假设这不是苇弟而是另外一人，我将会知道应怎样处置是最合法的。偏偏又是如此能令我忍不下心去的一个好人！我无法了，我只好把我的日记给他看。让他知道他之在我的心里是怎样的无希望，并知道我是如何凉薄的反反复复的不足爱的女人。假使苇弟知道我，我自然是会将他当做我唯一可诉心肺的朋友，我会热诚的拥着他同他接吻。我将替他愿望那世界上最可爱，最美的女人……日记，苇弟是看过一遍，又一遍了，虽说他曾经哭过，但态度非常镇静，是出我意料之外的。我说：

“懂得了姊姊吗？”

他点头。

“相信姊姊吗？”

“关于那方面的？”

于是我懂得那点头的意义。谁能懂得我呢，便能懂得了这只能表现我万分之一的日记，也只能令我看到这有限的而伤心哟！何况，希求人了解，而以想方设计用文字来反复说明的日记给人看，已够是多么可伤心的事！并且，后来苇弟还怕我以为他未曾懂得我，于是不住的说：

“你爱他，你爱他！我不配你！”

我真想一赌气扯了这日记。我能说我没有糟蹋这日记吗？我只好向苇弟说：“我要睡了，明天再来吧。”

在人里面，真不必求什么！这不是顶可怕的吗？假设蕴姊在，看见我这日记，我知道，她是会抱着我哭：“莎菲，我的莎菲！我为什么不再变得伟大点，让我的莎菲不至于这样苦啊……”但蕴姊已死了，我拿着这日记应怎样的来痛哭才对！

三月二十三

凌吉士向我说：“莎菲！你真是一个奇怪的女子。”我了解这并不是懂得了我的什么而说出的一句赞叹。他所以为奇怪的，无非是看见我的破烂了的手套，搜不出香水的抽屉，无缘无故扯碎了的新棉袍，保存着一些旧的小玩具……还有什么？听见些不常的笑声，至于别的，他便无能去体会了，我也从未向他说过一句我自己的话。譬如他说“我以后要努力赚钱呀”，我便笑；他说到邀起几个朋友在公园追着女学生时，“莎菲那真有趣”，我也笑。自然，他所说的奇怪，只是一种在他生活习惯上不常见的奇怪。并且我也很伤心，我无能使他了解我而敬重我。我是什么也不希求了，除了往西山去。我想到我过去的一切妄想，我好笑！

三月二十四

一当他单独在我面前时，我觑着那脸庞，聆着那音乐般的声音，我心便在忍受那感情的鞭打！为什么不扑过去吻住他的嘴唇，他的眉梢，他的……无论什么地方？真的，有时话都到口边了：“我的王！准许我亲一下吧！”但又受理智，不，我就从没有过理智，是受另一种自尊的情感所裁制而又咽住了。唉！无论他的思想是怎样坏，而他使我如此癫狂的动情，是曾有过而无疑，那我为什么不承认我是爱上了他咧？并且，我敢断定，假使他能把我紧紧的拥抱着，让我吻遍他全身，然后他把我丢下海去，丢下火去，我都会快乐的闭着眼等待那可以永久保藏我那爱情的死的来到。唉！我竟爱他了，我要他给我一个好好的死就够了……

三月二十四夜深

我决心了。我为拯救我自己被一种色的诱惑而堕落，我明早便会到夏那儿去，以免看见了凌吉士又痛苦，这痛苦已缠缚我如是之久了！

三月二十六

为了一种纠缠而去，但又遭逢着另一种纠缠，使我不得不又急速的转来了。在我去夏那儿的第二天，梦如便去了。虽说她是看另一人去的，但使我很感到不快活。夜晚，她大发其对感情的一种新近所获得的议论，隐隐的含着讥刺向我，我默然。为不愿让她更得意，我睁着眼，睡在夏的床上等到了天明，我才又忍着气转来……

毓芳告诉我，说西山房子已找好了，并且又另外替我邀了一个女伴，也是养病的，而这女伴同毓芳又算是一个很好的朋友。听到这消息，应该是很欢喜吧，但我刚刚在眉头舒展了一点喜色，而一种默然的凄凉便罩上了。虽说我从小便离开家，在外面混，但都有我的亲戚朋友随着我。这次上西山，固然说起来离城只是几十里，但在我，一个活了二十岁的人，开始一人跑到蓦生的地方去，还是第一次。假使我竟无声无息的死在那山上，谁是第一个发现我死尸的？我能担保我不会死在那里吗？也许别人会笑我担忧到这些小事，而我却真的哭过。当我问毓芳舍不舍得我时，而毓芳却笑，笑我问小孩话，说是这一点点路有什么舍不得，直到毓芳准许了我每礼拜上山一次，我才不好意思的揩干眼泪。

下午我到苇弟那儿去了，苇弟也说他一礼拜上山一次，填毓芳不去的空日。

回来已夜了，我一人寂寂寞寞的在收拾东西，想到我要离开北京的这些朋友们，我又哭了。但一想到朋友们都未曾向我流泪，我又擦去我脸上的泪痕。我又将一人寂寂寞寞的离开这古城了。

在寂寞里，我又想到凌吉士了，其实，话不是这样说，凌吉士简直不能说“想起”“又想起”，完全是整天都在系念到他，只能说：“又来讲我的凌吉士吧。”这几天我故意造成的离别，在我是不可计的损失，我本想放松了他，而我把他捏得更紧了。我既不能把他从心里压根儿拔去，我为什么要躲避着不见他的面呢？这真使我懊恼，我不能便如此同他离别，这样寂寂寞寞的走上西山……

三月二十七

一早毓芳便上西山去了，去替我布置房子，说好明天我便去。我为她这番盛情，我应怎样去找得那些没有的字来表示我的感谢？我本想再呆一天在城里，便也不好说出了。

我正焦急的时候，凌吉士才来，我握紧他双手，他说：

“莎菲！几天没见你了！”

我很愿意在这时我能哭得出来，抱着他哭，但眼泪只能噙在眼里，我只好又笑了。他听见明天我要上山时，他显出的那惊诧和一种嗟叹，又很安慰到我，于是我真的笑了。他见到我笑，便把我的手反捏得紧紧的，紧得使我生痛。他怨恨似的说：

“你笑！你笑！”

这痛，是我从未有过的舒适，好象心里也正锥下去一个什么东西，我很想倒下他的手腕去，而这时苇弟却来了。

苇弟知道我恨他来，而他偏不走。我向着凌吉士使眼色，我说：“这点钟有课吧？”于是我送凌吉士出来。他问我明早什么时候走，我告他；我问他还来不来呢，他说回头便来；于是我望着他快乐了，我忘了他是怎样可鄙的人格，和美的相貌了，这时他在我的眼里，是一个传奇中的情人。哈，莎菲有一个情人了！……

三月二十七晚

自从我赶走苇弟到这时已是整整五个钟头了。在这五点钟里，我应怎样才想得出一个恰合的名字来称呼它？象热锅上的蚂蚁在这小房子里不安的坐下，又站起，又跑到门缝边瞧，但是——他一定不来了，他一定不来了，于是我又想哭，哭我走得这样凄凉，北京城就没有一个人陪我一哭吗？是的，我是应该离开这冷酷的北京的，为什么我要舍不得这板床，这油腻的书桌，这三条腿的椅子……是的，明早我就要走了，北京的朋友们不会再腻烦莎菲的病。为了朋友们轻快的舒适，莎菲便为朋友们死在西山也是该的！但都能如此的让莎菲一人看不着一点热情孤孤寂寂的上山去，想来莎菲便不死，也不会有损害或激动于人心吧……不想了！不想！有什么可想的？假使莎菲不如此贪心在攫取感情，那莎菲不是便很可满足于那些眉目间的同情了吗？……

关于朋友，我不说了。我知道永世也不会使莎菲感到满足这人间的友谊的！

但我能满足些什么呢？凌吉士答应我来，而这时已晚上九点了。纵是他来了，我便会很快乐吗？他会给我所需要的吗？……

想起他不来，我又该痛恨自己了！在很早的从前，我懂得对付那一种男人便应用那一种态度，而到现在反蠢了。当我问他还来不来时，我怎能显露出那希求的眼光，在一个漂亮人面前是不应老实，让人瞧不起……但我爱他，为什么我要使用技巧？我不能直接向他表明我的爱吗？并且我觉得只要于人无损，便吻人一百下，为什么便不可以被准许呢？

他既答应来，而又失信，显见得是在戏弄我。朋友，留点好意在莎菲走时，总不至于象是一种损失吧。

今夜我简直狂了。语言，文字是怎样在这时显得无用！我心象被许多小老鼠啃着一样，又象一盆火在心里燃烧。我想把什么东西都摔破，又想冒着夜气在外面乱跑去，我无法制止我狂热的感情的激荡，我便躺在这热情的针毡上，反过去也刺着，翻过来也刺着，似乎我又是在油锅里听到那油沸的响声，感到浑身的灼热……为什么我不跑出去呢？我等着一种渺茫的无意义的希望到来！哈……想到红唇，我又癫了！假使这希望是可能的话——我独自又忍不住笑，我再三再四反复问我自己："爱他吗？"我更笑了。莎菲不会傻到如此地步去爱上南洋人。难道因了我不承认我的爱，便不可以被人准许做一点儿于人也无损的事？

假使今夜他竟不来，我怎能甘心便恝然上西山去……

唉！九点半了！

九点四十分！

三月二十八晨三时

莎菲生活在世上，所要人们了解她体会她的心太热太恳切了，所以长远的沉溺在失望的苦恼中，但除了自己，谁能够知道她所流出的眼泪的分量？

在这本日记里，与其说是莎菲生活的一段记录，不如直接算为莎菲眼泪的每一个点滴，是在莎菲心上，才觉得更切实。然而这本日记现在是要收束了，因为莎菲已无需乎此——用眼泪来泄愤和安慰，这原因是对于一切都觉得无意识，流泪更是这无意识的极深的表白。可是在这最后一页的日记上，莎菲应该用快乐的心情来庆祝，她是从最大的那失望中，蓦然得到了满足，这满足似乎要使人快乐得到死才对。但是我，我只从那满足中感到胜利，从这胜利中得到凄凉，而更深的认识我自己的可怜处、可笑处，因此把我这几月来所萦萦于梦想的一点"美"反缥缈了——这个美便是那高个儿的丰仪！

我应该怎样来解释呢？一个完全癫狂于男人仪表上的女人的心理！自然我不会爱他，这不会爱，很容易说明，就是在他丰仪的里面是躲着一个何等卑丑的灵魂！可是我又倾慕他，思念他，甚至于没有他，我就失掉一切生活意义的保障了；并且我常常想，假使有那末一日，我和他的嘴唇合拢来，密密的，那我的身体就从这心的狂笑中瓦解去，也愿意。其实，单单能获得骑士一般的那人儿的温柔的一抚摩，随便他的手尖触到我身上的任何部分，因此就牺牲一切，我也肯。

我应当发癫，因为这些幻想中的异迹，梦似的，终于毫无困难的都给我得到了。但是从这中间，我所感到的是我所想象的那些会醉我灵魂的幸福吗？不啊！

当他——凌吉士——在晚间十点钟来到时候，开始向我嗫嚅的表白，说他是如何的在想我……还使我心动过好几次；但不久我看到他那被情欲燃烧的眼睛，我就害怕了。于是从他那卑劣的思想中所发出的更丑的誓语，又振起我的自尊心来！假使他把这串浅薄肉麻的情话去对别个女人说，一定是很动听的，可以得一个所谓的爱的心吧。但他却向我，就由这些话语的力，把我推得隔他更远了。唉，可怜的男子！神既然赋与你这样的一副美形，却又暗暗的捉弄你，把那样一个毫不相称的灵魂放到你人生的顶上！你以为我所希望的是“家庭”吗？我所欢喜的是“金钱”吗？我所骄傲的是“地位”吗？“你，在我面前，是显得多么可怜的一个男子啊！”我真要为他不幸而痛哭，然而他依样把眼光镇住我脸上，是被情欲之火燃烧得如何的怕人！倘若他只限于肉感的满足，那末他倒可以用他的色来摧残我的心；但他却哭声的向我说：“莎菲，你信我，我是不会负你的！”啊，可怜的人，他还不知道在他面前的这女人，是用如何的轻蔑去可怜他的使用这些做作，这些话！我竟忍不住而笑出声来，说他也知道爱，会爱我，这只是近于开玩笑！那情欲之火的巢穴——那两只灼闪的眼睛，不正宣布他除了可鄙的浅薄的需要，别的一切都不知道吗？

“喂，聪明一点，走开吧，韩家潭那个地方才是你寻乐的场所！”我既然认清他，我就应该这样说，教这个人类中最劣种的人儿滚出去。然而，虽说我暗暗的在嘲笑他，但当他大胆的贸然伸开手臂来拥我时，我竟又忘记了一切，我临时失掉了我所有的一些自尊和骄傲，我是完全被那仅有的一副好丰仪迷住了，在我心中，我只想，“紧些！多抱我一会儿吧，明早我便走了。”假使我那时还有一点自制力，我该会想到他的美形以外的那东西，而把他象一块石头般，丢到房外去。

唉！我能用什么言语或心情来痛悔？他，凌吉士，这样一个可鄙的人，吻了我！我静静默默的承受着！但那时，在一个温润的软热的东西放到我脸上，我心中得到的是些什么呢？我不能象别的女人一样会晕倒在她那爱人的臂膀里！我是张大着眼睛望他，我想：“我胜利了！我胜利了！”因为他所以使我迷恋的那东西，在吻我时，我已知道是如何的滋味——我同时鄙夷我自己了！于是我忽然伤心起来，我把他用力推开，我哭了。

他也许忽略了我的眼泪，以为他的嘴唇是给我如何的温软，如何的嫩腻，是把我的心融醉到发迷的状态里吧，所以他又挨我坐着，继续说了许多所谓爱情表白的肉麻话。

“何必把你那令人惋惜处暴露得无余呢？”我真这样的又可怜起他来。

我说：“不要乱想吧，说不定明天我便死去了！”

他听着，谁知道他对于这话是得到怎样的感触？他又吻我，但我躲开了，于是那嘴唇便落到我手上……

我决心了，因为这时我有的是充足的清晰的脑力，我要他走，他带点抱怨颜色，缠着我。我想“为什么你也是这样傻劲呢？”他于是直挨到夜十二点半钟才走。

他走后，我想起适间的事情。我就用所有的力量，来痛击我的心！为什么呢，给一个如此我看不起的男人接吻？既不爱他，还嘲笑他，又让他来拥抱？真的，单凭了一种骑士般的风度，就能使我堕落到如此地步吗？

总之，我是给我自己糟蹋了，凡一个人的仇敌就是自己，我的天，这有什么法子去报复而偿还一切的损失？

好在在这宇宙间，我的生命只是我自己的玩品，我已浪费得尽够了，那末因这一番经历而使我更陷到极深的悲境里去，似乎也不成一个重大的事件。

但是我不愿留在北京，西山更不愿去了，我决计搭车南下，在无人认识的地方，浪费我生命的余剩；因此我的心从伤痛中又兴奋起来，我狂笑的怜惜自己：

“悄悄的活下来，悄悄的死去，啊！我可怜你，莎菲！”

梦珂[1]

一

这是九月初的一天，几个女学生在操坪里打网球。

“看，鼻子！”其中一个这样急促的叫，脸朝着她的同伴。同伴慌了，跳过一边，从荷包里掏出小手绢，使劲的往鼻子上去擦。

网那边正发过一个球来，恰恰打在那喊叫者的腿上。大家都瞅着她那弯着腰两手抱住右腿直哼的样儿发笑。

“笑什么，看呀，看红鼻子先生的鼻子！”

原来那边走廊上正走来一个矮胖胖的教员。新学生进校没多久，对于教员还认识不清。不过这一个教员，他那红得象熟透了的樱桃的鼻子却很惹人注意，于是自自然然把他那特点代替了他的姓名。其实他不同别人的地方还够多：如同眼呢，是一个钝角的三角形，紧紧的挤在那很浮肿的眼皮里，走起路来，常常把一只大手放到头上不住的搔那稀稀的几根黄发，还有那咳嗽，永远的，痰是翻上翻

① 该篇首刊于1927年12月《小说月报》。

下的在喉管里打滚，却总不见他吐出一口或两口来的。

这时他是从第八教室出来，满脸绯红，汗珠拥挤的在肉缝中用力的榨出，右手在秃头上使劲的乱搔，皮鞋也便在那石板上大声的响，这似乎是警告，又象是叹息："唉，慢点呀！不是明天又该皮匠阿二咒我了。"

气冲冲的，他已大步的走进教务处了。

操场上的人都急速的移动，打网球的几个人也就随着大众向第八教室走去。谁不想知道是不是又闹出了什么花样呢。

"是怎么一回事呢？"一个女生抢上前把门扭开。大家便一哄的挤了进去。室内三个五个人一起的在轻声的咭咕着，抱怨着，咒骂着……靠帐幔边，在铺有绛红色天鹅绒的矮榻上，有一个还没穿好衣服的模特儿正在无声的揩眼泪，及至看见了这一群闯入者的一些想侦求某种事件的眼光，不觉又陡的倒下去伏在榻上，肌肉是在一件象蝉翼般薄的大衫下不住的颤动。

"喂，什么事？"扭开门的女生问。但谁也没回答，都象被什么骇得噤住了的一样，只无声的做出那苦闷的表情。

挨墙的第三个画架边，站得有一个穿黑长衫的女郎，默默的愣着那对大眼，冷冷的注视着室内所有的人。等到当她慢慢的把那一排浓密的睫毛一盖下，就开始移动她那直立得象雕像的身躯，走过去捧起那模特儿的头来，紧紧的瞅着，于是那半裸体女子的眼泪更大颗大颗的在流。

"揩干！揩干！值不得这样伤心哟！"

她一件一件的去替那姑娘把衣穿好，正伸过手去预备撑起那身躯时，谁知那人又猛的扑到她怀里，一声一声的哭了起来。

好容易才又扶起那乱蓬蓬的头，虽说止了哭声，但还在抽抽咽咽的喊：

"这都是为了我啊……你……我真难过……"

"嘿！这值什么！你放心，我是不在乎什么的！把眼泪揩干，让我来送你出去。"

当她们还走不到几步，从人群里便抢上一个长发的少年，一面打着招呼，一面便向她述说他不得不请她慢点走的理由，因为他很伤心这事的发生，他很能理解这事的内幕，所以他想开一个会议来解决这事。同时又有六七个人也一齐在发表他们个人的意见。声音杂闹得正象爆豆一样，谁也听不清谁的。但她却在闹声中大叫了起来：

“好吧，这时你们去开什么会议吧！哼——我，我是无须乎什么的。我走了！”于是她挟着那泪人儿挤出了人众，急急的向教室门走去。

教室里更无秩序的混乱了。

“喂，谁呀？”

“三级的，梦珂。”两个男生夹在人声中也这样的低语着。

以后呢，依旧是非常平静的又过下来了。只学校里再没见着梦珂的影子。红鼻子先生还是照样红起一个鼻子在走廊上蹬去又蹬来。直过了两个月，才又另雇得一个每星期来两次，一月拿二十块钱的姑娘，是代替那已许久不曾来的，上一个模特儿的职务。

梦珂，她是一个退职太守的女儿。当太守年轻时，他生得确是漂亮，又善于言谈，又会喝酒，又会花钱。从起身到睡觉，都耽乐在花厅里。自然有一般时下的诗酒之士，以及贩古董、字画的掮客们去承奉他，终日斗鸡走马，直到看看快把祖遗的三百多亩田花完了，没奈何只好去运动做官。靠了曾中过一名举人，又有两个在京的父执，所以毫不困难的起始便放了一任太守。原想在两三年后再调好缺，谁知不久就被革了，原因是受了朋友的欺骗，在不知不觉中做了一点被牵涉到风化的事。于是他便在怨恨，悲愤中灰起心来，从此规规矩矩的安居在家中，忍受着许多不适意的节俭。但不幸的事，还毫不容情接踵的逼来，第二年他妻子便在难产中遗下一个女孩死了。这是他在十八岁上娶过来的一个老翰林的女儿，虽说也是按照中国的旧例，这婚姻是在两个小孩还吃奶的时候便定下的，但这姑娘却因了在母家养成的贤淑性格，和一种自视非常高贵的心理，所以从未为了他的挥霍，他的游荡，以及他后来的委靡而又易怒的神经质的脾气发生过龃龉。他自然是免不了那许多痛心的叹息和眼泪，并且终身便在看管他那唯一的女儿中，夹着焦愁、忧愤，慢慢的也就苍老了，在那所古屋里。

这幼女在自然的命运下，伴着那常常喝醉，常常骂人的父亲一天一天的大了起来，长得象一枝兰花，颤蓬蓬的，瘦伶伶的，面孔雪白。天然第一步学会的，便是把那细长细长的眉尖一蹙一蹙，或是把那生有浓密睫毛的眼睑一阖下，就长声的叹息起来。不过，也许是由于那放浪子的血液还遗留在这女子的血管里的缘故，所以同时她又很会象她父亲当年一样的狂放的笑，和怎样的去煽动那美丽的眼，只可惜现在已缺少了那可以从挥霍中得到快乐的东西了。

她在酉阳家里曾念过好几年书，也曾进过酉阳中学。到上海来是两年前的事。为了读书，为了想借此重振家声，她不得不使那老人拿叹息来送别他的独女，叮咛又叮咛的把她托付给一个住在上海的她的姑母，他的堂妹。

这天当梦珂把那当模特儿的姑娘送出校后，自己也就跳上一辆人力车。直转了十来个弯，到福煦路民厚南里最末的一家石库门前才停了下来。开门的是个三十多岁的娘姨，一见梦珂便满脸堆下笑来，仰起头直喊：“小姐，小姐，客来咧！”楼窗上便伸出一个头来：“谁呀？梦妹，快上来！”

这是梦珂最要好的朋友匀珍。她俩在小学、中学都是同在一块儿温书，一块儿玩耍。当梦珂到上海不久，匀珍的父亲也把匀珍同她的母亲，弟弟一股儿接到上海来了，自然是因为他的薪水加多了的缘故。自匀珍搬来后，梦珂也就照例的每星期六来一次，星期下午才又回校。至于她姑母家里却要间三四个月才去打一个转，所以她来上海两年了，还不很能同表姊妹们厮熟，而匀珍家却已跑得象自己家里一样。

匀珍是正在替她父亲回一封朋友的信，听着门响便问梦珂今天怎么会有空来，是不是学校又放假，并请她坐，还接着说：“只有两句了，等一等好吗？”及至没听到答声，于是赶忙丢下笔，一面把头抬起：“不写了。怎么，你，你不舒服吗？”

梦珂始终沉默着。

“哼，不知又是同谁怄了气。”照经验是瞒不过她，只要一猜便猜中，心里虽说已明白，口里却不肯说穿，只逗着她说一些不相干的闲话。

把脸收到手腕中靠在椅背上去了，是表示不愿听的样子。

明白这意思，又赶快停住口不说。

匀珍的母亲也走来问长问短，梦珂看见那老太太的亲热，倒不好意思起来，也就笑了。到晚上吃面时，老太太看到那绿色的，新擀的菠菜面，便不住的念起故乡来。是的，酉阳的确不能拿上海来相比。酉阳有高到走不上去的峻山，云只能在山脚边荡来荡去，从山顶流下许多条溪水，又清，又亮，又甜，当水流到悬崖边时，便一直往下倒，一倒就是几十丈，白沫都溅到一二十尺，响声在对面山上也能听见。树呢，总有多得数不清的二三个人围拢不过来的古树。算来里面也可以修一所上海的一楼一底的房子了。老太太不住的说，匀珍的父亲捻着胡子尽笑。毛子，匀珍的弟弟，却忍不住了：

“酉阳哪里有这样多的学校呢，并且也没有这样好……”

老太太还自有她的见地。本来，酉阳是不必有那样多学校的，并且酉阳的圣宫——中学校址——是修得极堂皇的，正殿上的横梁总有三尺宽，柱头也象桌子大小。便是殿前的那一溜台阶，五六十级，也就够爬了。“哼，单讲你那学校的秋千，看是多么笨，孤零零的站在操坪角上，比起我们祠堂里的来，象个什么东西！未必你们忘记了？想想看，好高！从那桐子树的横枝上坠下来，足足总有五六丈，上面的叶子，巴斗大一匹匹的，底下从不曾有过太阳光，小孩子在那里荡着时，才算标致。你大哥在时，还常常当打到东边就伸手摘那边杈过来的桂花，只要有花，至少也可以抓下一把来，底下看的人便抢着去捡花片。匀儿总该记得吧！”

匀珍眼望着父亲，含含糊糊的在答应。

梦珂因此却涌起许多过去的景象。仿佛自己正穿着银灰竹布短衫，躲在岩洞里看《西厢》。一群男孩子，有时也夹些女孩在外边溪沟头捉螃蟹，等到天晚了，这许多泥泞的脚在洞外便跑了过去，她也就走出洞来，趁着暮色回去。幺姑娘——看名称总够年轻吧——小孩们有时是叫幺妈的，这幺妈是曾在她家做过三四十年的老仆，照例是坐在朝门外石磴上等着她。

“快进去，爹在找你呢！”

先要把书塞给幺妈，是怕爹看见了骂人。爹一听到格扇门响，便在厢房里问道：

“是梦儿吧，怎么才回来？”

于是幺妈就忙了起来，喊三儿——幺妈的孙女——去给姑儿打脸水，四儿去催田大的饭，自己就去烫酒，常常把酒从酒坛里舀出，没倒进壶里去，却漏满了一地，直到喝的时候，才知道是个空壶，父亲和梦珂都大笑，三儿四儿也瞅着奶奶好笑。被笑的就不快活，咕着嘴跑到外面坪上去唤鸡，三儿才又舀一壶酒来烫着。

喝酒的时候，两人便说起梦话来。父亲只想再有象从前的那末一天，等到当日那般朋友又忘形的再向他恭维的时候，然后自己尽情的去辱骂他们，来倾泻这许多年来所尝的人情的苦味……梦珂只愿意把母亲的坟墓修好，筑得正象在书上所看见的一样，老远便应排起石人，石马，一对一对的……末了，父亲发气了，专想找别人的错处好骂人。有时态度也会很温和的，感伤的，把手放到他女儿的头上，摸那条黑油油的长辫子，唉声的说：“梦，你长得越象你母亲了。你看，你是不是近来又瘦了……”梦珂于是便把手遮住眼睛，靠在父亲的膝盖上动也不动。

一到雨天，梦珂便不必上学校去。这天父亲就象小孩般的高兴，带着女儿跑到花厅上——近来父亲一人是不去的——去听雨。父亲又一定要梦珂陪他下棋，常常为一颗子两人争得都红起脸来，结果，让步的还是父亲。

想到父亲绯红着脸只朝着她抢棋子的样儿，她不觉得微笑了。匀珍轻轻推了她一下：“笑什么？”

望着匀珍更兀自好笑。那梳双丫髻的匀珍的影儿在眼前直晃。

还有王三，袁大，自己二伯家的二和大，几人在一块时，总喜欢学那些男孩子跑到后山竹园里接竹尖。常常自己接到半路便在一棵大树上溜了下来，却窜到桃树上去，并且捡起大桃子去打匀珍的丫髻。尤其好欺侮猪八戒，这是她给袁大的浑名，但袁大却顶同自己要好。这自然是因为又常护着她的缘故。顶有趣还是瞒着幺妈偷一篮芋头，几人跑到山嘴上一棵大松树下烧来吃。捡毛栗，耙菌子……现在想起这些来，都象梦一般了。还有那麻子周先生，讲起故事来多么有味，胡子在胸上拂来拂去的……

越想越恍惚，什么事又都象明确在眼前一样，连看牛的矮和尚，厨房田大，长工们也觉得亲热了起来……

最可忆的，还是幺妈、三儿、四儿……爹爹的铁青缎袍，自己的长辫，银灰竹布短衫……

刚剩她和匀珍两人时，她便把脚伸到匀珍的椅栏上去，先喊了一声“匀姊！”

“梦，想起什么了？”

手慢慢伸过去，握着。

“匀姊！”

“……”只把手紧了一下。

“我厌倦了学校生活。”

“果然是同人怄了气。”口气还是不说出，只默默的望着她。

“我想回去，爹一人在家，一定寂寞得不象样……还有袁大她们都要念我的。”

匀珍心里却想：“你也常常忘记了你爹的。哼，袁大，人家都快有小孩了，谁还会同你玩……”

及至她听了匀珍劝她不要回去的许多话，她又犹豫不决。真的，现在回去是再也没有人同她满山满坝的跑，谁也不会再去挡鱼，谁也不会再去采映山红。至于爹呢，现在有五叔家两个弟弟搬到这边来念书，想来也不会很寂寞。幺妈也还康健，三儿、四儿想都长大了——但，但是……学校呢……

想到这里，忍不住又愤怒起来：

“匀姊！无论如何我是不回学校去。”

于是她诉说：怎样那红鼻子当大众还没到的时候欺侮那女子，那女子骇得乱喊乱叫，怎样自己听见了跑去骂他，惹得那人恼怒了她，反在许多人前面去诬蔑她，虽说那许多同学都象很能理解她，但那无用，那冷淡，那事过后的奋勇，都深深的伤了她的心。她真万分不敢再在那里面住下去。无论如何得换个学校也比较好点。

两人商量了一夜，还是决定得先写封信告诉姑母，她们在上海住得久，对于学校的好歹也知道些，并且早先进这个学校，也是姑母的意思。

二

第二天下午从弄巷口上，车铃马铃便一路响了进来，这是姑母来接梦珂的车子。表哥晓淞亲自也来接她。这是一个刚满二十五岁的青年，从法国回来还不到半年，好久以前便常常在杂志上看到他的名字，大半是翻译点小说。这天穿灰哔叽袍，非常谦卑的向匀珍说了几句感谢的话，便扶着他表妹跳进马车。穿制服的马夫把缰绳一紧，马便的得的得的走了起来，铃声又不断的响出去。弄巷两边门里的妇女都随着铃声半开着门来瞧。车刚走出了里门，表哥便起始向她送过许多安慰的话；她写给她姑母的信，是被大众都看了，并且都能理解她，同情她，欢迎她去。“你是知道的，我家还住得有四个顶有趣的朋友。”最后他又称赞她的信写得非常之好，满含有文学的意味，令人只想一口气读完，舍不得放下，完了时，又希望还能再长点就好。

这是她初次听到这样不伤雅致的赞语，想起在酉阳中学时，那些先生们的什么“……如行云流水……”过火的批语，以及喊给别人听的“第一名”的粗鲁声音来，这真是使她不觉的眨起那对大眼惊诧的望着表哥。于是他也望着那浓密的睫毛惊诧起来："呵，竟还有如此的一双美丽的眼呵。"

马车走进了大门，便慢慢的踱着，绕过一大片草地，在台阶边停下。楼上凉台上有个黄毛小头伸出来在喊叔叔。走廊上也正走出来表姊：

"我刚想总该到了吧。"

微微的又感到了些不安，当自己被一种浓艳的香水、香粉气紧紧的拥着时候，手指不觉的有点跳动在另外一只柔腻的纤手中。

客厅中有个乱发的男子，穿一件毛织的睡衣，蜷在屋角里的一张沙发上。

梦珂认得他。他还是她在小学时一个上一级的男生。是如何的顽皮呀，常常被先生扣留着要在吃晚饭时才准回家的一个孩子。

她把头侧过去，注视的想考察那一张已不象从前肮脏而是洗得干干净净的脸。

"呵……是……"当他忽然认识出她是谁来的时候，嘴里如此结结巴巴的喊着，杂乱的短发便在沙发上鲁莽的摇了几下。但表姊已携着她的手走出了客厅的门。表哥才走过去拍着他的肩：

"喂，好了些吗？"

在屋后的走廊上才找着姑母，一个已正在稍微发胖的四十多岁的太太，打扮得还很年轻。头顶上已脱了一小撮头发，但搽上油，远看也就看不出什么，两边是拢成髫头形，盖住一大半耳朵。拖着一幅齐脚的缎子长裙，走路时便会发出一种窣窣沙沙的响声。这时候是刚在厨房里吩咐怎样做玫瑰鸭子转来，微带点疲倦，把眼皮半垂着，躺在一张摇椅上，椅子便在那重的身躯下缓缓的，吃力的摇着。走廊的那端，有四个人围着一张小圆桌在玩扑克。

梦珂一看见姑母，却装成快乐的样子一路叫了进来，这大约是由于她明白，她懂得她父亲的嘱托，懂得自己一人独自在上海时，一切是必得依着姑母的话，虽说自己是只想暂住在匀珍家里。

姑母也给了她许多安慰的话，要她不要着急，等明年再去考学校，这里伴又多。就是要练习图画时，等下还可以给介绍一个教员呢。

大表哥两口子早就丢了扑克跑过来。表嫂非常凑趣，接着说：

“可不是，我们家又更热闹了呢，(扭过头去)哼，杨小姐！我可不希罕你，你尽管回去。”接着又得意的笑。那穿黄条纹洋服的少年，从桌边踱过来也附和着笑。

可是杨小姐呢，正狂热的在摇着梦珂的手，并把左手抱着她的肩膀：“呵，梦妹，梦妹，好久不见你了呵……”

这热烈的表示，又微微的骇了她一下，但竭力保持那原有的态度：“呵，是的，好久不见了，是的……”于是又张开那惊疑的大眼望着。

表姊给她介绍了那学经济的学生，那穿黄条纹洋服，戴宽边大眼镜的。挺着那高大的身躯，红的面颊上老是现着微微的笑，不待听他说话的腔调，一眼便可认出这正是个属于北方的漂亮的男子。

不久行李也从学校搬来了。梦珂独自留在特为她收拾出的一间房子里，心旌摇摇的站在窗台前，模模糊糊的回想适才的一切。客厅，地毡，瘦长的花旗袍，红嘴唇……便都在眼前舞蹈起来。为想故意去打断这思想，把手撑在窗台上，伸着头去看楼外的草坪，阳光已跑到园的一小角上去，隔壁红楼上一排玻璃窗正强烈的反射出刺目的金光。汽车的喇叭声，不断的从远处送来。及至反身来，又只看见自己的两只皮箱凌乱的，无声的，可怜的摊在那边矮凳上，大张着口呆呆的朝自己望着。于是她不觉的又倒在靠椅上。一双手便盖到脸上去，忐忑的心又移到了那渺茫的将来。

夜晚，她更是不能安睡的辗转在她的那张又香又软的新床上，指尖一摸触到那天鹅绒的枕缘，心便回味到那一切精致的装饰，漂亮的面孔，以及快乐的笑容……好象这都是能使她把前两天的一场气忿消失得净尽，而只醉一般的来领略这些从未梦想过的物质享受，以及这一些所谓的朋友情谊。但，实实在在这新的环境却只扰乱了她，拘束了她，当她回忆到自己的那些勉强装出来的样子，做得真象是非常自然的夹在那男女中笑谈着一切，不觉羞惭得把眼皮也润湿了。过后才又拿起许多“不得已”的理由，算是来宽恕了自己被逼迫做出来的那些丑态，但暗地里却不敢真的便把那一点愧心放下。如此的翻来覆去的，好半夜都不能睡着。真的，想起那自由的，坦白的，真情的，毫无虚饰的生活，除非再跳转到童时。“难道这里来的人都是不坦白，不真诚……”最后只好归怨到自己。为什么自己不忠实的来亲近这里所有的人。

“他们待我都是真好的……”在这样默念中，才稍稍含了点快意睡觉去。

的确的，这家里是谁也都欢迎她的。第一是表姊提议到她的那件黑线呢长袍样式已过时，应当还长些，并且也大了，衣料更觉得太粗，所以第二天一清早便把自己刚做好的一件咖啡色纽约绸的夹袍送来。她怕过分拂了别人的好意，虽说她一走路便感觉到十分不适意那窄小的袍缘，缌绰的绊着脚背，便是那质料的柔滑、光泽也使她在人前时会害羞得举止倒呆板起来。尤其当她忘记了快走时，那珠边很鲁莽的就碰在桌边或门缘，她又得急速的改变那走路的姿势，心就去惦记着那珠子总得又碰碎了几颗。

澹明，一个专门学校的图画教员，在她来的第一个晚上便得知这正是一个在学习绘画的女子，并且那明眸，那削肩又给了他许多兴趣，也就清理了几本顶好的是从法国带回来的裸体同风景画给她。她自然非常珍贵的拿来放在特为她安置的写字台上，以便无事时翻来看。

白天常常同表嫂陪姑母谈话，当表姊们上学去时。后来又在她们处学会了扑克。倦了就找丽丽（表嫂的三岁的女儿）玩。晚上多半躺在床上把在晓淞处借来的几本小说从头到尾的细看。晓淞又特买了一盏杏黄色小纱灯送她，这是正宜于放在床头小几上的。

时光是箭一般的逝去。梦珂的不安也就随着时光逝去，慢慢也就放心放胆的过活起来，自然是比较又习惯了些这曾使她不敢接近的生活。

晚餐后是一天顶热闹的时候，大家总得齐集在客厅里，那学经济的北方先生便放开嗓子唱起皮黄来。醉心京调的杨小姐和表姊也就打起尖锐的小声跟着那转折处滚。晓淞同澹明常常述说着巴黎的博物馆、公园、戏院、饮食馆……梦珂总是极高兴的听着，有时也插进些问话。自己又存心的靠近那幼小时的同学坐着，希望能又找到一个可以重复再谈着过去的一些乐事的人，当又没有同匀珍在一块的时候。在第四夜这谈话终于开始了。

“我想你会不很记得了，我是和梦如同班，在酉阳县立高小时。”

“怎么，会不记得你，‘丙丙’！”

“早就不叫这个名字了，‘雅南’，是在中学时就改了的。”不好意思的笑里又微露出一点被人不忘的得意。“近来梦如她们呢，还好吧？”

“我大姊吗，前年就嫁到秀山，近来二伯母一想起她时就哭。你是几时来的呢？”

“上月才从南京到这里，病了学校不好住。如果我早知道你也在上海，又同他们有亲，那我早就去访你了。亲，如若不是为了也有这芝麻大点亲时，我也不会住在这儿，也不会遇见你……”

于是每夜他们总坐在一张长靠背椅上讲着五六年前的一些故事，但当雅南有点讽刺的影射到这家里某人时，梦珂便把眉头一蹙：“呀，九点半，我要去休息了。”或者便惊讶的问着：“表姊呢？表姊在那儿呢？”于是站起来离了客厅。雅南微微感到失意的把头又缩进睡衣点，蜷成一团，默默的听其余的人谈音乐、跳舞、戏剧、电影……等到大众要散的时候，他才一步一步拖回自己的房去。

很明显的，表姊是不喜欢雅南。有一天晚上，当她刚离开客厅的时候，表姊便也随着她出来。一手附着她的臂膀，两人并排的踏上楼梯。

“梦妹，怎么你们会说的那样亲热？”语调里似乎含有冷冷的讥讽。

“他是住在我们对门山上的。小时就同学。”

“老说老说从前，也无味吧。梦妹，你可以去同澹明谈谈，他真是一个有趣的人。”

“我自然也是喜欢同他谈话的。”

表姊把她送到房门边，依旧又很快乐的向她说着：“明天见。”

过了几天，她听了她们的怂恿，在澹明处拿了许多颜色、画布，开始学起涂油来，常常整天躲在房子里照着那些自己所爱的几张画模仿着，或涂着那从窗户里看见的蔚蓝的天空，对门的竹篱，楼角上耸起的树……末后，费了四个钟头才画好一张，也是从窗户里望见的景致，是园里的一角，在那丁香花丛中搬来了屋后那草亭，前面的草坪中，丽丽正在玩一个大球。自己看后觉得还满意，于是就去送给表姊，杨小姐就抢去给楼下大众看。澹明第一个便说：“好呀。”晓淞也给她许多鼓励的话。于是她仿佛也惊异起自己的天分来，从此更努力的作画，并且也不再象先前只躲在自己房里画画窗外的景致，或又画画自己的手和脚了。

晓淞又送来许多画具和颜料。还有一个极精致的画架，配上一个三角小凳。这自然更能加增她出外写生的兴味。晓淞又欢喜陪她，澹明也常常往学校请假。三个人便坐车到野外去，有时也画一两张，有时因为谈话谈得太起劲，忘了画，尽把带去的一些罐头牛肉、水果、面包、酒……吃完就回来了。但这个小小的旅行却始终很有趣味。澹明既是具有那天生的活泼和滑稽，表哥又是如此的温雅，体贴周到得象一个慈爱的母亲，而梦珂真的便显得非常天真非常幼稚，简直象一个小妹妹的样子了。

如同有一次，她正在晓淞房里帮表哥换金鱼缸里的水，只听见隔壁房里大嚷大闹。丢了金鱼冲到澹明房里去，看见那学经济的朱成红着脸在嚷要回棋。澹明呢，紧捻着那颗“车”笑，硬不给回。后来还是听了她的调停，把“车”还给朱成，但说定以后是不准再回的了。于是她也坐下去。棋又开始走了，先走得都很平稳，过后因为澹明想吃将军，把“马”放过去，却不知正走进人家的“马”口。朱成也没看到，还以为自己危险，想了半天才叹了一口气把“将”偏了一步。澹明还想再去走“马”，猛不防梦珂伸出一只左手把澹明的手压住，右手便把朱成的那个“马”吃了。口里直叫“将军，将军！明哥莫动，我替你走。”朱成知道自己忘记吃人家的“马”，反给人家把“马”吃了，并且自己的将军只能又退回来，如果对面的一颗“车”再逼下来，这盘棋便算完了，于是又嚷着要回。梦珂却已把棋子和乱了，纵声的笑起来，澹明也附和着这得意，并且很放肆的望着她，还大胆的说了一些平日所不敢说的俏皮话，反使得她有好几天局促的不敢去亲近他。但不久也就又好了，因为她愿意自己再小孩一点；而他呢，也愿意装得更坦白一点，更老成一点。

又是在一个下棋的晚上。她是正坐在澹明的对面，晓淞是斜靠拢她的椅背边坐着，强要替她当顾问，时时把手从她的臂上伸出抢棋子。当身躯一向前倾去时，微弱的呼吸便使她后颈感到温温的微痒，于是把脸偏过去。晓松便又可以看到她那眼睫毛的一排阴影直拖到鼻梁上，于是也偏过脸去，想细看那灯影下的黑眼珠，并把椅子又移拢去。梦珂却一心一意在盘算自己的棋，也没留心到对面还有一双眼睛在审视她纤长的手指，几个修得齐齐的透着嫩红的指甲衬在一双雪白的手上。皮肤也象是透明的一样。莹净的里面，隐隐分辨出许多一丝一丝的紫色脉纹和细细的几缕青筋。澹明似乎是想到手以外的事了，所以总要人催促才能动子。看样子还以为在过分的用心，而结果是输定了。于是她高兴的掉过脸去：“讲的不要你帮！二表哥，是不是我进步了？你看他老输！”表哥照例是表同意的无声的微笑。输的也高兴，又竭力的去夸赞她。

棋还没下完时，杨小姐同表姊手牵手的走了进来。

“看我，梦妹！”杨小姐一进门便嚷。

“呵，美透了！”澹明走去便把右手伸给她，还在那一束鸵鸟毛上嗅起来，这是在那一顶金色软帽上垂下的。嘴里不住的又在赞美那随着进来的香气。

梦珂是并不称许那一套漂亮衣服的，尤其是那件大红小坎肩，多么刺戟人的颜色呀！袍子也嫌太花，反不如表姊的那件玄色缎袍，只下边袍缘上一流织就的金色小浪花。但她却不得不慷慨她的赞谀，但又不知应如何说才惬合。过了半天只好也重复的学着别人：“呵，美透了！美透了！”眼睛便又放到那颜色太不调和的脂粉的面孔。

“梦妹！这是大哥提议，也是他做东，据他交易所的同事说，那新世界的黑姑娘的梨花大鼓，是如何的了不起。去，快换衣服去，你看他今夜回来得多么早！”

“不。”毫不思索的便回答了，这是因为她一听到“新世界”，便连想到过去的一幕：是刚到上海没多久，同着几个同学去玩，曾受窘于一群挤眉弄眼的男子。

懂了梦珂眼光的问询的晓淞，微微的笑着，退到一张躺椅上去看书，是表示不愿出去的意思。表姊接着再要问时，杨小姐已一手拖着那还在迟疑的澹明折转身子走了：“好，他们不去的！我们找‘睡虫’去。”

大表哥亲自又来一次，但梦珂已上楼去了。

朱成已被他们吵醒，在睡眼惺忪的忙着洗脸。

从窗子下面传来汽车的喇叭声，知道大众已经走了。梦珂觉得有点烦闷，把袍子脱下，便走到凉台上去吹风。这是二十几里，月亮还没出来，织女星闪闪的在头上发出寒光。天河早已淡到不能揣拟出它的方向。清凉的风，一阵一阵飘起她的头发。这沉寂的夜色，似乎又触着她那无来由的感动，头是慢慢的低下去，手心紧紧的按着额头，身体也便无力的凭靠着石栏。

在这时，表哥无声的走上凉台。

“着凉，梦妹！”手是轻轻的附着她的臂膀。

看见了星光下的两颗亮晶晶东西在那双自己所爱恋的黑眼睛里闪耀，忍不住便紧紧的握住那另外的两只手。

梦珂反更张大起一双大眼望着表哥笑了起来。

两人挟着又走进屋里去。

表哥坐在一个矮凳上看梦珂穿衣。在短短的黑绸衬裙下露出一双圆圆的小腿，从薄丝袜里透出那细白的肉，眼光于是便深深的落在这腿上，好象还另外看见了一些别的东西。及至梦珂穿好了袍子时，他却狠狠的懊悔着适才自己不该催促她穿衣。这件宽袍直把腰间的曲线也给遮住。因为这样倒不能不称许女人的袍子是应当要瘦小点才好。

“我不喜欢这样，你痴痴的在想什么？”

毫不会感到困难，立刻他便想好了回答：“梦妹！我是在想你——想你会不会答应同我去看电影。今晚，卡尔登演映《茶花女》……”

三年前梦珂便曾读过这篇杰作的翻译本，那时还曾洒过几次可笑的眼泪，既然现在正有这影片，为什么不去看？高高兴兴的倒催晓淞去换衣。

走到楼梯边时，听见丽丽在哭，跑到丽丽房里，只见表嫂也红起眼睛，丽丽倒在小床头放声的哭，小手小脚不住的在空中蜷缩，表嫂看见梦珂，才抱过丽丽来，说是丽丽有点肚子痛。丽丽睡到了母亲怀里，哭却停止了，但听见母亲扯谎，便又使劲的用拳头捶着母亲的胸脯。梦珂邀她同去看电影，她始终却说为了丽丽的保姆不在家而辞谢了。

梦珂又去找雅南，据听差说，一吃过晚饭南少爷就早走了。

因此只剩了她和表哥，两人便走往飞凤车行去雇车。

到卡尔登时，影片已开映了。由一个小手电灯做引导，梦珂紧携着表哥一只手，随着那尺径大的一块光走去，直到侧面最末的一间包厢才算空着。表哥让她坐好后，自己也就轻轻移动了一下那小软椅才靠紧她坐下。这时幕上正映着一个胖子，穿一件睡衣在飞机上翻来翻去。飞机又一时横过海面，一时又掠过高山，后来便在一座城市上打旋。梦珂心里正在疑惑，这又是什么呢，恰好表哥便凑过头来悄声的说：“还好，正片还没开始呢。”梦珂懒得去看那胖子，拿眼睛便去搜索别的可看的东西。几盏小灯隐隐的在那音乐台上的蓝色纱幔里透出。上排和楼下望去尽是模模糊糊的显出密密人头的线条。隔壁包厢不时送过一阵阵的香味。背后有个人发出小小的嘘声，正谐和着那音乐的节奏，还不时用脚尖蹴出那拍子。

当刚映到那拖黑色长裙的女人出现在石阶梯上时，梦珂便专精注神的把眼光紧盯在幕上，一边体会着从前所看的那本小说，一边就真真把那化身的女伶认作茶花女，并且还去分担那悲痛，象自己也是陷在同一命运中似的。

有时也会感到旁边正有一个眼光也紧盯着她时，便伸过手去。

“真动人！看呀，表哥！”

“是的，真动人！”这是她不能体会出那言外的意思的一句答语。

正是她看得有味的时候，忽的那音乐便停止了，灯球也燃了，强烈的光四射着，这是休息的时候。表哥便问她要喝点咖啡啵，她只默默的摇动一下头，神经里还在晃着那修眉，大眼，瘦腰，那含愁的笑容，舞态……

表哥已从拥挤的走廊中走出外面了，因为这电影院中沉闷的、昏热的空气实苦了他，在他那已被激动的感情上加了许多苦痛。他是知道得很清楚，在一个还不很了解风情的女人面前，放肆了是只会偾事的。

食堂里挤进许多人和小孩，卖糖果和卖香烟的地方顶热闹。

没有走动的一些男人，便从坐位上站起来，伸长起颈项在找他们的朋友，其实眼光却又正在追随一些别的，哪里肯给遗漏掉一个女人的影子呢。

女太太们总喜欢几人把头凑在一处，悄声的去评论隔座太太们的装饰，眼光也常常从发边漾过去瞟一下比较漂亮些的男人的面孔。有的又正朝着小镜在搽粉，或拢整颊上的短发。

梦珂隔壁包厢里，有一个意大利女人正和几个有须的男人在大声的笑，惹得周围便给吸去了许多眼光，一只大手是放到挨梦珂的厢壁上，指上夹有一枝香烟，并戴有一个宝光四射的戒指。

表哥走回时，在障着的铜栏边，还在向远远的一个人告别。

继续的又开映了。她竟在伤心处流下泪来，等不到演完，站起来就朝外走。表哥随着她上了汽车。她默默靠在他伸过来的一只手上，腰肢便轻轻的给那只手围住。两人都无言的在咀嚼那，沉醉那各人所感动的。

车刚停住，她就跑上自己的屋里了。

这时小马车也停在台阶前的柏油路上，是姑母刚从李公馆吃寿酒回来。满屋依旧静悄悄的。逛新世界的，怕不是正在劲头上呢。

晓淞去陪着母亲闲坐，讲讲那些拜寿的客人，以及那些铺张，酒、戏……还和今夜的电影。看见母亲的眼皮睁不起时，便退出来，这时自己的神志却很清醒了，想起梦妹只觉得孩气可笑；连自己适才的许多昏迷思想、动作，也只能让自己来暗自发笑，并怀疑，但梦妹的确算得可爱的，于是又细想那自己所赞赏的一些美处。

“……这都是只要我愿意便行的！”

想到这里，不自觉的现出那得意的微笑，脱下衣服，安安稳稳的去睡在那软被里了。

梦珂这时正回想到那电影，简直是爱上那幕上的女伶了。那些剧情和许多别的配置都忽略过去，单单只零星的记牢了那女伶的一颦一笑，还和那仿仿佛佛的一种可悲的身世，这身世也只是那女伶的。于是便又去记忆那女伶的名字，但总记不起，想下楼去问表哥，又怕别人已睡觉，只好留在明天再打听，以便将来一有这可爱人儿的片子便去看。

翻来覆去，老是睡不着，披起一件衣服便又捡出骨牌来过五关，但牌还没有和好时，心似乎又想发气，手一送，许多牌便跳到地上去了。回头看见圆桌上还有好几个苹果，便又把那小高脚盘移来书桌上，一边吃，一边象想什么的把眼注视到灯罩，慢慢等把三个苹果吃完后，从抽屉里拿出一个红色金边的袖珍本，翻到没有字的一页上，拿钢笔细细的写下去：

> 我淡漠一切荣华，
> 却无能安睡，在这深夜，
> 是为细想到她那可伤的身世。
> ……

还要写下去时，但已听到楼梯上的杨小姐的喊“梦妹”的声音，忙忙乱乱关了灯，溜到床上装睡着。

“就睡了吗？梦妹！”

这时同表姊两人都已站在她房门口，外面走廊上的灯光正射到她两人的身上，梦珂眯着眼睛清清楚楚的看见她们。她们没有听到回声，随手又把门带关走了。梦珂独自好笑，默想若不如此装睡，恐怕又要惹出许多麻烦呢。

隔壁的两人也睡不着，尽谈着那黑姑娘的相貌、声音，还有那戏，顶有趣的要算那开始的“打花鼓”，那丑角的一些唱词，并且常常还夹上些英文。于是杨小姐学着那声音唱起来，什么“Sorry sorry 真悲伤……”表姊也学着唱：“那个 miss 也不想……”的等等从“打花鼓”中听来的小调。

“嘿，姊！听你唱的些什么？多么丑！”

“这是学别人的。”

“其实那里面还有许多都是骂女人的，那丑角也真惹厌！”

两人尽着咭哩咕哝，在梦珂却象催眠一样慢慢的也就睡着了。

天气已一天冷似一天，梦珂看见自己的旧棉袍已不暖和，想另做一件新的，并且那紫花洋绸的面子和蓝大布罩袍，都有点害羞拿出来。表姊们出去时都披上斗篷了。自己只想能花五六十元做件皮袍也好，凑巧，父亲在这几天竟一次汇来三百元，是知道她已住在姑母家里，怕她要用钱，特赶忙把谷卖了一大半，凑足了寄来的，并说这必得等第二年菜油出脱时才能有钱来，但决不会多……

她邀表姊同去买衣料，但表姊硬自作主替她买了一件貂皮大氅，两件衣料，和些帽子、皮鞋、丝袜零星东西，一共便去了两百四十五元。表姊还在挑剔那些东西的坏处，后来又只得把自己的许多好的手套、香水……送给她。梦珂还有点难过，当想到父亲时。及至一看钱所剩已不多，便请姑母辈吃了一餐大菜。

如此一天一天的玩上来，梦珂竟把匀珍忘了。还是雅南问着她时，才记起已是四五个星期不到民厚里了。要去时又被雅南留住，因为雅南已决定第二天便动身回学校。于是在这晚上，他给了一个深深的印象在这还不很见过世面的女子心上。

当他两人从半淞园出来时，天已黑了，雅南是这样对她说：

“我介绍两个顶有趣的女朋友给你好吗？她们都是中国无政府党员。”

她不懂什么是无政府党，却也答应了。

“她们都很了不起，你可以多亲近点她们，她们将告你许多你不曾知道的事和许多你应做的事。”

“真有这么一回事吗？那我们走吧！”

在一个黑弄里踅入，走进一间披满烟尘的后门，从房里传出来一阵又粗，又大，又哑的歌声，厨房里有个十五六岁的小厮在低着头吃饭，爬满桌上灶上的是许多偷油婆。雅南已走进客堂门。梦珂在自来水管边窗前，望清了房里，那儿正有两对男女在，歌声便是从那睡在躺椅上的男人所唱出，他的半身又已被一个穿短裤的女子压着，所以那粗声中还带点喘。书桌前面的那一对，是搂抱住在吸纸烟。梦珂正不知应如何时，雅南已又回转来在等她，一边大声的喊着一个外国名字，这是梦珂所不懂的。于是客堂里的灯光亮了，四个男女从门边跳出来。那穿短裤的女人双手握住了雅南，用力的摇，口里便不断的“同志！同志！”的叫喊。雅南也竭力的回敬，手既不得空，只好扭过脸去接受了另外那个麻脸女人的一个用力的大吻。雅南替她介绍时，她已被这些从未赏鉴过的这样热情，坦直，大胆，粗鲁而又浅薄的表情骇呆了。支持着自己，又只好机械的轮流握着那伸来的手。及至看见了那只遍生黑毛的大掌时，忍不住抬起目光来，啊，这就是那唱歌的人，一对斜眼！看样子，雅南还最钦佩他似的。

堆满一桌子的尽是些传单、报纸，梦珂走拢去假装着看。耳里忽然听得那斜眼人说什么：“……明天开会时，自然可以通过。不过，曾做过什么运动没有？”

“有的，学生运动，在酉阳中学时。”是雅南的声音。

梦珂奇怪了，张大起眼睛望着雅南，意思是问：“见鬼哟，难道你们说的是我吗？”

雅南回答她一个鬼脸。

斜眼的于是折向她来：

“来上海不久吧？”并不等待别人的答话又接下去：“你可以常常来此地谈，这位就是我们所称呼的‘中国的苏菲亚女士’。真值得再握一次手的。”有一只眼睛似乎是望到那穿短裤的。那黄毛女子呢，是正缠着雅南，要他替她预备下星期开市民大会时用的演讲稿。听到这里在说“苏菲亚”，跳过来又攀着梦珂说话：

“下星期我准去约你，无论我是怎样的不得空。你看，有许多工作都未曾做，单说传单就有这么多，这还只十分之一呢！”

梦珂不懂雅南的扯谎，以及这几个男女所发出的那些所谓工作的意义，于是当他们几人在清检小旗杆时，偷偷的溜了出来，在鹅石的马路上急急的走着，连头也不敢回过去望一望，是怕雅南来追。

第二天为想躲避雅南，一清早便往民厚里去了。但民厚里已非早先的可留恋！一进门便听了许多似责备的讥讽话。她只好努力的去解释，小心的去体会。但匀珍总不肯转过她的脸色来。单单为那一件大衣，总足够忍受了四五次的犀锐的眼锋和尖利的笑声，因此反使她觉到曾经轻视过和还不曾施用过的许多装饰都是好的。为什么一个人不应当把自己弄得好看点？享受点自己的美，总不该说是不对吧！一个女人想表示自己的高尚，自己的不同侪属，难道就必得拿“乱头粗服”去做商标吗……她忍不住回报了匀珍几句才回来。

虽说后来匀珍曾向她又修好过，但她一半为负气却没复信。一个冬天尽陪着这几个漂亮青年听戏，看电影，吃酒，下棋，看小说过去了。

但这也并不很快乐的，尤其是单独同两位小姐在一块时，她们是在肆无忌惮的讥骂日间她们所亲热的人，她们强迫的教给她许多处世，待遇男人的秘诀。梦珂常常要忍耐的去听她们愚弄别人后的笑声，听她们所发表的奇怪的人生哲学的意义。有时固然为了她们的那些近乎天真的顽皮笑过，但看到她们如妖狞般的心术和摆布，会骇得叫了起来，拳头便在暗处伸缩。

澹明也比较大胆了，常常当着她说出许多猥亵的话，她又不能象表姊们拿调皮的样子去处理，只好装出未曾听见的样子，默默的走了开去。

朱成，她是即使同在一桌打牌时，都很少和他说话，因为她是并不象表姊们须要如此的一个能供小奔走的清客。

那末，表哥呢？是的，她只依恋着晓淞，也象从前依恋着匀珍一样。单讲那态度，就够多么动人呀：看见壁炉前的梦珂是在沉思着什么了，便拿过一本书来站在她的椅背边，轻轻的拍她的肩，声音是细细的，怕骇着她似的：

"让我来念首诗吧。"

于是打开书，在一百三十六页上停住，开始念起来：

在火苗之焰的隐约里，
她如晚霞之余艳，
呵，能倩何物
传递我心灵之颤动！

梦珂的心微微的颤抖，一半是由于受惊，一半也是被那低沉的声音所感动，脸便慢慢的藏在那一双纤瘦的手中。晓松乘势坐在旁边的矮凳上，从那眼皮上拿下那双手来。

"梦——"早已把"梦妹"两字分开了来叫，有时是又只叫"妹"的。这时声音也象是被感动得微微的抖了起来，两道眼光更紧逼到梦珂脸上。

她竟不敢抬起头来。

表哥只是无语的望着，那沉默的动人是更超过用语言。

在不可忍耐时，她便抽身象燕子似的轻飘的跑走了。

于是表哥便倒在她适才起身的软椅上，得意的来称许起自己的智慧，自己审美的方法，并深深的去玩味那被自己所感动的那颗处女的心。这欣赏，这趣味，都是一种"高尚"的、细腻的享乐。

怕人看出自己的羞愧，大半时候都在找丽丽玩，丽丽一见她不说话，便生气，扳着她颈项问，梦姑是在想什么了。

因此表嫂却很同她亲热了起来，常常晚上她便在表嫂房里玩，这时大表哥是不会回来的。表嫂是川西人，说起故事时，总挂念她屋前的西湖，和她八十多岁的祖母，她是在六岁时同年失掉了父母的。表嫂还常常低声向她诉说她为了祖母而忍心把自己让那鲁莽的粗汉蹂躏了的事。

"难道他不爱你吗？"梦珂便问。

"你是不会知道这个的！"表嫂却笑了。"你看，近来是都不常在家了。这是他故意的想呕我，因为他明白了我的藏在衣服里面的那颗心，谁知我却舒服多了。嘿，梦妹，你哪里得知那苦味，当他凑过那酒气的嘴来时，我只想打他。"

"真的便打了他吗？"梦珂又问。

表嫂又笑了。还向她诉说她十七岁来做新娘时所受的许多惊骇，以及祖母三月后知道了她是怎样用惊哭去拒绝了新郎时的抱着她的伤心……原来表嫂还会填词，她从她那几本旧稿中得知了她的许多温柔，蕴藉的心性，以及她的慕才，她的希望，还和她的失意。梦珂心想：如果她那时是同二表哥结婚，那她一定不会自叹命蹇的了。于是便又问：

"你说，二表哥如何？"

表嫂又会错了她的意思，便告诉她，晓淞是如何的细心，如何的会体贴女人……

梦珂喟叹了，这是完全在悼惜表嫂，而表嫂却不能领悟这同情，反以为她想起别的感触，竭力的倒去安慰她。

春天来后，家里反静寂了许多。表姊和杨小姐每天又挟着乐谱上学校去。澹明、朱成，也都有课。晓淞也在一个大学里每星期担任了两个钟头。姑母不时要在外面应酬。表嫂有丽丽作伴，只有她是闲着。于是她便整天的躺在床上，象回忆某种小说一样的去想到她未来的生活，不断的幻想开去，有时竟说是体悟出自己的个性来，生生的认定："无拘无束的流浪，便是我所需要的生命。"有时简直会羡慕起那些巴黎的咖啡店的侍女……但也常把自己幻想成一个英雄，一个伟人，一个革命家，不过一想到"革命家"时，连什么梦想也都将破灭，因为那"中国的苏菲亚女士"把她的心冰得太冷了。

澹明想再提高她已不热心了的画兴，又常常去邀她作画，但她已在那可爱的滑稽外得知了不安的轻浮，所以有时也会拒绝他的。晓淞是早已不提到画上了。

为了巴黎的梦，她又起始在表哥处学法文。

不久，父亲又寄来第二次的钱，并附有一封信：

> 梦儿，接得你的信，知道你又很需钱用，所以才又凑足两百元给你，虽说为数并不多，但这也足够全家半年的日用。你如果是可能的话，我还是希望你省俭点也好，因为你无能的父亲已渐渐的老了。近来年成又都不好，我怕你在外面一时受窘了又要难过，所以才这样说，不过，你也不必听了这话又伤心，我总会替你设法，不愿使你受苦的。其实，都是你父亲不好……唉，这都不必说了……
>
> 从先你喜欢的那匹老牛在二月间死了。但又添了好些小羊，有只顶小的，一身的毛雪白，下巴处又带点肉红色，顶不怕人，一天到晚都听见它小声的"咩咩咩咩"的叫；四儿喜欢它，说它象你，于是就叫它作"小姐小姐"。现在是一家人谁一提"小姐小姐"都会笑的，他们都念你咧。

梦珂沉思了，似乎又看见父亲的那许多温情的仪态，三儿们的顽皮，以及晴天牛羊们在草坪上奔走的情形……还有那小白蛱蝶们……这过去的一些幸福日子，真多么够人回忆呵！

> 如果你还住在姑母家时，你就拿这两百元做路费回来也好。我是足足有两年半没见着你了。你回来后，要出去时，我也可以

送你的。梦儿，你要知道，父亲已不年轻，你莫遗给将来一些后悔呵！

还有一件很可笑的事。前天你姨母来，当面向我要你呢！我自然没有答应，这都是要尽你自己的。不过祖武那孩子也很聪明，你们小时也很合得来，只要你觉得还好，我是没有什么可说的。梦儿，你年纪也不小了呢！

信纸一张张从手指间慢慢滑了下去，一种犹豫的为难弥漫着，但想起祖武那粗野样儿，以及家中亲戚中的做媳妇们的规矩，并为避免当面同父亲冲突，于是决定不转家，回信也只说自己在读书时代，不愿议及此等事……

回信上话既说得很宛转，心便又觉得安妥了一样，几天后也便不想到父亲、祖武了。一人玩得无聊时，只想去找表哥，但表哥已三天不在家了。梦珂是如此的感到寂寞，自己也不住的惊诧：难道表哥之于自己竟这样的可念吗？……这天夜里却出乎意料的接到表哥的一封信，原来是为了一件朋友很要紧的事不得空回来，并且也非常之挂念她，还详详细细的问她这三天的生活怎样……她把这封信看了有七八次，好半夜不得安睡。

这几天澹明却老厮守着她，又给了她许多不安和厌烦。

在没有见着表哥的第五天晚上，她正同丽丽剪纸玩，表嫂在旁边修指甲，轻声的向她说话：

“梦妹，你说对不对？”

“什么？”

“昨天在楼下找到的那本旧杂志上说的关于女子许多问题的话，你不是也看过了吗？我说真对，尤其是讲到旧式婚姻中的女子，嫁人也便等于卖淫，只不过是贱价而又整个的……”

“那也不尽然，我看只要两情相悦。新式恋爱，如若是为了金钱、名位，不也是一样吗？并且还是自己出卖自己，连归罪都不好横赖给父母了。”

“阿呀！你看，梦姑！你给小人儿的手也剪掉了。”丽丽着急了，用手去推她，“妈！你等下再和梦姑说话好不好？”

“好，这个不要了，再剪个好姑娘吧，拿一柄洋伞的，你说，还是提一个大钱包的呢？”于是又另外剪，并接下去说：“表嫂！你莫神经过敏了吧，遇事便伤心……”

“你不要说什么神经过敏。真可笑，我也是二十多岁的人，并且还有丽丽，自然应当安安分分的过下去，可是有时，我竟会如此无理幻想，真愿意把自己的命运弄得更坏些，更不可收拾些，但现在，一个妓女也比我好！也值得我去羡慕的！……”

梦珂听见了这些从来未听过，如此大胆的、浪漫的表白，又是在一个平日最谦和、温雅、小心的表嫂口中吐出，不禁大骇，丢了剪纸，捉着表嫂的手：

“真的吗？你竟如此想吗？你是在说梦话吧？”

表嫂看见了她那张惶样儿，反笑着拍她：

“这不过是幻想，有什么奇怪！你慢慢就会知道的……”

还要说下去时，杨小姐已闯了进来，抓着梦珂便跑，梦珂一路叫到屋前的台阶边。阶前汽车里的澹明、表姊、朱成三人都嚷了起来。澹明打开车门，杨小姐一推，她便在澹明手腕中了。杨小姐上来后，车慢慢的走了起来，她夹在杨小姐和澹明中间，前面的两人也转过脸来笑，她虽说有点生气，也只好陪着笑脸：

“打劫我做啥子？”

“告你吧，我一见晓淞二哥有四五天不在家，就疑惑，一问他俩人都不知道，心想明哥是同二哥一鼻孔出气的，他一定知道，不过假使他们要安心瞒我们时，问也不肯说的，于是我便使姊去诈他，果然一下就诈出来了。现在我们去安乐宫找二哥。你，若不行抢，你也不肯来，听到‘安乐宫’便不快活了。”

“他住在安乐宫做啥子？”

“哈，安乐宫也能住吗？他们今夜要在那儿跳舞。做啥子，他们在大东旅舍‘做啥子’！”

大众都放声的大笑。

车走过大东旅舍时，杨小姐忽的喊要停车。澹明争着说不能这样进去，但看见杨小姐似乎要发气的样儿，也便告了她一个住房的号数，除了他一人不肯走外，其余的都陆续下了车。当他们走到一百四十三号门外时，杨小姐先从钥匙孔朝里望了一下，忍住笑才又弹门。

“进来！”显然是表哥的声音，梦珂奇怪了。

门开了，表哥弯着腰在擦皮鞋，镜台前坐有一个披粉红大衫的妖娆的妇人，在悠悠闲闲的画眉毛。

“二哥哥，你——好！还不介绍给我们吗，这位二嫂……”朱成和杨小姐最感着有兴趣。

很明显的那两人都骇着了。表哥连耳根都红了，蹬在椅上的那只脚竟不会放下来，口中期期艾艾的不知在说什么。女的呢，把手掩在胸前，不住的说请坐，请坐。

杨小姐们更得意的大笑，满屋里走着去观察所有的陈设。

“你们真岂有此理！这位是章子伍太太，子伍还来信说要我送她转杭州呢。这是舍妹，这是……她们都太小孩气，没等通报就闯进来了，请章太太不要见怪吧！”

这种敷衍自然是没有效力，反更给了人许多以便于说笑的隐射的讽刺话。那善笑的女人这时也镇静了，拖着一双半截鞋，来应酬她所迷恋的人儿的朋友们。

只有澹明不安的坐在汽车里觉得有十二分的对不起晓淞，以后怎好见他，他是那样的嘱咐来！不过一想到如此或许竟于自己还有益处时，又踌躇不安，要怎的去进行才好呢……

这时他已看见梦珂一人从旅馆里出来，跳下车便跑去迎接。

梦珂无言的随着他上了车。

问了梦珂往那儿去，车便向家里开了。

他把梦珂的两手握着，梦珂也随他。

他又向她说了许多关于那女人的不名誉事。

她哭了。这事是这样的使她伤心，想起自己平日所敬爱、所依恋的表哥，竟会甘心搂抱着那样一个娼妓似的女人时，简直象连自己也受到侮辱。

澹明倒很高兴的一直挽着她到家。

她拒绝了澹明送她进房，便一人关着门，躺在床上象小孩般的哭了起来。细细的去想到那从前所得的那些体贴、温存，那些动魄的眼光、声音……“呀！他是多么的假情呵！”于是她从枕头底下把前天收到的那封甜情蜜意的信抽出来扯得粉碎，满床尽是纸屑；看见纸屑，心越气了，又把纸屑撒满一地。千怪万怪，只怪自己太老实，信人信得实实的。便吃亏，不是应该的吗……如此的自怨，怨人，哭了又笑，笑了又哭，也不知经过了多少时候，只觉得人已疲倦，头沉沉的作痛，躺在软枕上犹自流泪。

这时门上，有个轻轻的声音在弹着。

她跳起来，用力抵住门。

“梦！一次，最后一次，许可我吧！梦！我要进——来！”

听了这柔和的，求怜的，感伤的声音，心又大跳起来，身躯已无力的靠在门上，用心的去听外面的声息。

“梦，我的梦……你……你误会我了！……”

手已抬起，是去开门，但人在这时却昏倒了。

外面没有听到有回声，以为这次的脾气发得是不算小，一边好笑，一边安慰自己的就下楼去。

等梦珂清醒时再去看，门外面只有那头走廊上射过来的灯光，映在粉墙上，现着如死的灰白的颜色。

她反身拿了一条手绢便朝外走。

然而她走错了，直走上后园的亭子才知道。于是她坐下来，但亭子上灯光，很刺戟那哭后的眼睛，她又走到亭子后面去。那里树丛中正放有一张铁椅，她便躺在那张她曾同表哥坐过的长椅上。眼望着上面，星星是在那繁密的叶子中灿烂着，潮湿的草香，从那蔷薇花，罂粟花……丛中透出。等梦珂感觉到冷时，椅背上早已被露水湿透了。正想站起身来时，忽然听到皮鞋的声音，是有人在向亭子这方面来。梦珂从椅缝中望去，天哪！那正是表哥！还有澹明，迎着灯光来了。于是她又屏声静气的躺着，看他们。

表哥带着非常严肃的脸色走上亭子，把电灯关了，然后冷涩的说：

“说吧！你有什么说的！”

“我想你生我的气了。”

“为什么？”

“关于梦珂。”

“你以为你有希望吗？”接着只听见不住的冷笑。

“不敢说……”

“哈……哈……”

“晓淞！请不必如此，令人难堪。不过，我们七八年的交情，难道还肯为一个女人而生隔阂！我是这样同你开诚布公：若你不爱梦珂，我自然可以进行，万一梦珂竟准许我，那你可不要生气！你说，你的态度到底如何？”

“哈！你错了，你以为你的机会来了是不是？我告你，章的事，有什么要紧！我自然想得出许多话向梦妹解释。”

“她如果还要信你那些假劲，那真是她的不幸！”

“好，好假劲！我正在得意我的假劲咧！哈……你想打主意，你就干吧，只要你行，我是不会吃醋的。只是那时惹起小杨来，我却不管，她可不老实。”

梦珂只想跑出去打他两人，但又把两只手叠着压住嘴唇忍耐着，直到那两人又笑着的走出园子。

人们正在酣睡的时候，她走回房去。澹明又留了一封信在她桌上，她看后便用那打颤的手把它扯了。其实一星期来她就很害怕这事的发生，当每次澹明一人留在她面前时，她便迅速的跑开，因为澹明那局促的、极动火的态度，和一些含糊的表白、举动，都使她觉得受逼得可怕，尤其是那一双常常追赶着女性的眼睛。不过出她意料之外的便是他竟敢写出这样一封不得体的信，象写给一个已同他定情过的风骚的女人。结果，她觉得她象其他的一些女人一样，痛遭了这种被人开玩笑般的侮辱。她不能再加一丝的伤心了！

在第二天吃午饭时，在这所三层楼洋房里，曾发生了一点点不平静。那是当这屋主人，中年的太太，公布了她侄女的一封告别信时候。她是写得非常委婉、恳挚，说自己是如何辜负了姑母的好意，如何的不得不姑息着自己的乖戾性格的苦衷，她是必得开始她的游荡生涯，她走了。每个人听了都感到无可挽回的叹息，晓淞、澹明，更觉怅然，但这是不久的，因为澹明既有杨小姐可追随，而晓淞是除章太太外还有两个很有希望的女朋友，所以都说不上是一个损失。

三

她本是为了不愿再见那些虚伪的人儿才离开那所住屋，但她便走上光明的大道了吗？她是直向地狱的深渊坠去。她简直疯狂般的毫不曾想到将来，在自己生涯中造下如许不幸的事。但这都能怪她吗？哦，要她去替人民服务，办学校，兴工厂，她哪有这样大的才力。再去进学校念书，她还不够厌倦那些教师、同学们中的周旋吗？还不够痛心那敷衍的所谓的朋友的关系？未必能整个牺牲自己去做那病院看护，那整天的同病人伤者去温存，她哪来这种能耐呵！难道为了自己所喜欢的小孩们去做一个保姆，但敢不敢去尝试那下人的待遇，同一些油脸的厨子，狡笑的听差，偷东西的仆妇们在一块……当然，她是应该回去的，不过，她一看到那仅仅剩下的二三十元便发恨："呵！为什么我要回去！我还能忍耐到回去吗！……"结果，她决定了，她是有幻想的。她不知道这是更把自己弄到"还不堪收拾"的地方去了。

几天后吧，这女子便出现在那拥挤的马路上，在许多穿尖头鞋围丝围巾的小男人，拖大裤脚的上海女人中跑着，直走到一条比较僻静点的街上，在一个有很长的竹篱的大门边站住。那黑漆的竹篱上还可以依稀辨认出几个粉字“圆月剧社”，门内既没有人，大着胆子便朝里走。在二层门里那角上的铜栏柜台后忽的探出一个扁扁的脸。

“喂，啥事体？”

在扁扁的脸后又伸出一个小后生的头，看样子是当差，或者汽车夫吧，两只小眼睛便愣愣的盯住这来访的女客，又拍一下扁脸的肩。

梦珂朝着这正挂有一块演员领薪的日期并规则的牌匾的铜栏走去：

“我是姓林。”摸了一下口袋，“呵，我忘了带名片……”

“倷找啥人？”

“张先生？龚先生？……”这是那个小后生在夹着问。

“不，我想会会你们这里的经理……”

“哈，经理！格个辰光弗在此地。”

“哦……什么时候可以……”

“倷是伊啥人？”

“我还不认识他……”

“哈……”那小后生的白牙齿露出来了。

“明天来。”

“上午……”

“啥格辰光，阿拉弗晓得，经理来弗来也呒没定规。”

“哦……那你们此地还有什么办事人，我很想能见一见……”

“倷到底有啥事体？”

“劳驾，请去问一声，我是姓林。”

“哈哈……”扁脸把脸笑得更扁了，眼睛只剩一条缝：“阿宝倷去问声张先生看，说是有位姓林的小姐要会他。”“姓林的小姐”几个字说得分外加劲。又从那肉缝中，挤着两颗黄眼珠，来仔细的再打量一下站在柜台前的林小姐。

一会，那小后生一颠一跛的跑出来：“呀——请，小姐！”脸还是笑笑的，导引着又朝里面走。

在会客室里等着的，是一位非常整洁的少年，穿一身黑绿色的哔叽洋服，斜躺在锦质的沙发上，悠悠闲闲的望着那边窗台上的花，刚听到门扭响，便很敏快的站起来，姿势还是很从容，闲适得又非常有礼，顺手把那一寸多长的残烟丢到痰盂里，走上两步迎住了这位来客。腰微微的弯着，头也就势有点偏，声音是清晰而柔柔的：

“哦，林小姐，请坐！”

“真冒昧得很，我是有……”

“不要紧，不过经理不在此地。如若有什么事，我们都可商量商量。”接着递上一张名片，头衔是留美戏剧专家，现任圆月剧社的话剧和电影的导演，名字是张寿琛，籍贯是江苏。

梦珂于是向这戏剧专家点了一下头：“对不起，我忘了带名片来，‘林琅’便是我的名字。”

“不要紧，请坐，林小姐今天来，我想是有点儿事，或是对于我们近来公演的《少奶奶的扇子》有什么批评，或是这次出品的《上海繁华之夜》的影片有什么不好的地方，不妨都请你能不客气的赐教。或者有什么用得着我们公司或我自己，这都非常愿意竭力效劳。”

梦珂却正在憨憨的张着两只大眼审视这生人，在那一张刮得干干净净的脸上，有个很会扇动的鼻孔；在小小的红嘴唇里，说话中不时露出一排雪白的牙齿。左手是那样的细腻，随意的在玩弄着胸前的表链。呵，领结上的那颗别针，还那样讲究呢！她不转眼的望着这人，心便怀疑到这人以外的一些东西，竟未曾把对面那人所说的一些客套话听清楚，直望见那一道同时也注视到自己脸上的眼光，是现着在期待她说话的神情，于是她才迟迟疑疑的开始来说明她来此地的希望。先是绕着大弯子讲，渐渐也就放大了胆，最后还这样说：

“……现在我当然可以不必多解释我自己，将来你总会明白的，因了我内在的冲动和需要。我相信我不会使你们太失望……”

这事很使这少年的导演吃惊，自然他可以答应下来，但他却向这热心于戏剧的女子解释了许多特殊的情形。又再三盘问了这女子的家庭、经济……状况。最后还使人不得不允许了他如此一个令人不快的要求：她无声的举起一双手去勒上两鬓及额上的短发，显出那圆圆的额头并两个小小的玲珑的耳垂给人审视。这时候，她伤心——不，完全是受逼迫得哭一样。但她却很受欢迎了。他又赞美她，又恭维她，又鼓励她，又愿帮助她，意思是要她知道，他总可以使她在上海成为一个很出众的明星。他并且要她明天来，他将给她介绍石三先生，就是此地的经理。

当她告别时，他又把自己的那只白嫩的手递给她，又给她行礼，又笑笑的送她出了客厅。

扁脸也笑笑的去替她拉开玻璃门："倷去哉，林小姐。"

她出来了，急急的走去，头也不敢再掉过来望一下那黑漆的竹篱。心里昏昏迷迷的，完全被一种嫌厌，或是害怕，或竟是为了喜欢过度了的感情所压迫，所包围，以致走了不很远，四肢便软了，马路上一切静静的，没有车，只间或有两三个工人提着竹篓过去。她只得挣撑着身子在树荫处乱踏着，直到路口才雇得一辆黄包车。继后在车上她忽然想起："为什么我不可以向姑母借债呢？"但一种负气的自尊气概鼓励了她，车子是一直便拖回在一条小弄里了。

夜色来了。梦珂从那小板床上起来，轻轻一跳便站在桌子旁边，温温柔柔的去梳理鬓边的短发，从镜中望见自己的柔软的指尖，便又互相拿来在胸前抚摩着，玩弄着。这时她是已被一种希望牵引着，她忘了日间所感得的不快。于是她又向镜里投去一个妩媚的眼光，并一种佚情的微笑，然后开始独自表演了。这表演是并没有设好一种故事或背景的，只是她一人坐在桌子前向着有八寸高的一面镜子做着许多不同的表情。最初她似乎是在装着一个歌女或舞女，所以她尽向着那镜里的人装腔作态，扬眉飘目的。有时又象是一种爵夫人的尊严、华贵……但这爵夫人，这舞女的命运都是极其不幸；所以最后在那一对张大着凝视着前方的眼里，饱饱的含满一眶泪水。真的，并且哭了，然而她却非常得意的笑着拿手绢去擦干她的眼泪："这真出乎意料了。我自己都不知道我竟哭得出来！"

第二天下午，她又高高兴兴去到圆月剧社，并且她已想好了应当用怎样的态度去见经理，并那些导演，那些演员们。

但刚刚走进门时，第一迎着她的，又是那扁脸；那嘲笑的滑稽的笑，开始便无意的触了她一下。

“呵，倷又来哉。张先生在楼上，从这门转过去，楼梯口有阿二，伊会引倷去……”

于是她踅过身去便走，故意又把这笑脸忘掉。当她走进办公室时，真的，她居然很能够安闲的，高贵的，走过去握那少年导演的手，又用那神采飞扬的眼光去照顾一下全室的人。有个瘦子便走拢来，眼睛从那一副大眼镜上面来打量她，一边便向张寿琛探询是否昨晚所说的那人。张寿琛便来介绍，这也是一位导演，并且还是上海有名的文人。可惜她却没听清名字，大约是姓程或姓甄吧。她虽说很不喜欢那眼镜上面的看人法，但她不能不也很大方的谦恭的去接见。正在这当儿，张寿琛太出人意表，而她又确确实实的听见他正打着上海腔向那瘦子说：“阿是？年纪弗大，面孔生来也勿错，侬看阿好？”

那瘦子又向她望了一眼，连忙点着头：“满好，满好……”

这真把她骇痴了。她不知道这是不是应该的，当着她面前来评论她的容貌，象商议生意一样，但她不曾喊出声来，或任性的申斥几句，只好隐隐忍着那气愤，于是这羞惭竟把她弄得麻木了起来，她不知应如何说话和动作了。

几个吃香烟的妖妖娆娆的妇人走来攀她说话时，她竟不会用她活泼的本能去应付，为怕人纠缠反退到室外的走廊上去。

张寿琛拿来一张合同要她签字，她还没看明里面的意思，糊里糊涂的就签上了。后来还是一位姓朱的穿短汗褂的先生，把他编的《圆月月刊》送过八九本来，还夹上一张名片，她才觉得轻松了许多，道了一声谢，便拿着这几本书，退到一边去独自的假装在翻书。但不久又走来一个形似流氓的洋服少年，靠在她对面的沙发上看她。这时她真狼狈得不堪了，不知自己已变成了一个什么东西，一举一动都觉得不好，眼也不敢抬起去望人，她想：“回去吧，我回去吧！”她是这样想回去，不过她却留住了。张寿琛又走来把她引到间壁的一间房子去，很不客气的递给她四张十元的纸币。她说她无须乎这个，但这便是薪水，如她不拿时，便应该挨至十五号在那柜台边用条子向那扁脸兑取了。于是她还得向人道谢。她并且问是否她已可以回去了。自然的，她的行止已是不能由自己了。张寿琛说到晚上的拍影，她可以来看看，并且那位甄（？）先生还想请她今晚拍一个里面不很重要的人物试一试，还说他已决定为她编一个剧本。因了她那瘦削，她那善蹙的眉峰，还得请她做个悲剧的主人公呢，一切的情节他都已想好了。但今晚她却不能拒绝那甄先生的请求，先做一个不重要的角色。

这天，无论在会客室、办公室、餐厅、拍影场、化装室……凡是她所饱领的，便是那男女演员或导演间的粗鄙的俏皮话，或是当那大腿上被扭后发出的细小的叫声，以及种种互相传递的眼光，谁也都是那样自如的，嬉笑的，快乐的谈着，玩着。只有她，只有她惊诧、怀疑，象自己也变成妓女似的在这儿任那些毫不尊重的眼光去观览了。

她竭力振刷自己，但为了避免受窘，便故意的想起不关紧要的事。当她想到晚上她便当拍影了，她实在希望有一个人来告诉她所演的剧情，以及她所配演的角色，所演的地方……于是她走进去问张寿琛。这位张先生想了一想，才弯腰到桌下，从乱报纸堆里翻出一张《申报》来给她，那上面是登载着一篇名叫《真假朋友》的影片的本事。她看了，算是她已模模糊糊的知道了一点。

吃过饭不久，张寿琛便把她引入化装室。那里面已坐了七八个对着镜子在搽油的男女。她便坐在第三张凳上，一个受了导演吩咐的少年男子便走过来请她洗脸，替她涂上那粉红色的油，又盖上一层厚厚的粉。她看别人时都是那样鲜红的嘴唇，紫黑色的眼皮，所以她也想到她自己的面孔。她走到大镜子面前时，她看见她被人打扮出来的那样儿，简直没有什么不同于那些在四马路的野鸡。但她却不知为什么还隐忍着受那位甄先生的引导，去扮一个角色。当她随着他走入拍影场时，水银灯都燃上好久了，所布的景是在一个月影下的花园中，她应当同一个女演员，象朋友一般的从黑处扭扭捏捏的跑进灯光辉煌地点，在一张椅上挨挤的坐着，十分高兴的讲着故事，于是，当另一男演员走拢来时，她便应当带着一种知趣的神色悄悄的避开，这便完了。甄先生是临时把这三个演员教着，并且做样子，最后就朝她说："勿要怕，侬试试看好了。"于是她和那女演员便站在没有亮光处，预备向前，甄先生就坐在一张藤椅上，大声的向她们喊了一声"跑！"然而，在这一瞬间，出人意外的，发生了一种响动，原来这个可怜的新演员骇得晕倒了。

当她清醒来，知道她刚才所做的事，她非常伤心，但她又强忍着，只把泪水盈溢的眼光去看她的周围。

张寿琛便走拢来低声慰问她：

"受惊吗？"

"不。"她回答，"不要紧，这是我旧病……"

甄先生便问她可不可重新来演。

本来，仅仅因了伤心，就已够她去拒绝这逼迫的要求了，可是她却应诺，她也不明白为什么她竟然这样的去委屈她自己，也等于卖身以至于卖灵魂似的。

甄先生于是又开始喊"跑"，拍影机也开始映摄。

她忍着，一直忍到走出这圆月剧社的大门。在车上，才放声——但又怕人听见的咽咽的极其伤心的痛哭起来。

以后，依样是隐忍的，继续着到这种纯肉感的社会里面去，自然，那奇怪的情景，见惯了，慢慢的可以不怕，可以从容，但究竟是使她的隐忍力更加强烈，更加伟大，至于能使她忍受到非常的无礼的侮辱了。

现在，大约在某一类的报纸和杂志上，应当有不少的自命为上海的文豪、戏剧家、导演家、批评家，以及为这些人呐喊的可怜的喽罗们。大家用"天香国色"和"闭月羞花"的词藻去捧这个始终是隐忍着的林琅——被命为空前绝后的初现银幕的女明星，以希望能够从她身上，得到各人所以捧的欲望的满足，或只想在这种欲望中得一点浅薄的快意吧。

阿毛姑娘[1]

第一章

一

这是一个非常的日子，然而也只在阿毛自己眼中才如是。阿毛是已被决定在这天下午将嫁到她所不能想象出的地方去了。

初冬的太阳，很温暖的照到这荒凉的山谷，阿毛家的茅屋也在这和煦的阳光中灿烂着。一清早，父亲(阿毛老爹)照例就走到菜园去浇菜。但当他走回来时，看见在灶前正烧着饭的阿毛，于是便似乎在说笑话一样，而笑容里却更显露出比平日更凄凉、更黯澹的脸："哈，明天便归我自己来烧了。"

这声音在这颇空大的屋子里响着，是很沉重的压住阿毛的心了。于是阿毛又哭泣起来。

"嘿，傻子！有什么哭的？终久都得嫁人的，难道就真的挨着

① 该篇首刊于 1928 年 7 月《小说月报》。

我一辈子吗？莫说养不起，就养得起，我死了呢？”

阿毛更是大声的哭着，只想能扑到父亲的怀里去。

阿毛老爹又笑着来宽慰她：“那边很好，过去后总不至象在家里这样吃苦。哈，你还哭，好容易才对着这样一户好人家呢。你怕丢下阿爸一人在这里不放心，所以哭？不要紧的，等下三姑会来替我作几天伴，阿宝哥还赖着要住在我这里呢。他也无家，愿意来也好，就把你睡的床让给他吧。”

然而阿毛更哭了，是所有的用来做宽慰的言语把她的心越送进悲凉里去：是觉得更不忍离开她父亲，是觉得更不敢亲近那陌生的生活去。她实在不能了解这嫁的意义，既是父亲、三姑、媒人赵三叔和许多人都说这嫁是该的，想来总没有错。并且这疑问也只能放在心里，因为三姑早就示意她，说这是姑娘们所不当说的，这是属于害羞一类的事。虽说她从她所懂得的羞上面，似乎领略到所谓出嫁，不过她总觉得这事大约于她或她父亲有点不利，因为近来她在她父亲的忙碌中，是常常得了些不安去。

若是别人只告诉她：有那末一家人，很喜欢她，很需要她去，不久就来接她了，那末，她一定会高兴的穿起那特为她预备的衣裳，无论她是怎样爱她的老父，怎样对于这荒凉的山谷感到眷恋，但是那好奇的心，那更冀求着热闹和愉悦的心，是会使她不愿挂虑到一些纷扰的事，因为在她的意想里，对于嫁的观念始终是模糊的，以为暂时做着一个长久的客。

现在呢，她是被别人在无意中给与了她一些似乎恫吓的好意，把她那和平的意念揉成一种重重的、纷纷的担心，而她所最担心的日子，她的婚期，竟很快的大踏步的就来了。

吃过早饭，三姑就来了，还带来一葫芦酒。

阿毛老爹说：“唉，这个年成，喝什么酒？我是越简便越好，所以在阿毛的好日子，我也没请客，想在后天回门时，一同吃个便饭就算了。等下只有阿宝会来帮帮忙，其实是什么事也没有。”

三姑是一个五十岁上下颇精明的妇人，虽说也正是从这茅屋嫁出去，然而嫁得颇好，家里总算过得去。只是未曾生下一个半个她所热盼的儿子，所以她很爱阿毛，又常常周济一下这终年都在辛勤中，还愁着难吃饱的父女。她固然很能够体贴她贫困的哥哥，不过她总觉得既然是阿毛的好日子，又只阿毛这一个女，所以她表示了她的反抗：

“我告你，年成是年成，事情是事情，马马虎虎不得的。看你还有几个今天？”

但是一想到今天，她就住了口，又自己圆转她的话：“本来，也难怪，昨天一箱衣，就够人累了。客不请，也算了，只是总得应个景。横竖是自家几个人，小菜也现成的。橱里鸡蛋还有吧，阿毛？”

在她眼里看来，阿毛也很可怜，虽说她也曾很满意过阿毛的婆家，且预庆她将来的幸运，不过她总觉得连阿毛自己也感到这令人心冷的简陋。于是她拥过阿毛来，细心的替她梳理发髻。

其实阿毛并不如是。她是在很温柔的自己理着鬓前的短发，似乎已忘了这非常的事，在很平心的注意听两个老人讲着许多年前的旧话。

在吃酒的当儿，才又伤起心来，这是完全为了舍不得离开这十几年所生活的地方，舍不得父亲，舍不得三姑，舍不得菜园、茅屋，以及那黑母鸡、小黄狗，……

然而总得走的，在阿宝哥来不许久，从很远很远便传来锣声、号筒声……于是阿毛老爹就叹了一声气，走到屋外去，阿宝就忙着茶的事；三姑更一面陪着揩眼泪，又来替她换衣裳；阿毛是真真的感到凄凉在哽咽着。不久，轿子就来了。除了三个轿夫外，还跟来媒人赵三叔，和一个阿毛应该叫表舅的六十多岁的老人，他们都显着快乐的脸在恭贺着。三姑听说在路上还得住一夜店子，就不放心，才又商量好，让阿宝哥送一程，等黑五更轿子又动了身时再回来。于是阿毛才也又宽心些，因为那老头子，那不认识的表舅，又是那样一个忠厚的像，赵三叔也跟着去，想来或者没有什么可怕的了。

悄悄的又听了许多三姑叮咛的话，知道过两天还要回来的，所以只稍微又洒了几点泪，便由老父抱上轿了。

这走的凄凉，是只留给这两个对挥着泪的老人的：三姑便想到当日自己出嫁的事，父亲是很深的在忆念着死去多年的阿毛的娘了。阿毛的娘，也是正象阿毛一样，终年都是很快乐的操作着许多的事，不知为什么，在刚刚把阿毛的奶革掉时，就狠狠的害着疟疾了。头一次算挨过，第二回可完了。于是老人又把希望和祝福，向太阳落土的那方飘去，那是阿毛的轿子走去了的那方。

在轿子里的阿毛呢，只不耐烦的在想那不可知的一家人家的事。

二

其实一切她都想错了。她实在没有想出那热闹来，那麻烦来，她只被许多人拿来玩弄着，调笑着，象另外的一种人类。这时她真该来痛哭了，但她却强忍着，这是她第一次懂得在人面前所吃的亏。她只这样想："后天回去了，我总不会再来的！"

这家，这才是阿毛真真的家，是姓陆，本也是阿毛同乡的人，但搬来这里，这有名的西湖边葛岭，是快有四十年了。早先是由阿毛的阿翁划渡船来养活一家人，现在是变得很兴隆了。这个老头子，还是划着船，不过已是很漂亮的，有布篷，有铜栏，有靠背藤座的西湖游船了。两个儿子呢，就替别人家种了几亩地，其实单凭屋前的一百多株桑树，每年进款也就够可观的了。阿毛，这算来是第二的媳妇。那大的已进屋十来年了。从前是由于家计未曾很满足的热闹过，现在就大大的请客了。客大约总属于划船的人，旅馆里的茶房、账房先生，还有几个熟店铺，丝行里的，其外便是几个庙里面帮闲的朋友，以及邻居之类。

客人既是如此混杂，又知道主人是不会厌烦嚣闹的，所以都豪饮着那不十分劣的绍兴酒，加以那新娘的菲薄的嫁奁，抬不起他们的敬意来，所以他们只是那样毫不以为意的来使人受窘。阿毛真觉得苦，但她知道还另外有一个人也正象她一样在受人调排，她不禁又同情着那与她同命运的人，只想把头昂起去看看，不过想起三姑的话，头是依旧垂着，垂着，不怕已是很痛的了。

实实在在，这使她同情过的另外那人，便是她还未曾十分领悟出的所谓丈夫，他更吓着她了。她只想能立即逃回家去，她是并未曾知道她是应该被这陌生男人来有力的拥抱住，并鲁莽的接吻。她只坚决的把身子扭在一边无声的饮泣着。那男人也就放了她，翻身睡去了。

一切的人都非常使她害怕，无论她走到什么地方，都带着怯怯的心，又厌恨着那每个来呆望着她的脸的人。直到又要预备回去的那天早上，她才在眉尖上展开那蹙紧了的她的心来。

事实自然不是象她所想出的那样简单，那样无拘无束，终于她又别了她开始才发见的福乐来。是有十多年了，自己就都是生长在那样恬静，那样自由的仙谷里吗？她好生伤感，好生哭泣（是一生所未曾有过的）的向将要离别的一切都投过去那深深的一瞥，才又随着她那很健壮的夫婿走向她所惧怕的那个家去。

这家的位置，是在从葛岭山门通到初阳台的路边的山坡上。屋前满植着桑树，在冬天是只剩枯枝了，因此把湖面却更看得大，白堤只是象一缕线样的横界在湖的中央。屋后是一个姓陈名不凡的“千古佳城”，后来又盖上许多类似洋式的房子，佳城便看不见了，却从周围的墙上，悬挂出许多花藤，在冬天也只显得是如丝一样的无次序。左首是通到另外几个深幽的山坳去，那里错错杂杂的在竹林中安置着几所不大的房子。右边，便是上山去的石板大路了，路旁遍植着松柏，路的那边，便又是一所为松柏遮掩不住的粉着淡湖色的房子。在界于屋与路之间，便是一条已将完全干涸了的小溪。这里是同样排着杭州乡下式的瓦屋三家，她的家便是最右临着溪，临着大路的一家，是既静，且美，又宜于游玩，又宜于生活的一个处所。

三

刚住下来，依然还是不安，仅仅从一种颇不熟习的口语中，都可以使她忽略去一切美处。然而时间一拖下来，也就很惯了。开始是团团的笑，抹去她所有对人的防御的心；这笑是如此天真、坦白、亲爱，竟好象从前家中那黑猫的亲昵的叫声了。她时时来找团团，团团又欢喜她。因为常同团团玩，团团的娘，她大嫂也就常同她来闲谈了。大嫂是一个已过三十的中年妇人，看阿毛自然只是把来当小孩看，无所用其心计和嫉妒，所以阿毛便也感到她的可亲近。

第二便是颇能爱怜她的夫婿了。这男子是比她大八岁，已长成一个很坚实的，二十四岁，微带红黑的少年，穿一件灰条纹布的棉袍，戴一顶半新的鸟打帽，出去时又加上一条黑绿的围巾，是又带点城市气的乡下人。冬天没有什么事，又为了新婚，得准许在家稍微滞留一下的，有时就整天的留在家里劈粗的树干。所以在阿毛梳头发的当儿，他也可以去替她擦一点油；在阿毛做鞋子的时候，他又去替她理线。只要是阿毛单独留在自己的小屋子中时，他总得溜进去试用他许多爱抚，起始阿毛是很怕他，不久就很柔顺的承受了，且不觉的便会很动心，很兴奋，有时竟很爱慕起这男人了。他又替她买了一些贱价的香粉香膏之类的东西，于是她在一种好报答盛情的谦虚中，很珍惜起她一双又红又壮的手来，发髻也变成一个圆形辫式的饼。

阿婆看见她很年轻，只令她做点零碎的小事，烧火、扫地、洗衣裳……自然是比起在家中又要锄地，又要捡柴，又要替父亲担粪等等吃力的事，是轻松得多了。所以每天她总有得空闲时候去同侄女们玩，大的侄女是在邻近的一个平民学校读书，是已在三年级的一个十岁的伶俐女孩。第二，便是不很能给她欢喜的一个顽皮孩子，小的，便是团团了，团团只两岁，时时总喜欢有人抱，一看见阿毛，便拍着手，学她娘一样的叫着阿毛的名字："阿毛……阿毛……"

邻家也是操着同样生涯的两家，阿毛在这里便得了两个很投洽的女伴。三姐便是住在她间壁的一个将嫁的十九岁的大姑娘。在阿毛的眼中，是一个除了头发太黄就没有缺憾的姑娘。人非常聪明，能绣许多样式的花，这令这新来的朋友很吃了惊的。阿招嫂是用她的和气，吸引得阿毛很心服的，年纪也才二十多一点，穿得很时款的一个小腰肢瘦的妇人，是住在那靠左边的一家。她一看见阿招嫂走往溪沟头去了，于是她也走下石级去，在用石块拦成的那小水洼中淘米，趁这时，她们就交换起关于天气，关于水，关于小菜的话来。或是一听见在屋前的坪坝上传来三姐的笑声，她也就又赶忙把要洗的衣服拿往坪坝上去洗。从三姐的口中，她是可以听到许多她未曾看见，也未曾听过的新鲜的事体。三姐说起城里来、上海来（三姐是在九岁上到过那里的），简直象一种神话中的奇境，她揣拟都无从揣拟了。

一到夜晚，从远远的湖上，那天与水交界的地方，便灿烂着很繁密的星星。很大的金色的光映到湖水里，在细小的波纹上拖下很长的一溜来，不住的闪耀着，象无数条有金鳞的蛇身在不动的蜿蜒着。湖面是静极了，天空也很黑。那明亮的一排繁星，就好象是一条钻石的宝带，轻轻拢住在一个披满黑发的女仙的头上。阿毛是神往到那地方去了，她知道那就是城里，三姐去过的，阿招嫂也去过的，陆小二，她夫婿也去过的，所有的人都去过。她不禁艳羡起所有的人来了。她悄悄的向陆小二吐露了这意思，是还带着怯怯的心，怕所得来的是无穷的失望。

陆小二一听到他幼小的妻的愿望，便笑着说："没有什么可看的，尽是人，做生意的。你想去，等两天吧，路远呢。"

于是她小小心心的又来盼望着。到十一月尾的一天，这希望终于达到了。

四

在这旅行之中阿毛所见的种种繁华、富丽，给与她一种梦想的根据，每一个联想都是紧接在事物上的；而由联想所引伸的那生活，那一切，又都变成仙似的美境，能把人捆缚得非常之紧，使人迷醉的升沉到里面，不知感到的是幸福还是痛苦。阿毛就由于这旅行，把她那在操作中毫无所用的心思，从单纯的孩提一变而为好用思虑的少女了。

同去的人，连自己也算进去，四个人：三姐两母女，还和着大嫂的女儿玉英，因为这天是礼拜，学校放了假，也要陪伴着去玩的。阿毛遵依着夫婿的话，从衣箱中翻出一件最好看的大花格子布的套衫，罩在粗蓝布的棉袄上，在镜子里也很自诩的了。然而小二却摇着头，于是又交给三姐一块钱，是替阿毛做衣料用的，阿毛也就更高兴了。实实在在这虚荣确是小二很鼓舞了她的。

出去的时候，是早半天。她们迎着太阳在湖边的路上，迤迤逦逦向城里走去。三姐一路指点着她，她的眼光也就始终现着惊诧和贪馋随着四处转。玉英不时拿脚尖去蹴那路旁枯草中的石子，并曼声的唱那刚学会的《国民革命歌》。阿毛觉得那歌声非常单调，又不激扬，只是苦于不能说清那自己从歌声中得到的反感，于是就把脚步放慢了。一人落在后面，半眯着眼睛去审视那太阳。太阳正被薄云缠绕着，放出淡淡的射眼的白光。其外有许多地方，望去不知有多少远，不知有多少深的蓝色的天空。水也清澈如一面镜子，把堤上的树影，清清楚楚的影印在那里，而且一动也不动。

不怕天气已很冷，沿路上还是有不少烧香的客。那穿着老蓝布大衫，挂着大红，杏黄香袋的能走路的小脚妇人，都是那样显着乡憨的脸，大踏步的往前赶路。

于是三姐说："这都是往天竺去的咧。"

她忍不住又问天竺是什么地方，原来是几个香火非常之好的寺庙。而且到天竺去，还得走过一个更其堂皇的，甚是有名的庙，那里烧香的人更多，去玩的也多。为了香客们、游客们的需要，那儿又开了不少店铺。她还想再去问一问那庙的名字，然而已走上一道桥，桥旁矗立着一座大洋房，这是出她想象中所有的那样巍峨，那样美好。她注视的望到那悬在天空中飘扬的一树旗子，她心也象旗子一样，飘扬个不住。

她走拢那门去，是一个铁栏的门。从门隙中她想看清一切，慌张的把眼睛四处溜走，忽然，便从她脑背后响起剧烈的喇叭声，并和着重载的车轮轧轧声，把她竟吓昏了，掉过头来就想跑。但就在她前面，便冲来一辆长四方笼子样式的大车，黑压压的装满一车活的东西，擦她身前就冲上桥去了。路旁的眼光，全注到她身上，许多笑谈也投过来，她痴迷的站着在找她的同行者。

“啊——哟——哟——天哪，快来吧！”这声音非常熟，所以她不困难的就望见三姐她们已走到一条街市上了。于是她走拢去，侄女玉英也嘲弄了她。

似乎象受欺了一样，很含点悲愤，但瞬息又忘了。虽说这街市很破乱，阿毛也颇感到趣味，一手拖着三姐的娘的手，随着走，又来留心到街两旁的店铺。有些店铺中又坐满了人在喝着茶，阿毛觉得很有趣。但所有的人，又都是正如同她公公，她父亲舞着大手在谈天的一些穿老布的乡下人，所以她又忽略过去，只很艳羡那些偶尔摆在茶桌边的鸟笼，那里是关有不知什么名字的鸟儿，又好看，又机伶。

阿毛想：“一定到了。”

三姐只在唇上笑了一下，说：“才一半路呢，就走不起了吗？不是为什么那样急于要到呢？”

这城里好象一个神奇的，也许竟不能走到的地方了，在阿毛是如此以为的。

是的，在她那可怜的梦想中，不知道是怎样的把一切事物幻想得多么够人笑！只要有人去一注意那在湖滨马路出现了时候的阿毛的脸，就可知道这正是一个刚从另一世界来的胆小的旅客。什么事物也不能使她想出一个回答来。连那裹着皮大氅，露着肉红的小腿在街上游行的女太太们，她都不知这也正是属于她一样的女性。她以为那只是别人特意把来装饰起来好看的，象装饰店铺一样的东西，所以她总也把眼光追过去。实在那太好看了，那好象假装上去的如云的光泽的黑发，那弯眉，那黑眼，那小红嘴唇，那粉都都的嫩脸，一切都象经了神的手安放上去的，她并且看见所有街上人的眼光，也正在跟着那咯咯的高跟缎鞋走，她就越觉得城里的人聪明：在如此宽阔、热闹、阔气的马路上，会知道预备几个美丽的，活的，比鸟儿，比哈吧狗，比什么都动人的东西，来让人浏览；这图舒适的方法，不为不想得周到了。并且她疑心她自己怎么也会插足在这样的一个社会中，她欣赏这样，欣赏那样，在她是不是生来也就安排定这福气的？

一行人，弯弯拐拐走了几条热闹的街，她遇着许多男的女的，穿着一些她不知是什么东西做的衣服，又光华，又柔软，样子也是令人只想去亲近，又令人不敢去亲近。他们都是坐在洋车上，汽车上（这也是刚才学来的知识），在街上游行，在店铺的沉重的大门边进进出出的。阿毛这才领悟为什么城里要设着这许多店铺，许多穿粗布衣的人来服侍，自然是为的他们。这时阿毛还没有想出为什么那些人会不同，不过立即便来了机会让她了解。

不久，她们走进一个堆满布匹的店铺了，那些美丽得正如阿毛所艳羡、所景仰的人们身上的布匹，闪着光，一长条，一长条，竟是那样不爱惜的拖在玻璃窗的后面。阿毛问，阿毛知道了她也将要在这店铺中拣一段好看的布匹做衣服，为了过年穿。她是觉得什么都好，既然也可以进来由自己拣，无论在窗中拖着的，在架上堆积着的，在匣子里安放着的。三姐替她拣了一段绿色的自由布，夹着一缕缕的白条，象水的波纹一样，她欢喜得跳了，但是三姐自己拣的，却令她仿佛更喜欢。她希望也同三姐一样，然而三姐笑了。三姐说小二哥只给她一块钱，若是定要买三姐买的假花哔叽，则要二块多了。

阿毛本没有想到要做衣，而小二要去爱惜她，自由布本已太够她满足，但既懂得是因钱少了却得不到假花哔叽，自自然然她会忘记她夫婿的好意，并且似乎在刹那间，她狠狠埋怨了一下那特省下别的钱为她做衣服的小二了。本来也是，引诱她去欲望，而又不能给她满足。她只是想："为什么他不给三姐两块多钱呢？"

回来的时候，在第二码头，雇好了一只船。荡漾的湖水，轻轻把她们推了开去，是离这繁华的都市，一步一步的远了。她把眼睛避过一边来，大声的叹着气。不过快到家时，她又非常快乐了，那还是一种虚荣。当三姐和玉英教她辨识她们自己的家时候，她看见她们的家是深深藏在一个比左近都好的山洼里，且在这山洼里，隐现着许多精致的小屋。从湖上望去，好象她们的家，就正在一幢红色洋楼的屋上面。这是幸而她忘记了在这山洼里，就仅仅只她们几家是用旧的木板盖成的几家简陋的小瓦屋，而随处还须镶补着旧的上锈的洋铁板，且满屋都堆着零星的东西，从作工，至吃饭，又到睡觉的什么破的，舍不得丢弃的什物都在那里。

五

新的生活，总是惹人去再等待那更新的。阿毛生活在这里，算是非常快乐了，又忙着过年，阿毛整天帮着阿婆、大嫂，兴孜孜的做事。把父亲、三姑，一切都忘记了。一到晚上，阿婆便约了隔壁婶婶来打纸牌，她偷闲就来看，有时就躲在自己房中同小二玩。近来小二更爱她，她也更乐于接受那谑浪。有时阿婆在外间里喊倒茶，而小二偏反把腿夹紧些，好看她着急。她虽说恨小二太同她开玩笑，但她越觉得要同小二相好了。小二的手虽粗，而放在她胸上，是一样的象有电，她就在发烧，只想把这手拿开，而身子反更贴紧小二了。什么人都觉出他们两家头很好。小二自己也感到他的妻是一天一天更温柔了。

过年很热闹，是她一生中所还未尝过的热闹。新年里，又由大嫂引着在庙里玩了几次。这庙就是在她们隔壁那洋房的前面，是一个很有名的玛瑙寺。寺的命名的意义，自然她是不懂得，不过那大殿的装潢，那屋宇的高朗，她是也会赏鉴的。并且那里面几个很会说笑话的和尚，几个帮闲朋友，都非常有趣。阿婆也来庙里打过牌，住在玛瑙山居(就是她家隔壁的洋房)看门的金婶婶也常往庙里去。庙里有个叫阿棠的后生，她从她的本能觉得这人也正在拿小二望她的眼光在望她。她很怕。阿棠生得又丑。不知为什么她还是欢喜往庙里去。实在庙里比家里好。仅仅就家里那瓦檐也就太矮了，好象把一个人的灵魂都紧紧的盖住，让你的思想总跑不出屋。

闲了时，依旧在三姐处学来许多故事，三姐又津津有味的愿意教她。不知还是三姐觉得谈讲这些有趣味，还是想从这不倦的言谈中暂时一慰自己对于许多物质上的希求。

总之，她总算是很幸福了。而且她真的也曾觉得很快活来。不过一到春来后，不知为什么总有许多事物把她极力牵引到完全堕人一种思想里去了。

第二章

一

阿毛从小就生长在那荒僻的山谷。父亲是那样辛勤的操作，所来往的人，也不过是象父亲一样忠悫的乡下老人，和象她自己一样几个痴傻，终日勤着做事的孩子。没有事物可以使她一想到宇宙是不止就限于在她谷中的，也没有时间让她一用她生来便如常人一样具有的脑力，所以她竟在那和平的谷中，优游的度了那许多时日。假使她父亲，她姑母不那样为她好，为她着想，嫁到这最容易沾染富贵的西湖来，在她不是顶好的事吗？在那还依旧保存原始时代的朴质的荒野，终身做一个作了工再吃饭的老实女人，也不见得就不是一种幸福。然而，现在，阿毛是已跳在一个大的、繁富的社会里。一切都使她惊诧，一切都使她不得不用其思想。而她又只是一个毫无知识刚从乡下来的年轻姑娘，环境呢，又竭力去拖着她望虚荣走，自然，一天，一天，她的欲望加增，而掉在苦恼的里面，也就日甚一日了。

在新年里面，本是很快乐的，所接触的一些人物，也使她感到趣味。当然，她是只看到那谦抑，那亲热，那滑稽，而笑脸里所藏住的虚伪和势利，她却无从去领解。所以她终日都在嘻笑中，而带着热诚去亲近所有的人，连从前曾一度很扰着她的那城里的繁华都忘掉了。

直到有一天，天气不很冷，温和的阳光正晒在屋前院坝里。她和大嫂在那阳光处黏鞋底，三姐、阿招嫂她们也各自搬着小椅在屋外作活。几人谈谈笑笑的，也很不寂寞。大嫂又时时把她黏好的鞋底拿给别人看，大家又来打笑她。她是非常愧惭，很悔从前不学好这针线，现在是全亏了大嫂来教她。

正在说话很有劲的三姐，忽的把话打住了，阿毛看见她在怔怔的望到外面。阿毛也就掉过头来，原来从山门外已走进两个人来。那穿皮领的，那阿毛从前所看见过的美人儿，正被夹在一个也穿有皮领的美男人臂膀间，两人并着头慢慢朝山上走。于是阿毛又随着三姐走到挨溪沟的这头，等着他们。终于他们也来了，他们是那样华贵，连眼角也没有望到她那边，只是那样慢慢的，含着微笑的一步一步，两种皮鞋谐和着响声往山上踱。不知那男的说了一句什么话，于是女的就笑了，笑得是那样大方，那样清脆。柔嫩的声音，夹在鸟语中，夹在溪山的汩汩中，响彻了这山坳，于是连路旁枯黄的小草，都笼罩着一种春的光辉。笑完了，又把两手去互相抚弄那双玲珑的小手套。于是这手套，在阿毛看来，就成了一种类似敬神的无上的珍品。阿毛一直送着那后影登了山后，才怅怅的回转头来。阿毛看见三姐同样也显着那失意的脸，并且三姐又出乎她意料的做了个非常鄙屑的样子。

回到原位时，大嫂和阿招嫂正在谈讲那些时款的衣式。阿招嫂劝大嫂作一件长袍出门时穿，而大嫂称说她年纪已太大，不愿赶时兴。于是阿招搜又说阿毛顶好做一件。阿招嫂又夸说阿毛生得倒很体面，加意打扮起来，是顶不错的。大嫂也笑了她几句。

从此，阿毛就希望得一件长袍。其实她对于长袍和短衣的美，都不能分明的看出，只觉得在别人身上穿起总是好看的，阿招嫂既说长袍是时兴，那自然长袍比短衣好了。

并且，那女人的影子，那笑声，总在她脑子中晃。她实在希望那女人再来一次，让她好看得更清白点。她实在想懂得那女人到底是做什么的，就是说她要知道那女人的生活。她常常想，既然那笑声是那样的不同，若煮着饭，坐在灶门前拿起火钳拨着火时，不知又是将如何的迷人了。但是她立即就否认了。别人那样标致，那样尊贵，怎么会象她一样终天坐在灶门前烧火呢？于是她又想起烧火的辛苦，常常为去折断那干树枝，把手划破，并且那矮凳的前前后后，铺满着的脏茅草，脏树叶，把自己的鞋袜都弄得不象样了。阿毛是简直忘掉从前赤着脚在山坡上耙茅草，而两寸来长的毛虫也常常掉在她的颈上或肩上的往事了。

不久，阿毛所希望的事，就慨然的来了，并且还超乎她所希望的，实在她应从此得到快乐了！

二

许多人都沸沸扬扬，金婶婶一早就跑过来报消息。阿招嫂说："看样子很有洋钿呢！"

"上海来的吧？"三姐很迷乱的发着话。

阿婆似乎降临了什么好事一样，眯着眼向金婶婶笑："你们今年一定可以多赚几个酒钱了。去年住的那和尚，很吝啬吧？"

"是的，外面人手头大方多了呢。昨天看妥房子，知道我们是看门的，一出手就给了两块钱，说以后麻烦我们的时候多着呢，说话交关客气。转去时又坐了阿金的船，阿金晚上转来，喝得烂醉了，问他得了多少船钱，他只摇头，我总想至少也给了半块。早上我们还说，可恨上面住的黄家同老和尚又不搬，不然换几个年轻人来，好得多了。只有师宾师父还算比较好些。”

金婶婶这一番话，把个个人脸上都加了一层艳羡的光，都想到那两块钱去了，心也发着热。于是阿婆和三姐的娘又都拜托金婶婶，以后有生意，请也照顾点。金婶婶是俨然贵客一样又在这里坐了一个钟头，大家都不敢怠慢的陪着她。

一吃过早粥，在玛瑙山居的大门前，陆陆续续就出现了许多人，扛着箱笼的，抬着桌椅的。阿毛快乐癫了，时时偷着跑到金婶婶家去瞧。直到下午二点多钟了，那穿蓝竹布袍的年轻听差的东家才坐了洋车来。阿毛认得她，那就是她所渴于欲一再见她的美人，那男子也正是那陪着她来玩山的一个。不过这次她的衣服又换了一件，依旧是皮领，高跟缎鞋，然而却非常和气，一进门就对金婶婶一笑，看见戴破毡帽的阿金叔，也点着头。阿毛觉得金婶婶是也可爱了，仰慕的去望她，而在这时，那和善的眼光，带着高兴的微笑的眼光，又落到她自已脸上。于是阿毛脸红了，心跳跳的反不敢再去望人。那女人呢，也就接过一根很玲珑的棍子，是她丈夫给她的，一步，一步的踱上那通到小洋房的曲径去。那步法的娉婷，腰肢微微摆动的姿态，还是象那天游山时一模一样。

阿毛很想再随着走上去瞧瞧，又觉得非常气馁，无语的便退回家来了。

那久闭的窗，已打开了，露出沉沉垂着的粉红的窗帷，游廊上也抹拭得非常干净，放着油漆的光。

一到夜晚，刺眼的电灯光便射放过来，阿毛站在屋外，可以从窗帷里依稀看见悬在墙壁上的画，或偶尔一瞥的头影。阿毛想知道那里面的人在做些什么，常常一人屏息的站着听，可是都寂然。直到有一夜，是夜深的时候，阿毛被一种高亢的、悲凄的提琴声所惊醒。

阿毛细细的听，识出这正是从那一对刚搬来不久的新邻居所发出的，阿毛听到那琴声直想哭了。她悄悄的踱到屋外来。然而那声音却又低沉下去，且戛然便停止了。瞬即灯光也熄了，一切又都寂静得可怕。

阿毛真想不出那声音是从什么东西上所发出，而那年轻夫妇为什么到夜深还不睡，并弹弄出那么使人听了欲哭的歌调来。阿毛更留意到间壁了。

是有着明媚的阳光的一天，阿毛正在溪沟头清洗衣服，忽然听着一种声音，好像就从自己头上传来的一样，于是阿毛又跑上沟边的高岸。她看见那女人裹着一件大红的呢衣，把上身倾在栏杆上面，雪白的手腕就从红衣的短袖中伸出，向下面不住的挥着，口中不知在说些什么，又是那样的笑。而从玛瑙山居的门边，就转出几个同样的女人来，尖着声音在向上回报。这使阿毛恍然，原来那也并不是什么希奇的东西，也许有着成百成千在她们那社会里，就如同在阿毛的这社会，也就有着不少的正象阿毛，正象三姐的人在。

并且天气一暖和，山色也由枯黄而渐渐铺上一层嫩绿，所有的树都在抽着芽，游山的人一天多似一天了。而来玩的，多半总又属于正象她邻居一流的人，这使得阿毛非常烦闷。纵然她懂得是由于她的命生来就不能象那些人尊贵，然而为什么她们便该生来命就不同，并且她们整天到底在享受一些什么样的福乐，是阿毛日夜都不安，把整个心思放在这上面的来由了。

三

去年的十月，是阿毛嫁到这里来，而现在才二月，这几家人家又忙着要吃第二场喜酒了。日子是选在清明那天把三姐嫁到城里去。三姐虽比阿毛嫁时更懂得离别的悲苦，时常牵着别人的手哭，然而在她脸上，却时时显着比她妈还焦急，默默的又隐藏不住那高兴的笑。三天，两天，母女俩又进城买衣料去，打首饰去，所有的人都看得出那两颗心也整天盘旋在热闹的街市里，早就不安于这破乱的瓦屋了。

三姐嫁得很阔气，在朋友中、邻居中很骄傲的就嫁到婆家去了。原来新郎是一个国民革命军中的军爷，新近发了点小财，而又似乎被神捉弄了一样，有一次逛湖，坐了三姐爸爸的船。凑巧那天三姐进城去转来，也一同坐着走了一程。那军爷本有老婆的，但却很看上了三姐，又欺着三姐爸爸的职业低，敢于开口要，谁知三姐一家人就都非常高兴的答应了。

等到三姐再回来，已变得不再是从前的三姐了。穿着一件闪光的肉红色花长袍，一双挖花皮鞋，虽然不是高跟，但走路时的样式，也随着好看多了。特别是连髻子也剪去，光溜溜的短发，贴在头上，并垂在鬓旁，而且那意气，是比什么都变得使人惊诧。她不再同阿毛她们随意说笑了。走的时候，还同阿招嫂闹了点小气走的。三姐的娘也觉得阿招嫂竟敢开罪于她女儿，是可气的事，女儿走后，又数说了阿招嫂几句。大嫂则属于同情阿招嫂一边，借着毫不懂事的团团笑着说：

“好宝贝，你要安分些，你娘是不得靠你卖给别人做小老婆来过活的。”

阿招嫂也不时投出那带刺的话，不过在三姐第二次回来时，她们又都非常艳羡的同三姐很要好了。

只有阿毛是不能了解为什么别人要轻视她，同时又趋奉她。阿毛只觉得三姐已更可爱，而且是跑到比她自己很高的地方去了。她把三姐的骄矜，看得很自然。那比三姐穿着得更好的女人，不是更显得骄矜吗？她并且想，如若她得有三姐的那些好衣服穿，那她的气概，将也会变成三姐那样了。所以她始终都非常敬重三姐，还特别敬重那未曾见过面的三姐的丈夫。三姐又不倦的欢喜讲着他，那军爷的一些轶事，那轶事一到了三姐会说话的口中，就变成许多有趣味的事了。并且那主人翁似乎是一个神奇的人，一个十足的英雄了。

阿毛虽说很天真，但她却常常好用她的心思，又有三姐、阿招嫂等的教诲，所以也就早不是从前的阿毛了。这算是她唯一的损失。

她已懂得了是什么东西来把同样的人分成许多阶级。本是一样的人，而竟有人肯在街上去拉着别人坐的车跑，而也竟有人肯让别人为自己流着汗来跑的。自然，这使他们不以为羞的，都是因了钱的缘故。譬如三姐近来很享福，不就是因为她丈夫有钱的缘故吗？再譬如那些来逛山的女太太们，不也是因为她们丈夫或者爸爸有钱，才能打扮得那么美吗？那末，自己之所以丑陋，之所以吃苦，自然是为的自己爸爸自己丈夫没有钱的缘故了。从前还能把这不平归之于天，觉得生来如此便该一生如此，在这把命运看为天定中，总还可以消极的压制住那欲望。然而现在阿毛不信命了。现在她把女人的一生，好和歹一概认为系之于丈夫。她想：若是阿招嫂不是嫁给阿招哥，而嫁给另外一个有钱的人，那她自然不必怀着妊还要终日操作许多事。假设三姐不给军爷去做小，而嫁到她生长的那山谷去，那三姐还能骄矜些什么呢？再譬如自己不是嫁给种田的小二，那总也该不至于象这样为逛山的女太太们所不睬，连三姐也瞧不起的穷人了。

当她一懂得都是为了钱时，她倒又非常辛勤的做着事，只想替她丈夫多帮点忙才好。

四

是养蚕的时候到了。阿毛从没有看见过，也没有作过这等事，不过她却比所有的人都高兴。阿婆本来只愿孵两张的皮纸就够了，但因了阿毛的劝说，也就孵了三张。从清早起来，到睡觉，都是阿毛在那里换桑叶。公公还说：“这孩子倒不懒呢！”

阿毛对小二是比以前更温柔了，总承着他的意思去做事。谁料得定小二将来不发财，不把他老婆打扮起来呢？阿毛总幻想到有那末一天，也许小二做了军爷，也许小二从别的方面发了财，那她就可以把这双常为小二亲着的手，来休憩着。或者也去做点别个有钱女人所做的一些事。想来那事体也一定各如其衣饰一样的恰合身分，那一定非常有趣。而小二呢，小二是做梦也不曾知道正有人把火样，无限大的希望来在他身上建筑，且越堆积得高起来。他是整天都和着大哥无思无虑的跑到十里路外的田地里工作，看到太阳下山了，便又扛着锄头走回来。回来后，吃完饭，洗了脚，就快是睡的时候了。他连同阿毛玩都没有时间，也振不起心情，哪里得知他妻的耐苦的操作中，会压制得有极大的野心？

其实阿毛真可怜！什么人——就是连她自己也决不会懂得，当她打起精神去喂蚕，去烧饭洗衣的那种想从操作中得到自慰的苦味！

阿毛已经消瘦了好多。大嫂总喊她歇一会儿吧，莫做出病来，她却总不愿住手，似乎手足一停止工作，那使她极感到焦躁的欲念，就会来苦恼她。她又认为这富贵之来，决不是突如其来，一定要经过长久的忍耐的。

一到夜晚，小二倒头就睡熟了。于是阿毛在黑暗中张着两眼，许多美满的好梦，纷乱的便来挤着她的心。有时想得太完全了，太幸福了，忍不住便抱着小二的脸乱吻，或者还吻在他身上，觉得那身体是异常热，自己也就发起烧来，只希望小二会醒来同着她玩一下，就仅仅用力来抱她一下，她不也就更可以象真的已尝着那福乐了吗？有一次，她实在忍不住了，推了几下都不醒，她就去拨那眼睛皮。小二是醒了，但立即在她光赤身上打了一下，并骂着说：

“不要脸的东西，你这小淫妇！”

这能怪小二吗？小二是整天走了那么多的路，做了那么多的事，是疲倦使他躺下来的。而在他自己，一个正在年盛力强的男人，他又是那么喜欢阿毛的，岂有不愿去讨好阿毛，而让阿毛感到不满？譬如有几个夜晚，他被阿毛转侧的声音所扰醒，而他就抱过阿毛来，阿毛温柔的身体又鼓舞了他，他不觉就在他妻面前很放肆了。

若是阿毛是真的感到需要这性的安慰，那阿毛自然会很有精神的来回报小二了。但阿毛却又觉得小二是欺了她，可是她又不反抗，因为太忍受了，反更觉得伤心，这是当小二醒时，也许她正又在想到失意的事在很灰着心呢！

小二看到她冷淡，也无趣，有时又要骂着她几句。

并且常常当她一向他说起种田不好时，他也要骂她癫。他问她到底要做什么事才好，她又答不出话来。

小二纵不必定要有那远大的志愿，而象他妻一样，是只企望在有那末一天也会被人看得起些，但总也该特为他妻生出一种超乎物质的爱来。这样，或者那正在苦咬着欲望的焦愁的心，会慢慢从另一方面得到另一种见地，又快快乐乐的来生活也可能的。然而小二是一个种田的人，除了从本能的冲动里生出的一种肉感的戏谑和鲁莽，便不能了解其余的事，连想使他能变得稍微细致点，去一看他妻的不好言笑了的脸，他都不会留心到与在新婚时有什么变异。自然，在这情形下，已成为一个有贪欲的他的妻，竟从此把他推远了去，是可能的事。

五

阿毛真的对于小二就起了剧烈的反感吗？不呵，无论她在她那种阶级中，那已是一个勇敢的英雄，不安于她那低微的地位，不认命运生来不如人，然而她却并不真真的认识了什么。她只有一缕单纯的思想，正如许多女人一样。她的环境告诉她不能恨丈夫，所以她依旧常常受人蹂躏；同时又因为她不了解人们定下的定义，背叛了丈夫去想到别的男人是罪恶，所以她又在不知不觉中落在那更其不幸的陷网里，而其不幸是更苦恼了她。

早先她把所有的希望都建筑在小二身上。这根据可以勉力使她去忍耐做她已有怨懑了的事。但是，慢慢的，她便觉得这希望是比梦还渺茫。而且小二一点也不能鼓起她再有此希望于他的心。这根据既失了凭藉，她自然是深受到那失望的苦绪，而对于一切，又都彻底的灰起心来。现在是鸡生了蛋，也没人管；蚕子正在上山的时候，而桑叶总换不及。阿婆和大嫂几乎整天都在竹箔边，饭又弄得潦草，屋子又脏，所有的事都失了次序。有天晚上阿婆实在生气了，大声嚷着：

“别人养了儿子享福，我就该命苦，还要服侍媳妇！”

公公也知道是骂给阿毛听的。公公又不知道阿毛真懒散得怕人，只看到许久都是很勤快的，而忽然又那样骂着人，反替年小的阿毛有点不平，所以他淡淡的说：

“阿毛！你假使有了什么病，你就说吧！”

阿毛仍然懒于去回答。

“哼！病！在我们家很有着人去娇宠的小娘子，怎么不会有病！既然是那样娇嫩，就躺着去吧，横竖有人来孝敬的！哼！到底是害了什么病——莫不是懒病？”阿婆一口气说完了，又打着冷笑。

正在洗脚的小二，觉得母亲好像连自己也很着了恼似的，并且自己不来理这事，也决不会就停止的了。他讨好的也大声的嚷着：

“妈啦个逼，不做事，就替我滚回去！”

阿毛把眼张开来望了她丈夫一下，又把眼阖下来。什么地方都于她一样，她想，回去也成的。

不过阿毛并没有回去，也许这又是错。不久阿毛又犯着从前的老病了，而且更甚，一没有事，就匆匆忙忙的站在屋外，看在山路上上下下的人。她左边那高处的房子里，也搬来两家象她右邻的人。他们进出又得走过她院坝，她常常等在那路口边去仔细看。现在她只看那衣饰了，她已不甚注意那脸蛋，觉得倒是走路时的姿态，反惹人爱慕些。所以在晚上，在黑的院坝里，她常常踮着脚尖去学，觉得似乎很象了，她就更不安。为什么自己就永该如此？阿招嫂曾告过她，那些女人都是在学校念过书的。但阿毛一想，横竖也一样，未必她们念过书，就会不同于自己。未必她们会欢喜穿粗布衣，烧茶煮饭，任人看不起；未必她们也不会只希望嫁的丈夫有钱而自己好加意来打扮；并且阿毛也不自量，阿毛不懂得所谓书是如何的难念，她以为如若她有钱，她自然也会念书，如同她也会打扮一样。

现在她把女人看得一点也不神奇，以为都象她一样，只有一个观念，一种为虚荣为图佚乐生出的无止境的欲望，这是乡下无知的阿毛错了！阿毛真不知道也有能干的女人正在做着科员，或干事一流的小官，使从没有尝过官味的女人正在满足着那一二百元一月的薪水；而同时也有着自己烧饭，自己洗衣，自己呕心呕血去写文章，让别人算清了字给一点钱去生活，在许多高的压迫下还想读一点书的女人——而把自己在孤独中所见到的，无朋友可与言的一些话，写给世界，却得来是如死的冷淡，依旧又忍耐着去走这一条已在这纯物质的，趋图小利的时代所不屑理的文学的路的女人。

若果阿毛有机会来了解那些她所羡慕的女人的内部的生活，从那之中看出人类的浅薄，人类的可怜，也许阿毛又非常安于她那能忠实于她的生活的一切操作了。

阿毛看轻女人，同时她就把一切女人的造化之功，加之于男子了。她似乎是这样以为，男子的好和歹，是男子自己去造成，或是生来就有一定。而女人只把一生的命运系之于男子，所以阿毛总是那样想："假设他也正是属于那一流穿洋服，拿手棍的人，就好了。"

然而这希望是无望，阿毛也早就不再去希望了的，所以她现在只是对于每天逛山的男人，很细心的去辨认，看是属于那一类的男人，而对于那穿着阔气的，气概轩昂的，则加以无限的崇敬。至于女人呢，她已只存着一种嫉妒，或拿着来和自己比拟，看是否应不应有那两种太不相等的运命。

慢慢的，她就更浸在不可及的幻梦里了。

六

白天，她常常背着家人跑到山上游人多的地方去，不过从始至终永久都没人去理睬她。她总希望有那末一个可爱的男人，忽然在山上相遇着，而那男人就爱了她，把她从她丈夫那里，公婆那里抢走，于是她就重新做起人。她又把那所应享受的一切梦，继续的做下去。她又糊涂，又少见识，所想的又脱不了她所见的一些根据，有时竟想出许多极不相称的事。然而她依旧在山上走，希望凭空会掉下什么福乐来。或者不意拣到一个钱包，那里面正装得有成千成万的钱，拿这钱去买地位，去买衣饰，要怎样，便怎样，不也是可能的事吗？但那钱包似乎别人都抓得极紧，而葛岭上也决不会有金窖银窖等着阿毛去挖。因之，阿毛失意极了，也辛苦极了，反又兴奋着，夜晚长久不能睡，听到枕畔的鼾声，更使得她心焦，性子不觉的也变得很烦躁。譬如，阿婆骂了，就乘机来痛哭；怄了一小点气，总要跑到院坝里大柳树下去抹泪，连公公也看不过，常常叹息。侄女们看见她没有一点喜悦相，也不去惹她。大嫂总嫌她懒，跑到隔壁家去数说。三姐再也不转来了。就是三姐转来，不也只能更给阿毛一些不平吗？阿毛是除了那梦幻的实现，什么也不能给与她的需要。

那梦幻，终于来到了，但于阿毛是得的什么呢？

一天，阿毛正穿一件花布单褂在院坝里迎风坐着，那黑儿就汪汪的吠了起来。转过身来，阿毛正看见间壁洋房的那一对还和另外一个颇高的男人，从溪沟那边越过她这边来。她于是就站起身来看。那女人，只穿一件长花坎肩的女人，举着那柔嫩的、粉红的手膀，就朝阿毛摇了起来。阿毛不知那另外又送过来的笑脸是什么意思，心怦怦的跳，脸就红了，也不知怎样去回报才对。

三个人很大方的就走上她坪坝了，并朝她走来，她起先非常怕，看着几个异常和气的脸，也就把持住了。

"你姓什么？我听见别人叫你做阿毛，阿毛是你的名字，是不是呢？"女的那个更走近了她。

两个男人在互相说着阿毛连一个字也不懂的话。

阿毛脸红红的点了几下头。

女的继续又来问着她的家里人，和她的年纪。

阿毛只觉得那两对正逼视到自己浑身的眼光的可怕。阿毛想躲回屋子里去。忽然她又想到莫非那男子，就是她所想象的那个，于是她心更跳了。她望了那人一眼，颇高，很黑，扁平的脸，穿着的却非常讲究。阿毛眼睛似乎正有着什么东西在烧着一样，焦痛得又垂下来了。她这时只想就随着那人跑去就好，假设那人肯递过一只手来的话。时间在她似乎非常走得慢了，她担忧着，深恐她会被什么人瞥见了会走不成。其实阿招嫂就在门边瞧，团团还在院坝那端玩。而阿婆这时也看见了，走出屋来就喊她。

她一听到喊声，就又朝那男人望了一下，好象含了无穷的怨怼一样。那女的呢，却反走在阿毛前边，在同阿婆招呼。阿婆也笑吟吟的走了拢来。阿婆又令她搬几张矮椅来给客坐。两个男人也同阿婆说得很熟了。

闲话说了半天，那女人的机伶丈夫望了阿毛一眼，才又向阿婆说：

“我们想拜托你一件事，希望你总要帮到这个忙……”

“总要竭力的，请说是什么事吧！”阿婆不等别人说完，插着来说话，显然很有兴味的样子。

那人又踌躇了一下才又接着说下去，其余两人都含着微笑在听他说。

“这位先生，”手拍了一下那黑高个儿，“是住在哈同花园，是国立艺术院的教授，是教学生画画的。现在他们学校想请一个姑娘给他们画，每月有五十几块钱。这事一点也不要紧的，没有什么难为情。我们觉得这位姑娘就很好，不知你们肯不肯答应？”

阿婆脸色变得很快，但又为了在阔人面前，依旧又装着笑，说是阿毛有丈夫的人，怎么能做那样营生。于是他们又解释那职业，且保证说那里的人都是规矩不过的。

阿毛自己是什么也不懂，只以为那男人一定是爱她，才如此说，听说又有钱，更愿意。及看见阿婆总不肯，心就急了，并且那几人觉得既无望，站起身也就预备走，阿毛忍不住就叫了起来：

“我要去的！我要去的！为什么不准我去？”

阿婆一掌就把她打在地下了。当她抬起头时，她还看见那男人最后投给她一个抱歉的眼光。

这夜小二也非常咆哮的打了她，公公也骂，所有的人又故意给她看一些轻视的眼色，阿毛哭也不哭，好象很快乐的挨着打。

七

这能说她是一生来就是如此温柔吗？恐怕光靠性情不会撒赖，未必就能如是忍耐那接连落在身上的拳头。她实实在在咬着牙齿笑。有那末一种极蠢的思想正在鼓舞她去吃苦呢，她总觉得拳头越下来得重，她的心就跑去得越远，远到不可知的那男人的心的处所去了。并且这痛也好象是正为了那欢喜自己的男人才身受的，所以倒愿意能多挨几下也好。而在第二天，天还没亮的时候，她又唤起她的希望，朝山上跑去。

一口气就跑上喜雨亭。山上一个人影也没有，鸟儿还很安静的睡在窠里。湖面被雾气笼罩着，似一个无边的海洋。侧面宝石山的山尖，也隐没在白的大气里。只山腰边的丛树间，还依稀辨出是正隐现着几所房屋。阿毛凝望着玛瑙山居的屋顶，她把所有的能希望的力，都从这眼光中掷去。她确确实实在夜深时候，还听出他们所传出户外的笑声，而她又断定那笑声中是正有一个声音是她所想慕的那高大男人。她等着他来。她在喜雨亭呆等了许久，而他竟不来。雾气已看看快消尽了。白堤已迷迷糊糊在风的波涛中显出残缺的影。于是她又向绝顶跑去。她似乎入了魔一样，总以为或者他是已先上去了。既至跑过抱朴庐，又到炼丹台，还不见人影。她已微带了失望的心情，慢慢又踱上初阳台。初阳台上是冷寂寂的，无声的下着雾水，把阿毛的头发都弄潮湿了。这里是除了十步以外都看不清，上下四周都团团围绕着象云一样的东西。风过处，从云的稀薄处可以隐约看出一块大地来，然而后面的那气体，又填实了这空处了。阿毛头昏昏的，说不出那恐惧来，因为非常之象有几次的梦境，她看见那向她乱涌来的东西，她吓得无语的躲在石龛子里，动也不敢一动。正在这时，她仿佛又看见那路上，正走来一个人影，并且象极了她所想望的人，于是她又叫着跑下去，然而依然只有大气围绕着她。她苦恼极了，她疲惫极了，却还打着勇气从半山亭绕到赤壁庵。庵里蹿出两条大黄狗朝她乱吠，她才又转到喜雨亭。到喜雨亭时，白堤已显出在灰色的湖水里，而玛瑙山居的屋顶是更清晰的，又被许多大树所遮掩的矗立在那路旁的山嘴上。她看着那屋顶又伤起心来，而且哭得很厉害，大声的抽咽着。

她想起昨夜的挨打，她不知这打是找不到偿还的。她很恨，又不知恨谁，似乎那男人也不好。而阻碍她的是阿婆，是所有人，实实在在确是小二阻碍了她。如若她不嫁，那自然别人不能藉口她是有丈夫的人而拒绝别人，她真有点恨小二了。她又无理由的去恨那男人，她为他忍受了许多沉重的拳头，清脆的巴掌，并且在清晨，冒着夜来的寒气，满山满谷的乱跑，跑得头昏脚肿，而他，他却不知正在什么地方睡觉呢。既然他并不喜欢她，为什么他又要去捉弄她？现在她是不知怎样来处置自己了。当她趁着一点点曙光跑出家门来时，她是没有料到她还该带着失望和颓丧又跑转家门去的。但是无论如何她总不能便留在这山上而不回去。假使竟象她所想的，那男人便在这有着浓雾的清晨而把她带走不是顶好的事吗？

雾还没向山顶退完时，纷纷的细雨就和着她的泪一同无主的向四方飘。葛仙祠的老道士在这时趿着草鞋下山来了，是往昭庆寺去买豆腐的，看见阿毛坐在石磴上不住的哭，就问：

“一清早，什么事跑到这里来哭？小心受凉了，要病的！”

阿毛觉得有人正在可怜她，反更伤心了。

道士等了她半天，不见她答应，而且哭得更有滋味一样的，便手套着竹篮，从石级上又走下去，口里一边说：

“好，我去叫小二来。”

“求你！不要说，我马上就回去。”她跳起了，一把抓住了那道士。看见他已点了头，自己才向山下跑去，但立即又转过身来，加上一句叮咛：“青石师父！求你呵，不要说起这回事吧！”

于是她一边拭着泪，一边连跑带跳的回到家里去。

小二问她到什么地方去了，她说到厕所，砰的一下，小二又打了她：

“你这娼妇，又扯谎！我就刚从厕所来。”

她不做声，转到厨房去煨早粥。打开厨房的侧门，她看见隔壁那粉红窗帷还没掀开，依旧静静的垂在那儿。

第三章

一

自从这次挨了打后，阿毛就不再挨打了。虽说阿婆还是不快活她，却找不出她的错处来。小二有时觉得她近来更其沉默了，又瘦得可怜，想去问问她是否有病，而又为她的冷淡止住了。说恨她没有讲话，又说不出口，所以小二只好也默着。常常当两夫妇单独在一块，阿毛就装睡着。小二也知道，有时受不了那静默，就站起身走到院坝去。在阿毛自己看来，或是在什么人眼中看来，她都太够柔顺了。然而在家庭的空气中，总还保留着一种隔阂，如同在平地上的一道很深的沟。就是说无论阿毛怎么在耐心的操作，那耐心却只能表白出她的心的倔强，而阿婆、大嫂……一切人都看出那倔强的心，是跑得离这家非常之远了。

其实在她自己呢，她是不愿再计较到这些事了。她也不再希望，她觉得一切都无望。她想：“也好，就如此过一生吧！象我一样的命运，未必会没有！”

然而她却并没有就不再继续她的梦幻。从前在这梦幻中是紧咬着一颗跳跃的心，极望她梦幻的实现；现在呢，现在却只图能在梦幻中味出一点快乐的甜意，作为在清醒时所感到的悲凉的慰藉就算了。但在夜静后，所现出的一丝笑意，能抵得从梦境里醒来后的一声叹息吗？那萦回流荡在黑暗的寂寂的小房中的叹息，使得她自己听来都感到心悸，而又流着泪，她自己也不懂为什么那叹息会发出那样悲凄的音。

无论什么人都是如此，在一种追求中去生活，不怕苦恼得使你发颠，然而这苦恼却在另一方面又含有别一种力去安慰你那一颗热中的心。只是象这种，象阿毛一样，只能在无人去扰搅她时，为自己愿意找点可以暂时麻醉那悲苦的心灵，便特意使自己浸沉在一种已认为不必希望的美满生活的梦境里，真是想不出补救的可怜！

阿毛偶尔也一望那对屋的人，常常穿一件大衫在游廊喂鸟食的女人，不过瞬间她就掉转眼光来，似乎怕看见什么可以刺痛她心的事物。

更其使阿毛不愿常见的，还是住在阿毛左边山坡上的一个苍白脸色的年轻姑娘，她常常斜倒在一个世界上最和善的美貌男人的臂膀里，趿着一双嫣红拖鞋，在碎石的曲折的小径里，铿铿锵锵的漫步到阿毛她们的院坝边，站一会，或者坐在路旁的岩石上。两人总是那样细细柔柔的谈谈讲讲，然后又拥着，更其悠悠闲闲的走回去。并且几乎每天她和他都要并坐在一张大藤椅里，同翻着一本书，或又谐和着高低音在共唱着一首诗歌。也许阿毛是由于觉得她是太幸福了，所以怕看见她，怕看见了她，会相形出自己的不幸来，又感到伤心，阿毛总也愿意自己能快乐点才好。其实，那女人却正感到比阿毛更其应该的难过，因为她的肺病是很重了。不过在阿毛眼中看来，即使那病可以致死她，也是幸福，也可以非常满足的死去。

阿毛不愿出去玩，怕看见一些足以引自己又陷在无望的希望的悲苦中去。阿毛也不愿和家里人以及阿招嫂等谈讲，怕让自己更深切的懂得她自己也正是确定属于她们那阶级的人，并且还常觉出她们的许多伧俗处。所以她终日埋着头做事，做完事，就呆坐着，或呆躺着，简直不象从前终日都徜徉在这里，或又躲躲藏藏的在那里了。

二

阿毛病了，她自己不知道，她不知道她发青的脸色比那趿着拖鞋的女人的苍白还来得可怕。她整夜的不能睡，慢慢的便成了习惯，等到灯一熄，神志反清醒了。于是又恣肆的做着梦去。天亮时，有点觉得疲倦了，但是事情又催促她起来。她不愿为了这些又去让阿婆骂她懒，她又并不觉得那些操作会有什么苦，有时又故意让柴去划破自己的手，看那红的鲜血一颗一颗的冒出皮肤来。又常常一天到晚都不吃一口饭。有天小二实在忍不住了，就问她，辞色之间是非常现着怜惜的样子。

没有人去理会她，她也并不知道有病，但一有人去体惜她，她就又觉得真的已病得很深了。因为太悲痛了自己的得病，便又似乎应该去怨恨许多人，这病总不是她自己欢喜它而寻找得来的！她看着小二那忠厚的脸就怪声的笑起来：

“放心！我不会马上就死去的！”她那直向小二射去的两道眼光，却明明是显出那怨毒的意思，而且话也是如此话：“放心！总有一天我就会死去的！”

她自己毫不思量的把话乱投过去，小二自然正如她所愿的感出那话的锋芒了。而她自己就会好过些吗？当她未曾说话以前的心境，也许还平静点，为了那言语迸出得那样伤心，又加上从空气中再传来那音调的抖颤，反把那种本不甚凄怆的情调，更加浓了。她好象真的又觉得没有一个人不乐意她死的。而这病就是所有一切人的对于她的好意，她忍不住又要哭，垂下头去抚弄那短衫的边缘。

小二本是一番好意问她，得来的却正是相反的恶笑，心也恨了，只想骂她，又看见她那低着头默坐着的样子，显得也很可怜，便制住他自己的怒气，大踏步跑出去了。

如果小二能懂得她的苦衷，跑过去抱起她来，吻遍她全身，拿眼泪去要求，单单为了他的爱，去一珍惜她的身体，并发出千百句誓言，愿为他们幸福的生活去努力，那阿毛又重新再温暖起那颗久伤的心，去再爱她的丈夫，去再为她丈夫的光明的将来而又快乐的来生活，也是不可知的事。无奈小二，他只是一个安分的粗心的种田的人，他知道妻是应该来同着过生活的，他不知道他却还应该去体会那隐秘着的女人的心思。也许这又是阿毛的幸福，因为在他那简单的、传统的见解上，认为更是他妻的不对，更去折磨她也有之的，那末阿毛就可以永远沉浸在她的梦幻中。

阿毛看见小二出去了，觉得他冷淡得很，简直是非常之狠心，因此她更大颗大颗让眼泪直抛下来。

后来阿婆也觉出她的病来，看见她茶不思，饭不想的，疑是有了喜，倒反快乐，也愿意宽待她些了。觑着在无语把一双手浸在凉水里洗衣服的阿毛，这老婆子就大声喊着说：

"放在那儿吧。今天你起得太早，去躺一会儿吧！"

家里人又都似乎对待她很和平了，不过她依然还是那样从不见一点笑容在脸上，让人放不进一点好意去。

三

是八月的一天了，阿毛病还没有好，她依然起得非常早，早得院坝里还没有人影来往。头是异常的晕眩，她近来最容易发晕，大约是由于太少睡眠，太多思虑的缘故。但她还是毫不知道危险的一任这情状拖长起去。譬如这早上，已有了很凉的风的早上，就不该穿着薄夹衣站在大柳树下，任那凉风去舞动那短发。而且她把眼睛就放在那清澈的湖水上，心更比湖水还荡漾在更远的地方去了。看见在天空中飞旋的鹰鸟，就希望自己也能生出两片强有力的翅，向上飞去，飞到不可知的地方去，那地方是充满着快乐和幸福。所以她又常常无主的望着天，跟随着那巨鹰去翱翔。鹰一飞得太远了，眼力已不能寻出那踪迹，于是又把那疲倦的眼皮阖下来，大声的叹着气。

她正凝望着那天际线出神的当儿，一只手却拍在她肩头，她骇了一大跳，原来是阿招嫂，也没有理好发，衣裳还是歪歪的披在身上。

她痴疑的望着阿招嫂，觉得她也瘦了些，她是自从七月里分娩后就不常见了的。

“喂，你没听见吗，是那儿来的哭声呢？”

阿毛还没答应出她有没有听见，阿招嫂又用力拍了她一下，“听！”并且现着一副紧张的脸。

她觉得很可笑，什么事该值得那样去注意？然而同时她也听见了，那哭声真来得那样悲痛，那样动人！

慢慢她们都听出那哭声正是从她们左边那山坡上所传来，阿招嫂又拖着她向那哭声处走去。一直走到最后边的一所洋房了。她已不敢再继续去听那激昂的狂乱的痛哭，不过她又不知抵抗的随着阿招嫂走上那游廊。房里的听差已看见她们，也没有来禁止，都木偶样的站着。从靠东边的纱窗望进去，她们看见那钢丝床上，平平的无声无息的躺着那苍白脸色的姑娘。她的脸色是比平常更苍白了，盖一床薄花毡，眼睛半闭着，眉毛和柔发，都显着怕人的浓黑。那美男人呢，就挣扎在两个年轻朋友的怀抱里痛哭，硬要扑到那死尸身上去。阿毛望了那女人半天，想不出什么来，只觉得那情景和哭声忽然变成了一种力，深深的痛击了她的心一下，便摔脱阿招嫂的手，跑回去了。

阿婆、大嫂听说那娇美的姑娘死了，都跑去瞧，都也带着叹息回来。整天，她们又都在谈讲到这事。

到下午，由几个人抬来一口白木棺材，又听到那更其放纵的可骇的哭声。不久，又由几个朋友送着那棺材出去了。阿毛坐在门边看着那匠人在不平的石级上，很吃力的走下去，好象她自己的心也消失在一个黑洞里面。

那棺材中，不就是睡的阿毛所怕见的最以为幸福的人吗？那病，那肺病，就真的无情的致死了她，使她不能不弃了她的一切福乐而离了尘世？可是她是不是象阿毛所想，她死是很满足了的呢？

阿毛望着那慢慢隐灭去了的棺材，就是那女人最后的一点影，阿毛真想哭了，觉得一切都太可悲。一切的梦幻都可从此打碎去。宇宙间真真到底有个什么？什么也没有！到头来，终得死去！无论你再苦痛些也好，再幸福些也好。人一到了死，什么也一样了，都是毫无感受的冷寂寂躺在大地里。那女人不是阿毛所最以为幸福的吗？然而到现在，她还不是毫无所知的一任几个穿短衣的匠人把她抬着，远离了她爱人的怀抱，而抬到不可知的陌生地方去了？

从此，阿毛不再嫉妒那死去的人了。她也没觉得那死有什么可怜，她只感到这个生是太无味。她想，假设她现在是处在一个很幸福的地位，她也不会不因了这女人的死而想到一切事去悲伤。

这一整天，什么人都该看出阿毛是完全浸沉在深思里过去了。

四

那可爱的苍白脸色姑娘的死，给与阿毛思想上一个转变，使她不再去梦想到许多不可能的怪事上去。不过她的病却由此更深了，而阿婆已知道不是喜，好象很恼了她一样，时时要拿话来刺她。好在她自己并不在乎，也不把那些话放在心上。直到她实在不能起来的那天，她为了不愿把那空气弄得太不安静，她恳求的对小二说：

“拜托你，帮我一点忙，请阿婆原谅这个吧：我今天实在起不来，好不好让我静静的躺一会儿？”

小二摸她的手，觉得异常烧热，又瘦。本来已起身了的他，又倒下去吻了她一下，并去摸她全身，身上也如手一样的热，微微的渍着冷汗。小二觉得她很可怜，又觉得自己很抱歉一样，好久都不很理会她了，只因她癖性怪，自己不好说话。小二抚慰的向她说：

“不要紧，你放心，多躺躺吧！我明天会替你请个医生来看看。”

她只凄然的一笑，又有声无力的回报了小二一个“呒……”

到第三天，她父亲，阿毛老爹也来了。老人家依然很健壮的走了来，同亲家还没交换上三句话就到阿毛床面前了。阿毛把手递给他时，两人都哭了，都说不出一句话。相别还不到一年，而他以为很可以放心嫁出去的活泼女儿，是变到他一眼已认识不清的一个无生气的瘦弱女人了。他哽咽的说：

“唉！……我害了你！现在我来接你，你跟我回去吧！呵，阿毛，同爸爸回去呵。”

阿毛紧紧的抓着她父亲，眼泪乱流，想能同着父亲回去也好。然而最后她又摇头，说什么地方都一样，又说父亲难得来，她病还不知会好不会好，来了就多住几天，让她多看看他也好的。

父亲很伤心的依着她的话暂时留下，不过，只住到第三天，他便发誓他宁肯死，他不愿住在这儿了，他受不了她那种沉默！他看她无声的流着泪，又找不到她的苦痛，问也问不出。于是他苦恼的忍着心回去了。

医生来过一次，看不出什么病，开了一个药方也就去了。

阿婆总说不出对于她的不满来，又疑心她向她父亲说了什么歹话去，所以他去时是现着那样不痛快的脸，又疑心小二也偏护了她，接连两个晚上都睡得非常迟。

其实，只过得两天，小二仍然不很留心了。夜晚，黑寂寂的，她不由不再想起许多事，因之，只望天快亮，听到点外边的闹声，把心事混过去就好。但夜又长，等着等着，她说不出那苦恼来，她很希望那庵里的彻夜的木鱼声会传来，那单调的声音不是很可以催她暂时睡一下吗？或是有点别的什么响声也好，好把她不定的心又引开一下去。

五

有一夜，当她刚刚想到一个人死去的事，而伤心起来，而长长的叹了气后，那声响，那凄恻的声响，又传来了。那是她从前有一夜听过的，就是她右邻的人所弹奏出的提琴声，那歌调在那弦上是发出那样高亢的，激昂的，又非常委婉凄恻的声音，阿毛又想哭了。她从前懂不了那音节的动人处，为什么会抓着一个人的心，使你不期然的随着它的悲楚而流出泪来，现在呢，她觉得那音调是正谐和于她的曼声的长叹。那末，在那音调里面所颤栗着的，是不是也正同于她的那颗无往而不伤的心呢？

她怀疑得厉害，到底那对无忧的美夫妇，为什么要在这夜深奏出如许动人的哀音？她拚命挣起来，走到屋外，从玻璃窗望去，在明亮的电灯光底下，她把那女人望得清清白白的！那女人，她披着一件红的大衫，蓬乱着一头短发，手抱着一件东西，狂乱的摇摆着她半身。那声音便从那不知名的东西上所发出。忽然，那女人猛的又掷了那东西，只听见砰的一声，连女人也倒了下去。许久，许久，又都寂然。灯光从墙上反射出很明亮的光照到好远。

阿毛很想跳到对面去，抱起那女人来哭。那女人曾和她谈过一次话的，是如何的和蔼近人呀！为什么她也会独自在夜深如此的悲苦？她不是也现得几多幸福的吗？

阿毛在露水很重的夜里站了许久，心就盘旋在那间精致的，倒有一个美女人在地毡上的房子里，直到阿婆咳嗽，才又惊醒了她。她只得又勉强一步一步慢移回房去。她本只以为幸福是不久的，终必被死所骗去，现在她仿佛又以为根本就无所谓幸福了。幸福只在别人看去或羡慕或嫉妒，而自身是始终也不能尝着这甘味。这又是她刚从这个女人身上所发现的一条定理。她辗转思量了一夜，她觉得倒不如早死了好。

六

这夜过后的第二个夜晚，小二刚睡熟，便被他妻的转侧所扰醒。她揪着被角把身子弯成一团，不住的喘着气。小二也骇倒了，一摸她，满头浑是汗，身上也是的。而且刚当小二的手一触着她时，她从咬紧的牙关放出一声尖锐的叫。但小二再问她，她又默然了，且强制住那喘气。

小二起身去把煤油灯点亮了。她两眼直瞪着，两手紧箍住肚子。小二再三的问是不是肚子痛，她才点了一下头，立即又大声的喊道："放心！不要紧的！"

一阵已比一阵厉害，脸色惨白得怕人，于是小二去敲前房的门：

"大嫂，大嫂，请起来一下，阿毛病得很厉害了呢！"

大嫂看见她时，直叫了起来，只喊："怎么了，怎么了，你，阿毛？"

大哥也走了来看，阿毛把被角咬着，手扳着床缘，直望着他们摇头，意思是说不要紧的样子。

这时阿公阿婆都醒来了。阿毛也强制不住，时时大声的叫喊着。小二去替她抚摸，她猛然推开他的手去，并且叫道："不用！不用！水！拿点水来！"

小二捧过水去，她一下就吸干了，但更呻吟了起来。大哥断定吃了什么东西，问她，她还是乱摇着头。

阿婆又嚷起来，说是好好的人，要吃什么东西来骇人，反威逼她说出。

不久，她又平静下去，弱得一点力也没有，小二走拢去握着她，她又哭了，她嘶声的说：

"原谅我吧！迟早我总得死，现在死了，免得长年躺着来折磨你。我不好的地方，你就忘掉了吧……"

她又把眼光望到大嫂去，微笑的点着头，说：

"谢谢你一切，阿毛死了，来生投报吧！"

大嫂倒被她的样子弄得也哭泣起来，劝着她不要焦急，病总有天会好的。

但猛的她又剧痛起来，她在板床上打着滚，口里叫着："痛死我了！痛死我了！"

小二用力的去抱她，扳着她问：

“说呀！你吃了什么了？”

她哑声的嘶喊着，又怪声的笑了起来，在垫被下抓出一大把火柴杆来抛出：

“是的，我吃了！我吃了！我现在就会死去！我现在就会死去！”

大哥拔上鞋就朝昭庆寺跑去赶医生。

但等不了医生来时，她已在狂乱的翻滚中，又把自己毫无声息的掼在床上了，大张着口，朝上面呆望着。

小二走上去：“阿毛！说，为什么你要寻短见？”

“不为什么，就是懒得活，觉得早死了也好。”

小二还想再去问，她作了一个手势，小二就停止了。这时从右邻又传出那动人的哀音。她咕噜着：“唉！什么事都从此完了！”

小二再去看她，她已死了。在肚腹间还不住的起伏着。

于是一片哭声号啕起来。同时，那提琴声就又慢慢低沉下去，且戛然便止住了。

白朗

狱外集①

1. 沦陷前后

我记得很清楚，而且，这记忆永远不会从我的脑子里溜走。

1931 年，9 月 18 日的晚上。

望着那条柔和地分开水和天的神秘的线，我和勃坐在松花江畔赭色的堤石上。江水是那么沉静而幽深，仿佛沉思般地悄悄地流着。明朗而又似惨淡的秋月之光，满撒在广渺无涯的江面上，波纹起伏着，放着绚烂的光闪，相映着夜空中眨眼的群星，构成了一幅美丽的夜景。风丝，回旋在空气里，不是冷，只是描写不出的醉人的清凉，好像饮了一杯葡萄酒似的，我陶醉了，我的心随着那缓缓东流的江水在漂泛着了……

夜空宛如一块庞大的深蓝色的天鹅绒，又仿佛一片无边无涯的雄伟的海，它俯瞰着闪光的松花江，我们被盖在它们两者之间，好像两颗细小的砂砾，显得是多么渺小。

① 该篇作于 1941 年，收入《白朗文集》（3~4）卷，春风文艺出版社 1986 年 4 月第一版。

夜已深了，我们仍然不想归去。我爱松花江，我爱它的伟大，把身心一投入它的怀抱，就会忘却尘世的一切悲哀与烦扰，它是那么安闲而平和，悠闲地躺着，尤其在夜里。

我张着被松花江畔美妙的秋夜所陶醉了的眼睛，眺望着南方，眺望着远天，那颗发光的星星下面，不是我的故乡吗？

一想起故乡，便会回忆到黄金的儿时，儿时最爱的几处游地，我的心又回到故乡了，故乡的景色是值得留恋的呢！我向勃说：

"万泉河的荷花恐怕已经萎谢了吧？莲子是成熟的时候了！"

勃照例地在作着他的深思，仿佛睡着了的样子在半闭着眼睛，没有回答我的问题，我摇了摇他的肩头，又说：

"那假山旁，小溪边，我们小时候的足迹，不晓得已经盖上多厚的灰尘了呵？"

"嗯！"回答我的仅是一声鼻哼。在黑暗中我把眼光贯注在他的脸上，我看见他的眉头皱了一下，好像我的话扰乱了他的沉思，我心里想：他一定又在细嚼那本书上费解的理论吧？然而，现在，那回忆使我兴奋得完全像一个孩子，我不管我的话是否搅扰了他，是否使他讨厌，仍在继续地说：

"离开故乡很久了，我们几时回去呢？"

"你想它吗？"他耐不过我的纠缠，这样问了一句。

"为什么不呢？松花江虽然可爱，哈尔滨却是满染着罪恶的都市，它怎及我们淳朴的故乡呢？"

"你想它，你回去好了，我却不愿意离开'满染罪恶的哈尔滨'。"

"为什么呢？"我惊奇地问。

"因为，哈尔滨使我知道了好多事情，如果在故乡，也许，直到现在我还是一个混虫！"

"不，哈尔滨有你的情人！"我鼓起嘴故意地气他。

"对啦，哈尔滨有我的情人，那么，你的情人在沈阳？"

勃是那样淡漠着故乡，淡漠了我对故乡的怀念，直到睡到床上，故乡的影子才从我的回忆里逝去。

然而，天晓得，就在那天夜里，我那美丽的、淳朴的故乡竟而沦陷，它首当其冲地被悍敌攫为囊中物了！

当我从报纸上得到这个不幸的消息时，我的心突然起了一阵痉挛，几乎痛哭失声；同时，对它的怀念更加迫切了。

我忧郁了！

我每天看报。每天向勃探询——当他下班回来的时候。

“有没有好的消息？关于我那沦亡了的故乡的？”

“你是这样关心它吗？”当我接连着问询他几天之后，他这样对我说，“仅仅关心是没有用的，还是想法救救它吧；不然，你爱的松花江也将不保呢！”

是的，应该想法救救它，像那些抗敌的英勇的战士一样。然而，看了看自己的凸出的大肚皮，我失望了。

从此，勃越发爱沉思，越发忙碌了。这之前，他不过偶尔地在晚间独自出去，可是最近，却是几乎每天晚间都要出去了，并且，提前了上班的钟点。他本是早晨八点钟过江乘火车到松浦上班的，由家里启程最早也不过七点半钟，现在却有时六点刚过，便慌忙地走掉，连每日必需的早餐都不吃了。我奇怪地问他，他却说是火车改了点。然而，我特意去看了一下九月二十日新订的行车时刻表，那上面分明写着：马家船口到松浦镇第 × 次列车上午八时二十分开出。我疑心我是看错了行，再仔细地看一遍，没有错，还不是八点二十分。

单是两件事，还不是引我注目的焦点，最使我莫解的却是他那近乎古怪服装的更换。勃一向是不修边幅的，他经常递换穿着那两套不花钱的哔叽制服，即使参加什么宴会，他也不肯穿一件稍微讲究点的衣服，朋友们奚落他，他自己并不觉得寒酸。有时，当他要去参加同事的结婚典礼之前，我便把他那套可身的西装捧给他，甚至是央告地求他穿上，他却一定不肯，为了这，我常常气得同他吵嘴。可是，他却变了，每当晚间走出去的时候，总要换上一件衣服。制服、西装、便衣，轮流着在身上穿上脱下。那套仅在结婚时穿了一次的漂亮的西装，也常随着他出去夜游了；即使那件叠折了的灰布长袍，也由箱底翻了出来，穿在他那好几年不穿长袍的身上不止一次了。这种怪异的举动，不能不使我怀疑，我会疑心到他是害了精神病，也幻觉着他真的有了情人，虽然我是万分地相信他。

于是，我开始注意他了，像密探似的侦查着他的一切。

那两只眼睛，仿佛松花江的水——沉静而幽深，清瘦的面颊分明是更加清瘦了。他是越发沉默，越发不爱说话了。一回到家里，便静静地躺在床上，眼睛注视着天花板，作着他的深思；我跟他说话，他把眼光掉转过来望望我的脸便算是回答，有时，我气极了，便跳起脚向他嚷道：

“莫非你变成了哑巴？”

他微微笑了笑，讪笑我：

“孩子气，看看自己的肚子吧！”

真的，我在他面前，的确显得太孩子气了，虽然他还不过是刚届成人期的二十二岁的青年，然而，从他的沉重态度上看去，却已经是一个五十岁以上的老头儿了。

一天夜里，他穿着那件灰布长袍由街上疲倦地回来，一进门，我便注意到他那微微鼓起的衣袋，那长方形的东西。我心里想，说不定那就是一叠情书呢！我板着面孔向他要，把伸平了的手掌递给他：

“拿出来看看——衣袋里的东西！”

“什么？”他态度一点都不慌张地反问我，同时敏捷地把长袍脱掉，挂在衣架上，“什么也没有呵！”

当我去摸那衣袋时，已经空无一物了。我想搜查他身上所有的衣袋，因为有婆婆在面前，便不好意思同他纠缠，暂时把要搜查的心隐藏了起来。

临上床的时候，他照例地拿了他那本费解的什么社会科学书，我也把一本小说放在枕边。

我们俩默默地看着书，谁也不说一句话。那黑色的如豆的字，一行一行地从我眼前溜走，可是，我并没有看它，我的心在想着另外一件事。

过了很久，我故意的把眼睛闭了，书本由我手里滑落到枕头上，勃连忙欠起了上半身，他的呼吸温暖地呼到我的脸上，我晓得他是在看我闭着的眼睛。他自语着：

“睡虫！”

书本轻轻地落在写字台上，我听得很清楚，是两次。

我把眼睛闭得更紧了些，为了使他相信我已经睡熟。现在，我是完全利用我的两只耳朵了。我听着，听着，他的每一动作，仿佛看见了一样，我都能很清晰地感觉得出：他的手从写字台边缩回来了，在掏压在枕头下的裤袋，拿出了什么之后，便面壁而卧了；当我微微听到翻弄软纸声音的时候，我的心突然有点似兴奋又似惊骇的颤抖，眼睛随着就张开了。

压制住心的冲动，暂时又静卧了一刻，待听到第三次翻弄软纸的声音时，我再也不能忍耐，于是，我像猫一般敏捷地翻转了身子，同时把手臂飞过去，紧紧地、紧紧地把他的手按住了。他一点都没有提防，惊得几乎喊了出来，用臂肘扪着胸部无力地呻吟着，可是，他的两只手却一点也不肯放松地握着那件认为神秘的东西，握得那样紧，竟使我没有办法把他的手掰开。

“松开，松开！”勃非常急躁而且愤怒地低声吼着。

“哼，松开？看你这回还怎么秘密。非看不可！”我庄严地板起面孔坚决地说。

他也庄严地板起面孔说道：

“你真的要看吗？……也好，本来我早想让你看的，并且希望你肯看，不过，我有一个条件，就是不许你向别人说，无论任何人。”

这话，简直使我莫名其妙。既然希望我肯看，为什么又对我秘密？看，当然我要看的，而且是急于要看，不过，不许我说，我却不敢应诺，倘如那是于我不利的。我就踌躇了，然而，为了急于使他把手松开，我终于不自信地果断地说：

“可以，我绝不向任何人去说！”

“一定？”

“我几时骗过人？”我像受到了污辱般急忿地努起了嘴。

“我相信你是从不说谎的。”于是，他把手松开来。映进我眼帘的竟是我从未见过的长方形的油印小册子。那蝇头般端正的小字，极其清晰地跳跃在白色的纸上，连我这视力不佳的眼睛也看得很清楚。

“九一八的大炮，失去了我们的沈阳……”这第一句便使我感到非常兴奋，非常需要，于是，我由勃的手里把它接过来，舒服地把头放在枕头上，仔细地一行行一页页看了下去，一直到完。

那上面，除了拯救亡省的策略和步骤之外，对于促成未来新社会的建立，有更周密的计划与理论。在我，那完全是一种新的发现，我相信，也正是一般人所不了解的。

我兴奋，兴奋得完全像一个拾得珍宝的孩子，我用责备的口气问勃：

“这样好的东西，为什么不早给我看！”

“这是为了你太诚实了，怕你不能隐瞒，倘如你……”

我和勃一直谈了一个通宵，没有疲倦。他讲给我好多那本小册子上也还没有提到的事情。直到太阳从东方升起，我们才带着兴奋的心闭了一会眼睛。

从此，我打开了眼界，我开始踏上了真正人生的道路，追求着真理，追求着光明，追求着我所不懂的一切。对于勃的态度，我不再怀疑了，反而，非常同情他的行动，渐渐地我也竟学会了沉思。

勃常常看着我满意地微笑着。他说：

“这才是我理想中的伴侣呢。”

勃把秘密向我公开了以后，他的行动便自由得多了，精神也显得十分愉快。他带回来的东西，我可以替他严密地保管，他不必东藏西藏了。晚间，他也不再跑出去，而我们家里却添了许多勃的父母认为形迹可疑的生客。每当一个来客走了之后，勃的母亲便要诘问勃关于客人的来历，只要她在家。

勃编造的答话，往往使她不能全信，那个机警的老太太，早在暗暗地怀疑而侦察着勃的行动了。这样，我和勃感到非常苦恼。我们曾经计划把家庭改组，但，这幻想在当时没有实现。

好在，我们这些新的客人的降临，差不多全在黄昏之后，而勃的父母每当吃过了晚饭，便被我们动员到朋友家里去玩牌，或者看戏，如果不是例外，他们是很难碰头的。

十月一日的晚间，他们召开第一次反日会，一共有七个人在我家里集合着。那是多么可爱的七个人物呵！他们不拘礼貌，没有虚伪，没有骄矜，服装是那么朴素而随便。讲起话来是那么动听，是那么使人兴奋，尤其是那个小商人打扮、勃呼他为老张①，竟没有办法把他从我的记忆里挖去。

他那两只适合面孔的智慧的眼睛，闪闪地发着锐利的光，然而，当他沉思的时候，却又变得非常庄严而沉毅；那眼睛显示着机智与勇敢、坚决与果断。他赭色的面孔，分明是饱受风吹日晒了。最使人不能忘记的是他那张会说话的嘴，他的话宛如一篇曼妙的诗歌，又如一阕雄壮的音乐，任何人也不能不为所动的。他每次发言，都像背熟了的讲演稿似的滔滔不绝地说下去；熟练，动人，有节奏，有抑扬，那简直使你感到他不是在说话，而是在读诗。我迷恋他的话甚于迷恋伟大的松花江，在他那曼妙的言词里，我获得了不少真理，那真理是一向埋藏在深山幽谷中，不许人发掘的东西。我奇怪地问勃：

“老张的嘴里怎么那样会说话？而且他又晓得那么多的事情？”

“这有什么稀奇呢？……他，十年了！……”

这可敬的十年的奋斗，是怎样悠久的时光呵！然而，他还不过是一个二十七八岁的青年呢！

故乡，没有好的消息给我，尽管人民的情绪如何激愤，尽管义勇军的战斗力如何加强，然而，终敌不过敌人飞机大炮的轰击。故乡，

---

① 即东北抗日联军第一军军长杨靖宇同志。

仍在敌人的掌握中。故乡的同胞，被嗜杀无忌的魔鬼生吞活剥了，开肠破肚了，奸淫抢掠了！

而且，正如勃所说，松花江也将朝不保夕了。

从开过了第一次反日大会之后，勃更加忙碌起来。他买来了很多花色的报纸，由老张派人送来一架油印机。由此，我们的工作便开始了：写标语，印传单……关于一切宣传的工作，都由我们两个来包办。黄昏一过，我们便倒锁了门，在室内活跃起来。一批工作完了，一批新的工作又来了。我们不断地忙着，有时，一连几个通宵不休息、不合眼，然而，我们不感觉疲倦；我拖着沉重的肚子，腿和脚完全肿胀起来，但是，我也并不感觉痛苦，前面的光明在指使着我兴奋的心。虽然故乡仍在虎口，松花江也将被吞蚀，可是，我们并不灰心，并不焦虑。我们相信：组织起来就是力量，如果我们坚决地奋斗到底，故乡终会失而复得；而且，面前的光明，也正在向我们招手呢。

我“感谢”这次事变，它把我从昏聩中拔救出来！

我懂得了，用什么手段，才是正确的反攻！

1935 年　上海

2. 保重

我依然木立在电话机旁，我的手也没有丢开听筒，然而，我的神志却已经模糊了。我无法计算时间的久暂，总之，我确曾有过一度的昏厥。

当我苏醒过来的时候，夫役老张正在用惊恐的大眼睛凝视着我。看我醒来，他走近两步，很关切地问道：

“葛先生，你头昏吗？要一个凉手巾擦一擦脸吗？”

“是有一点儿昏。”我一边挂上听筒，一边回答着他。这时，我发觉我的两只手心湿淋淋的像刚刚用水洗过了一样，同时更感到了彻骨的寒凉，那黑色的电木听筒，也被汗液浸湿了，它正像雨后的柏油路，闪烁着油光。“也好，你绞一个凉手巾给我吧。”

很快地，老张把一条凉的湿毛巾恭恭敬敬地递了过来，而且向我说：“你把它放在额头上冰一冰吧。”

我怀着感激的心情接过毛巾，把它敷在发烧的前额上，而后揩去了手心的冷汗。它虽然没有使我的手恢复正常的温度，而我的神志却立刻清爽了许多，沉涩的眼睛也可以张大一些了。于是，老张松了一口气说：

“嗳，天太热啦。”

实际，天并不算怎样热。北方的初夏，正如南国的春天，温暖的风夹着清沁的馨香，柔媚的春光还正在跳跃在树的枝桠间和嫩绿色的原野里。如果说享受，那么，在北方，初夏这个理想的季节，也要算人们的一种享受了。假如不是过分劳动的话，不要说是昏厥，连汗也不大会流的。

而我为什么竟突然昏厥了呢？虽然，那不幸的消息足以敲碎我的心，足以击昏我的脑，但，它会促使我越发地坚强，我决不会脆弱得无力抵抗以至于昏厥的，更何况那遭遇又是早在意中呢？我想：许是刚刚流产后的身子太虚弱了的缘故。勃今天早晨临出门时，不是还在嘱咐我请几天假休养一下吗？他说：

“你的脸色和嘴唇，简直苍白得怕人哪！”

一向，我是多么尊重勃的一言一行，然而，这次我却违背了他。我忠实着、热爱着我的工作，只要我的精神和体力还能支持，我是决不愿意把我已经做得熟练的工作交给一个不熟练的生手去负责的。这样，我就没有听从勃的体贴的劝告。终于支撑着软瘫无力的四肢爬下了床，直到坐在编辑室的靠椅上，我的两条腿像受了压力后的弹簧一样，总在颤巍巍地抖动着。

现在想起来，我倒有点懊悔：要是勃知道了，又将为我的健康而不安了。

第二次凉毛巾又递过来了，我第二次又揩前额，于是，我的眼皮不再沉涩了，神志也反常地清醒过来——像突被噩梦惊醒。然而，这却不是梦，这是千真万确的事实呵！

编辑室原来是平和而宁静的，像每天早晨一样，除了我和夫役老张而外，其他的同事，大都还没有起床，他们是夜间办公的。现在，壁钟的时针已经指到十点，校对丁子才挂着满脸烟气懒洋洋地走进来了。我想再挂电话给报馆，向告我那消息的勃的同事探问个究竟的企图被他的到来而打消了。

我若无其事地离开电话机，安安静静地坐在属于我的办公桌前。我的口腔虽然干渴得急需一点水润一下，可是，老张送来的一杯浓茶，还静静地摆在那里，它早已冷却了，我竟好像没有工夫去喝。我完全忘记了自己的存在，也忽略了一切的痛苦。最后一次的工作占满了我整个的脑际，那许许多多琐碎事务，我必须以最敏捷的速度在最短的时间里交待清楚，否则，后来者将会摸不到头绪的，因为明天，属于我的办公桌，也许属于另一个主人了。

首先，我得发好明天出版的副刊“国际公园”，这是亟待付排的，校对先生在等着校对，取稿的小学徒也已经来过一次了。

选择了几篇检查通过的文章发了下去，于是让工作占满的脑腾出了一点空隙。紧接着，后天的“文艺周刊”也需要马上发排。这虽是一个相当大的篇幅，而它所需要的字数却并不使我犯难，因为文章早已准备好了。我很轻松地想：这项工作最多二十分钟就可以结束的。我从抽屉里拿出了那一叠稿子，一篇一篇地标着红字，当我发到最后一篇的时候，一个难题使我踌躇起来。

我的头脑变得意外地混乱，我的手像发疟疾似的突然抖索起来。

心在胸腔里跳远着，我无法辨别那情绪，是恐惧还是悲愤！

《离散之群》的原稿在我抖索的手上轻轻地颤动着。我的眼睛注视着那一行行匀整的钢笔字，心仿佛生了翅膀，冲出躯壳，盲目地飞向不可知的方向去了。《离散之群》是在“文艺周刊”上连载的勃的一个未完成的中篇，在侵略者无情的摧残之下，它已几经忧患了。有时整段整段地被检扣、被删掉，甚至被检查者龌龊的笔随意地涂改，它早已是残肢断臂，到处呈露着不能愈合的伤口。此后呢？更将随着它受难的主人永埋在黑暗的角落里，也许要永无自由和完成之日了！

吃人的野兽已经把勃抓去了，而且正在张牙舞爪地向我扑来，但，我一点都不畏缩，我准备用头颅去迎接那锐利的爪牙。当一个人决心把生命归依于患难和死亡的时候，还有什么足以使他畏惧的呢！因此，我有足够的勇气把《离散之群》继续发排。于是，我用因过分激动而发抖的手提起笔来，歪歪斜斜地在题目上写了一个鲜红的“出”字，又在勃的笔名上写了一个“2”字。在文艺版上标着这样大的题目和署名，在我的记忆里，是前所未有的，而我当时却破例地这样做了，连我自己都不知道这样做是为了纪念勃呢，还是故意想向敌人示威。

然而，我激动的情绪慢慢安静下来了，突然，一个属于我自身以外的灾难预感命令我再加考虑。那就是：在勃已经被敌人逮捕了以后，还发表他带有彩色的文章——虽然那彩色不是他们愚蠢的眼睛所能透视的——会不会影响到报馆的安全呢？

经过很久的考虑，为了不因我个人的行动连累了一个虽在敌人统治下而还敢伸张正义的报纸，我决定把我的原意撤销了。这样，也可免得被敌人发现地下活动的勃同时是一个文艺工作者而更加重他的罪名。

小心地把《离散之群》折叠整齐，而后谨慎地装进衬衫的口袋里，像一个慈母爱护她的婴儿一样，生怕他受到一点损伤。而今勃的作品，即使是一个字，在我也是万分珍惜的。假如我的自由不被剥夺，我誓以全副精力保护着它们。它们将是我孤寂生命中唯一的知心伴侣。

工作已经结束了大半，我的脑子也有着更多的空隙了。可是，我不敢休息一下，我怕那些不愉快的念头闯进我的脑子，于是，我连忙拉开抽屉，在半抽屉的稿件中，把决定退还的来稿拣出来，通统封好交给老张。这工作费去我相当长的时间。看着壁钟，将近十二点了。这时，老张走过来问我要不要到馆子去叫饭，因为到吃午饭的时候了。我摇了摇头，告诉他我还不饿。可是老张却劝我说：

“能吃就勉强吃一点吧，我看你像是病啦。”

“怎么，病了吗？”朋友老金插问了这么一句，就出现在我的面前了。大概他是我和老张说话的时候走进来的。

“没有病。”我同时回答着他们两个。老张替我们倒了两杯茶就走开了。

“你的脸色真不好，也瘦了，真的没有病？”

“病是有点小病，不过主要的还是前天夜里流产了——一个庸医给我吃错了药。”

我是那么平静地向他叙述着这一个平凡的事件，而他竟又愤慨起来了。他大声疾呼地声言要铲除所有的庸医，唾沫都喷到我的脸上。

“老金，不要骂他，我正在感激他呢。”

“感谢？当然，你这样年轻，是不需要孩子的，只可怜那小小的生命……算这个，你不是已经死了四个了吗？”

“那又算得了什么呢？”我凄然地笑了笑，“他们都是识时务的孩子，我通统感谢他们。”

老金不同意地鼓了鼓嘴，而后郑重地说道：

“你一定要好好休养才行，这对你的健康关系太大啦。”

“是的，明天，我也许就要休息了，也许永远……你看我已经准备交待了。”我是想把话题慢慢地转到勃的身上去，若是他一走进来我就把那不幸的消息告诉他，这位热情的朋友，也许会悲愤得叫起来的。

“你是想要放弃这个工作吗？”他惊异地看着我。

“不，我永远不想放弃它，怕的是有人强迫呵。”接着，我便用只有我们两个人才可以听到的声音，把勃被捕的消息告诉了他。他多肉的脸颊涨红了，一直红到脖颈，在那深度近视镜的后面，我看见了一对发光的眼睛；这位热情的朋友，他几乎要哭了。

“勃为什么写了一篇《离散之群》呢，难道他早有预感吗？”

他的喉咙里带着颤音，无论怎样压缩着声带，可是他那天赋洪亮的嗓门，也是无法密谈的，尤其当他激动了的时候。我向他使了一个警告的眼色，他才把嗓门压低了些，而后很伤感地说：

“我们现在竟真的变成离散之群了！”

说完，他痛苦地沉默起来。我知道，由于勃的遭遇，又使他连带着怀念起一周前悄悄出走的黎和莹。在他们出走的前一天，我们曾在季硕家里举行了最后一次聚会。那天，大家都喝了很多酒。为了不让别离的悲戚压倒，趁着酒兴，我们竟纵情地欢腾起来。唱歌，唱京戏，讲笑话……尤其是平素最爱沉默的勃，竟也孩子似地嬉戏着了，他是那样天真地拼着所有的精力和黎摔起跤来。他简直就像斗牛一样，地板几乎给他踏断了。那是怎样的欢畅呵！虽然，连季硕的夫人在内我们不过七个人，而那欢腾的笑声、掌声，已经使那宽大的屋子容纳不下了。

当他们厮斗到精疲力竭的时候，两个人才带着疲倦和喘息，一齐卧倒下去。仅仅经过了片刻的沉静，勃却突然伤心地悲泣起来。室内的空气立刻凝结了，每个人都低垂了头，谁也不想、同时也不能去安慰他，因为，每个人也都正在寻找一个痛快发泄的机会。

可是，如今想起来，却又不能不为黎和莹庆幸了，如果他们迟走一周，谁敢保证他们不为勃的事件受累呢？虽则他们和勃并没有工作上的联系。而他们之被注目，却是有过于勃的。

“这虽是一个绝大的不幸，”我对沉默着的老金说，“可是另一方面，我们却应该替投奔祖国的黎和莹祝福，他们毕竟脱离险境了。”

老金点了点头。过了一会儿，他忽然瞪圆了眼睛提醒我说：

“你不能再多耽搁，应该赶快回家呀，家一定也要被搜查的。”

“搜查让他搜查去吧，事情业已到了这步田地，我还有什么可怕呢！”

“你的家里没有什么‘犯法’的证据吗？”

“管他呢，反正我已经准备和勃一道去啦。”

我的泰然，使这位陷入激情的朋友的脸更红了。他皱起眉头，像用绳子束起来的口袋似的，显着很难松开的样子。听了我这话，他更焦急起来：

“傻话，你不要没有信心呀，但能营救，我们还得设法营救他……”

不等他说完，我抢着说：

“我真不敢那样妄想。几年来的事实告诉我，一个陷入虎口的人，是很少有生还之望的！”

“你也不能那样想，要紧的是不能让敌人抓住他‘犯法’的证据。同时更要保重你自己，笠，你应该理智些，不要太感情用事了。”

他的喉咙已经开始放大。好在丁子正捧着一本“唐诗”摇头摆尾地在吟诵，没有注意到我们的谈话，否则，秘密会被他发觉的。

听信老金的劝告，我决定不看“清样”而赶回家去了。和老金临分手的时候，我嘱咐他把这消息赶快传给季硕，希望他最好躲避一下，因为他和勃曾经共同工作过。

老金好像有什么不放心似的站在路边看着我走上电车，一直到车铃响了，他还在挥着手向我叮咛：

“笠，自己保重呵！”

我说什么呢，我只能还给他一个无言的苦笑。

3. 混乱

在归家的途中，我什么也没有看，什么都不能想，我的脑子一片空虚。

肚子饿了可以装进些食物，脑子空虚将怎样填满呢？一路上，我尽在思索着这个问题而得不到解答。

完全像一个沉醉尚未全醒的醉汉，我的脚步虽然不蹒跚，而认识却并不清醒，一离开工作，头脑反而惝恍起来了。当我轻飘飘无力的两脚踏进了位在“天堂”的家门的瞬间，我的头脑便陷入不可自拔的荆棘中，在心里的话，竟脱口喊了出来：

“呵，一切全混乱了！”

每道门，都可怕地敞开着，门里边找不到一个人影。无疑地，家是早被搜查过了。它已经失去了往日的整洁，变成混杂而狼藉——是满溢着恐怖的狼藉呵！仿佛刚刚经过盗匪的掠夺，一切都摆着可怜的、惊魂甫定的脸相，像对着它们主人的我，诉说着哀怨。

地上几乎找不到插足的空隙。箱子都空着肚皮，张着饥饿的大嘴僵卧在壁角，衣服被抛了满地，有的蜷缩成一团，有的无力地摊开着。书架上那些线装书都东倒西歪，有许多被弃掷在地板上，更有的践踏上泥污，看不清面目了。

我呆呆地注视着它们，很久很久，我的目光没有移动。我并非怜惜那些早被遗弃的“圣贤书”——那些书，是“不安分”的勃，为了遮蔽敌人的耳目，不得已而用来装饰书架的。当他的同志蓬失踪之后，他便不得不焚毁或藏匿起他的生命——文艺书，从坟墓里把那些古董再挖出来。使我莫解的是：力倡复古的魔鬼们，竟也有意地侮辱了圣贤。

我冷笑一声，把停立良久的目光移到了床上。那平整的床单也出现了许多夹带着尘灰的皱折，被子也变换了位置。床边上，孤零地躺着一本红皮的书，它相映着蛋青色的床单，显得格外鲜艳，那是虚无主义者阿志巴绥夫的短篇小说集《血痕》，原来放在书架上的。无疑地，是搜查者挑拣出来准备带走，作为勃犯罪的证据之一，而结果偏偏遗忘了。同样性质的书并不只此一册，他们为什么单单注意到它呢？我想，一定是那颜色刺了他们的眼睛。红色，是他们企图消灭的对象，是他们的死敌。

不过，单是根据对皮的颜色而判定一本书的危险性，那不是眼见黑脸就说是印度人一样地可笑吗？

由于这本《血痕》，忽然使我记起了在书架上有一本勃正读着的那本珍贵的《资本论》来，那是黎走时留做纪念的。它的封皮虽然不是红的，然而它的危险性却是超乎《血痕》十百倍以上，倘如被敌人获得，那遗憾将无法弥补。

我仓皇地冲到书架跟前，在那些东倒西歪的书籍当中，我匆忙地寻找着它，因焦急我的两眼发热了，结果竟没有找到。

“糟糕，它一定被搜去了！”我绝望地想。

可是，最后，我终于在地板上的乱书堆中发现了它。这意外，使我的神志惊喜得失掉了主宰，我把它紧紧地抱在胸前，像天主教徒在做祈祷似的，我轻语着：

“呵呵，我的朋友，你竟没有被捕，你不会收到侮辱，你是幸运的呵……我的朋友……”

然而，为了一个恐怖的转念，我把侥幸逃脱了灾难的朋友，不假思索地抛进壁炉里去了。当那熊熊的火焰燃焦了它的肢体时，我才发现自己的错误。那是一本不可多得的书呵，敌人既已彻底搜过了，还会再来搜查吗？于是，我悔恨地诅咒起自己来：我是比愚蠢的敌人更加愚蠢！

偏午的阳光穿着杏黄色的睡衣斜躺在地板上，她用滚热的手抚慰着躺在她周围的那些劫后灾黎。被搜查者残暴的手，揭起的灰尘仿佛还没有落尽，在太阳的霞光里可以看见它们在轻轻地漂浮，方桌和地板上都已积下薄薄的一层了。

两位老人——勃的父亲和母亲，为什么一个都不见了？厨房、厕所、洗澡间以及他们的卧室，门都在大敞着。到处都是可怕的寂静，连一点踪影都寻觅不到，他们总不会被捕吧，勃的“罪”还不致连累了上一代的人呵。

搜查的当时我虽不在场，但两位老人那种惊慌疑虑的脸色，早在我的脑子里映出了清晰的影像。今天，他们是饱受惊吓了，不然一向谨慎的老人，决不会大胆地布下空城计的。

顾不得去整理房间，我必须去寻找他们。我的思绪好像找不到头的一团乱麻，我简直想不出到什么地方去才有可能找到他们。

正在我踌躇的当儿，勃的母亲神色仓皇地飘着斑白的发丝走了进来。她的脸可怕地苍白，嘴唇弛张着，完全没有血色。两只眼睛深深地陷下去了，仿佛刚刚害过病的人一样憔悴。

“哎呦，我去找你，你倒回来了。”一进门，她长长吁了一口气，便坐在床沿上说。

“问了多少次，才找到‘国际协报’！”

“爸爸呢？”

“他还没回来？那该死的，他说去给你挂电话，一个电话可不知挂到哪儿去啦……我等急啦，才去找你。”她上气不接下气地说着，急叨叨地，不给我一点插言的空隙。

“看吧，家也不成样啦，还用说，这一定是我那个好儿子惹下的祸，引进一群强盗来抄家……”她因恐慌而气愤，抚在膝盖上的两只枯干的手轻轻地颤抖着。她一边说着，一边无力地喘息。

“究竟来了些什么人呵？”我故作不知地问。

“还用问吗？什么人能那样凶。”她翻了翻眼珠，似乎在责备我多此一问。接着，她告诉我：吃过早饭之后，一切都是平静的，既不曾听见脚步声，也没有人来敲房门，突然地，三个鬼子和一个伪警察踢开门就进来了。“一进门，就把我们挤到墙角，‘不许动！’”她模仿着日本鬼子凶恶的口吻，“接着就东翻西翻，翻完就把东西扔在地上；什么地方都翻到啦，连厕所都用手电筒照了半天。幸亏是抽水马桶，要不，也许连粪都掏出来检验呢……唉，这群王八羔子！”

她狠狠地骂了一句，而后把下嘴唇紧紧地咬着，表现出无比愤怒。忽然，一点笑容在她那愤怒憔悴的脸上闪现出来，她用手掌拍打着膝盖悄声对我说：

“幸好那块地板，杂种们没撬开，那一柳条包的书要是翻出来，不是要命了吗？”

这时候，勃的父亲以他那敏捷的步子匆匆忙忙地走了回来，勃的母亲不等他开口，便抢着用责备的口气问：

“一个电话挂到这时候？”

“电话挂不通，我跑到报馆。”他简单地辩解着，然后就把那副紧张得发青的脸转向了我：“你箱子里那本日记可写些什么？他们看了半天，还有许多信，都带走了。”

“一本日记能写什么呢？还不是因为放在箱子里引起他们的疑心。”虽然，在那本日记上，也可以找出来一些勃“犯罪”的线索——不过，我是很技巧地用着只有我自己能理解的语言——我却不能不这样回答。

“到底是你们两个谁惹了祸？是不是你发稿惹了乱子？要不，怎么单单拿你的日记呢？”勃的父亲从齿缝间倒抽了一口冷气，揣测地质问我。

听着两位老人的口气，知道他们还在梦中。为了缓和一下他们那过分不安的情绪，我暂把勃被捕的事隐瞒起来。我安安静静地回答勃的父亲的质问，我说：

“绝对不是，我发的文章都是经过检查的，您还不知道，这几天家家都在受搜查呀，我们当然不能例外……”

勃的父亲察看了一会我的神色。我平静地去迎接他那探索的目光，终于，他半信半疑地点了点头。勃的母亲却在一旁决然地说道：

“反正，是祸躲不过，听天由命吧……儿子大啦，父母还管得了吗？”

说着，她爽然站起身，气昂昂地走回她的卧室。

4. 无言的会见

已经是几夜没有睡过一个甜蜜的觉了。日里，工作、奔走与愁思，已经使我病态的脑过分地疲劳。夜来临时，我便深切地感到再也支持不起了。我几乎是闭着眼睛脱下长衫的，仿佛头一接触枕头，就会立刻睡去似的。可是，当我的神志一开始迷乱时，勃的影子便出现了，那是在似梦非梦中。就这样，我很快地就清醒过来，任凭怎样努力，再也不能恢复一点睡意了。

每夜，我伴着彻夜不息的电灯，像一只守夜的狗，睁着眼睛渴盼着黎明。鸡鸣、犬吠，更夫的柝声，轮流地在静夜中逡巡，这些使我憎厌的动静，足够敲碎我不眠者的心了。

我很想趁着这不眠的夜读一点书。但，可怜得很，我的书架上、箱笼里，残存着的只是一些线装的"圣贤书"。在勃的父亲的查禁下，我更不敢借书回家，带着标点符号的书，在我们的家庭中已成为违禁的东西。就连我那本被敌人逮捕了而又释放了的日记，都让勃的父亲强制地给丢进火炉去了。他似乎比敌人更加苛酷地监视着我呀！

没有书读，只有整夜地在床上辗转着，让疲倦的脑受着痛苦的煎熬。我真担心，它不久就变成残废了。

电灯的光芒照淡了窗外的月影，但窗外的夜色却象白昼一样地光明。和勃别离时，月儿正像一把明亮的镰刀。夜夜，我望着她那逐渐发胖的脸已经是皮球一样地滚圆了。而我却正和她相反：逐渐瘦了。我那红润、丰满的脸，已在开始苍黄、凹陷。到月缺时，我的脸是否能再恢复原形原色呢？

不眠，带来了无限的夜寒，虽是晴好的夏夜，然而，午夜一过，我的全身便打着寒战，于是，我只好盖起棉被。这使我联想起勃的那一身单薄衣裳。

像电流触到神经似的，我决然地推开棉被，跳下床去。在勃的衣箱中挑选出两套衬衫衬裤和一件顶厚的睡衣。我下了决心，不管怎样，明天早晨我一定亲自给勃送去，同时我要要求和他见面。

从见过山田以后，几天来，没有得到一点消息。那狡猾的敌人，他怎么会援助我呢？我不能再等待下去了。生或死，我总希望有个明快的结果。已经注定的灾难，迟早是要降临的。

今夜的夜更长，黎明来得更慢。为了消磨漫长的夜，我特为勃缝了一条白色的小丝巾，并用红色的绒线绣了两个字——"珍重"。

我走到街上的时候，路旁的商店刚刚开门。在一家小商店里，我买了一个搪瓷牙缸，还有牙刷、牙膏、肥皂和一条毛巾。把它们小心地裹在衣包里面。这些东西全是新的，是的，应该给勃送一些崭新的东西，因为，这也是他新生活的开始。

位在南岗兴义州街的“驻哈尔滨日本领事馆”，距我的家不远——我的家住在南岗大直街的尽头，和兴义州街相距不过里许——步行只要十几分钟便到了。然而，短短的距离，对于我和勃却像隔着几重险峻的高山，要相逢竟是这样的不易！我伫立在那禁卫森严的门外，看着两个敌警的凶残相，我几乎没有勇气进去了。那脸相真有点使人胆寒哪！

他们早在注视我了。我刚刚走上第一段石阶，右边的敌警便横起枪将我拦住，吼道：

“你的，什么的干活？”

我坦然地再走上一段石阶，向门内做了一个手势。

左边的敌人也吼叫起来了，比右边的那个更蛮横些。

我依然不动声色，坦然地再走上一段石阶，指指衣包，指指门里边。

左边的敌警一下就把我的衣包夺了过去，把它扔在地上，胡乱地翻弄着，衣服一件件地提起来乱抖。结果，把我刚刚买来的盥洗用具完全抖落在石阶上，那只白色的搪瓷牙缸一直滚到马路边，我拾起来一看，已经有几处脱瓷了。我简直气得浑身发抖。可是他们却满不在乎地把那些衣物揉成一团还给了我。

全是些崭新的东西，霎眼间，就被敌人残暴而肮脏的手捣毁了、弄脏了，这怎好送给我的勃呢？我只有按捺着快要在我的胸中爆裂开的气愤，把被揉搓折皱的衣服铺在胸前，用手熨展开那些绉折，重新包好。

当我再挟着衣包前进时，左边那个敌警又挥着手吼了起来：

“走开！”

我感到在我面前的，不是用两脚站起的人类，而是不通人性的四脚野兽，他们也许会咬伤了我，甚至吃掉了我，然而，却没有引起我一点担心和戒备，我只感到一阵痛心的侮辱，在人的世界里，我还是第一次尝到它。

为了勃，我似乎应该开始忍受了。假如我真的走开，那就等于他们胜利了，我却变成一个失败者，因而会一无所得。可是怎么样才能达到我的目的呢？我知道，暴躁是不行的，只好递给他们一张名片，心想，这完全是一种滑稽的举动，犹如对着张牙舞爪的猛兽卑躬屈节一样可笑。但，意外的事发生了，他们两个几乎是同时接过我的名片，同时抢着看，而又同时向我微笑起来。虽然我明白那种笑并非出自善意——他们是背诵着待人接物的教条——我的悬虑总算得到了一些安慰。

“现在，办公的没有。”右边那个敌警弯下腰端详着挂在我胸前的报馆徽章，很有礼貌地说：“八点钟，来吧。”

门里边，静悄悄的，大概他不会骗我吧。我看了看表，才七点一刻。我在领事馆附近的大街上整整消磨了四十五分钟，当我准时回来时，是两张笑脸迎接着我。我大大方方地走进去。曲折的走廊，使我迷茫起来，我不知向哪个方面走才对。乱窜了一阵之后，终于被我发现了“警察署”蓝地白字的搪瓷牌子。

里面的人很多，有点使我眼花缭乱。我不加选择地向正中的一张办公桌走去，把衣包和名片一齐放在办公桌上。

正在批阅公文的日本人抬起头来，惊异地看我一眼，再看了看办公桌上两件东西，而后用他那生硬的舌头说了一句难以领会的华语：

“什么的？这个？”

“衣服，送给勃的。”我顺便用自来水笔在名片上写了勃的名字。

“申——勃？”他伸着细长的脖子重复着，“他是你的什么人？”

“我的丈夫，我要看看他。”

这时，五六个人离开办公桌，四面八方向我包围过来，全是嬉皮笑脸地凑到我身边。内中的一个接腔道：

“申勃，就是新进来的那个共产党吧？你是他的太太？”

我看了看那张精明外露的白脸，不高兴地反驳一句：

“什么共产党，他是嫌疑犯。”

他笑嘻嘻地没有作声。受了细长脖子的日本人的命令，他打开我的白色衣包，仔细地检查着，不仅裤衩的小兜被他翻转来，就连串着宽紧带的裤腰上细密的折绉都被拉展开来，仿佛怕那里面会藏着什么可怕的禁物似的。结果，他只挑选出一套衬衫和毛巾，余下的全交给我。

我三番五次地要求他统统留下，可是，他总是用“用不着”三个字回答我。最后我把睡衣丢给他说：

“这件睡衣无论如何请你收下。”

“用不着。”他依然这样拒绝着，更夸耀地说，“我们这里边的睡衣比这件还要漂亮呢。”

我默然了。正当我考虑着用什么话可能满足我的愿望时，那五六张嬉皮笑脸竟趁势夹攻上来：

“你很爱他？”

“你几岁啦？”

“你小孩有吗？”

这一句句充满着戏谑的问话，恰像流氓的轻薄眼睛侮辱了我一样。但我不理睬他们。我庄重地重复我的要求：

“我要会见申勃！”

因为五六个人包围着，细长脖子的日本人是什么时候走开的，我全没有注意到。现在，他听到我的话回来了，他做个手势，领我走进另一个办公室。门框上的搪瓷横牌是这样三个字：高等系。

进门第一眼我便认出了山田。他正背向着一扇大玻璃窗坐着。他仅仅用淡漠的眼光扫视了我一下，不跟我握手，也没有笑容，甚至更找不出一点曾经见过的表示，完全像看到陌生人一样。他和细长脖子的日本人附耳低声地谈了半天，他就是答应援助我的山田呵。

他像想起什么，突然站起来，向我做了个跟他去的手势，我便默默地跟在他的身后。一个很年轻的朝鲜人尾随着我。我猜不出他们将把我引到哪儿去。直到停在那间空无一物的小屋子里，我的心还在狐疑着。

皮鞋声和木屐声，自远而近地传来了。我循着脚步声从适才走进来的那座小门外发现了细长脖子的日本人。在他的身后，紧接着是一张熟悉而瘦削的脸出现了。我眨了眨因失眠而枯涩的眼，呵！那不正是我要求会见的人吗？我疯狂了，我不顾一切地向他扑去，很想投到他的怀里，哭诉出几天来的哀痛和忧愤。可是，他似乎早已察觉出我的弱点，他赶快用坚毅冷酷的眼光斥责我。我羞赧了，于是，我用不自然的微笑掩盖了即将表露的一切。

勃瘦了，也黄了些。他拖着一双敌人发给的一双木屐，但那并没有改变他走路的姿势，胸膛依然挺起着，只是那套白的汗衫和裤衩已被汗渍浸黄了。这分明是告诉我：牢狱里是肮脏而闷热的。我所体验的夜寒，不过是狱外人的感受罢了。

我们沉默的相对着。我不敢讲什么，因为我怕暴露了我的哀楚的声音。我只是用尽所有的力量握住他的手，希望他能从那力量中，感到我无言的倾诉。

山田仿佛一个准备登台的演唱者，他打扫了一下嗓子，摆正了姿势，然后端庄而做作地说了一大串我听不懂的日本话，经过那个朝鲜人翻译之后，我真厌恶得要呕吐了。

我不爱听那些卖淫妇式的甜言蜜语和传道士式的说教，因为它已经毫不新鲜了。你想用伪善者的欺骗诱变勃的气节吗？那才是幻想家的梦想。是的，勃那双闪光的眸子和紧紧胶合的嘴唇，不是已经很明白地告诉他了吗？

“奉了天皇的意旨”，收回你的慈悲吧。允许我们例外会见的“恩惠”，正如同你们把有毒的糖果散给小孩一样的卑鄙！然而，我们却不是那贪吃的、无知的孩子。这不但不能引起我们一点点的感激，反而加深仇恨了。

希望勃动摇，做一个“满洲国”的良民吗？这无耻的企图，只等于让高空中的鹰鹫，永远收起它的翅膀，归依于人类。然而，即使把它的两翼剪掉，或把它关在樊笼里，而它的心却是永远向往着晴朗的天空，对于你们这些无耻的掠夺者会永久唾弃和仇视的。

朝鲜人译完山田的话，他们那四只探索的目光像利箭一样向我们射来。勃带着冷漠和敌意去接触了它。接着我仿佛听到了勃那愤怒的心声，他的脸更加苍白了。我们手越握得紧，我的心越痛得厉害，聚结在心头的万千倾诉使我的胸膛爆裂了。让我们的手永远这样紧握着吧，直到我们的心声化为语言的时候。

然而，这希望马上被山田向我们伸出的四个指头打碎了。他眯着眼睛，注视着手表，把伸了伸的四个指头又屈了回去。而后朝鲜翻译说：

“注意，允许你们四分钟的谈话，现在，开始——”

四分钟，多么短促的四分钟呵！我应该在这宝贵的时间里对勃说些什么呢？他们那些只监视的眼睛已经把我的思维搅乱了。勃为什么还不开口呢？

我的头在开始膨胀，我的心逐渐下沉了。两只抱着的手掌已被汗液浸湿。一分，两分，天哪，三分钟一晃便消逝了。等到山田小指向我们无情地竖起来的时候，我便将被迫和勃分离了：是暂别，还是永诀，我真不敢设想，更不堪设想。

突然在我的毫无戒备中，勃猛地把我的手松开了，他竟是那样地毫无留恋，向我说了一声“再见”之后，便倔强地头也不回地向门外走去。望着他那愤怒的背影，像初见时那样惊喜激动了我的心，它不规律地跳跃起来了。同时惜别的泪，像决堤的河水似的，无阻地奔流出来，但，我立刻用手帕揩去了它。

在死的威胁和生的诱惑中，勃没有屈服，他是用无言的反抗把敌人的美梦粉碎了。山田的小指还未及竖起，勃便把手臂整个地垂下来转身走去。细长脖子的日本人为勃的举动大为吃惊，仓皇地追赶前去。

朝鲜人凑近我，带着不屑的表情说：

“他一点都不爱你呀！”

我傲慢地瞪了他一眼，想狠狠地骂他一句什么，可是我没有说出来。我向山田挺了挺傲慢的胸脯，以迅速的步子夹着衣包走出接见室。

这时，山田那卖淫妇似的甜言蜜语还仿佛在我的耳边荡漾：

“申君，你有父母，有妻子，有美满的家庭，我们不忍眼看你在万恶的主义下牺牲。假如你肯招认，自由、幸福和生命，我们将双手奉还。申君，望你考虑，愿你了解我们大日本帝国的苦心……”

我竭力镇定着自己，不让我的感情过分地奔放。然而，当我平静地回忆刚才所发生的一切的时候，山田那甜言蜜语的余波，竟以另外的一种力量把我内心的恐怖擒住了。他使我很清楚地看见了在我面前安排好了的勃的命运：刑逼、永久的禁锢和光荣的牺牲。

无疑地，“美满的家庭”将不会美满地存在了。勃正如一个夜航中的舵手，遭遇了不可抗御的暴风雨，将全船倾覆于险恶的海上，而那船上的生命正是他的父母、妻子和他自己。

在今天以前的一切希望和幻想全化为烟雾了。留在我眼前的是无边的黑暗。我的生命仿佛是海上的一具浮尸，让海涛打着，无止境地漂流着……而后腐烂了，消灭了！

带着梦一样的幻想向前蹒跚着。突然，汽车喇叭的一声尖叫，把我从梦幻中唤醒。

于是，我自语地反驳着自己：

“然而，勃做错了吗？难道他的行为还有什么可指责的吗？”

5. 礼物

经过多方面的介绍，我认识了日本人山田。我们俩互怀着利用的心理，做着虚伪的亲善。

我不是傻子，当然不受他利用。可是山田在我的眼里却是一个天大的混蛋，他竟把我的虚伪当作了真实，虽然他有着那样一副高深莫测的眼睛，又是那样老经世故的将近五十岁的人。否则，他为什么不干脆拒绝我呢？

我要求他的事情似乎在进展着……

一天，两天……山田预约答复我的日期到了。

我的灵魂中仿佛弥满了焦躁的小虫，它们爬遍了我每一个神经系统，这样，搅得我一刻都不能安静。坐在监督者的眼皮底下（当时他在让渡后的中东铁路兼职），我不时地望一望窗上的日影和腕上的表，时间过得如何的慢哟！太阳也怠了工吗？

我的手因焦急而为汗液浸湿，纸上的字常常被它们润脏，错字也不断地出现，于是，我一页又一页地调换着纸张，那监督者鼠样的眼睛，狡猾地向我斜视，发着阴冷的笑。

一切我都无暇理会，一切我都漠视着。

四点敲过，我解脱了束缚，急急地走出那雄伟的建筑物，透了口轻松的气。然而，这以后的时间，仍旧不是属于我自己的，紧接着又得钻进那另一个夜的办公室了。于是我的焦急依然继续着，滋长着，时间越是迫近，我的心情也就越是烦乱。好在，这是一个自由职业，毕竟还有我脱身的余地，发完了一部分稿子，和山田约定的时间到了，我便跳上一部人力车，这时我的焦躁被另一种情绪占有了。

一个憧憬，一个期待，一个奇迹，一个强烈的欲求和一种莫名其妙的饥渴，我的灵魂中喷射着希望的火花，街头上每一盏电灯，每个人的被灯光耀映着的脸都像喷射着我希望的火花；忽而当车子拖到山田的门边时，我的心却完全战栗而飘悬着了。

我怕那足使我昏厥的失望呵！

带着无节奏的心跳，轻轻地敲了山田的房门，隔室发出一声脆快的回响：

“嗐——”

尾音拖得那么长，正如跑马戏的山东女孩子豁亮的吆喊。接着那回响，我听见木屐的声音，门轻轻地开了，然而那仅是一条隙缝，隙缝中露出一只妩媚而一瞬变为无情的眼睛。我认识那是山田的太太，我问她：

“山田先生在吗？”

“没有。”满含着嫌恶的简单的答语，使我的希望冷了一半。门不知什么时候关了，我被摒于门外。

呆立好久，我才清醒过来，那一半的希望也幻灭了。

这是我的奇耻大辱。愤怒撕裂了我的肝脏，对强敌的仇恨怒潮般的汹涌，我的眼睛冒着复仇的火焰。然而，我没有向她报复的勇气，只有移着疲倦的脚，沉重地、失神地再让人力车拖回那夜的办公室。对于自己的怯弱，我不禁产生了疑问：

“难道我真是这般软弱吗？在一个敌人面前竟不敢报复？”

一次、两次……五次、六次我见不到山田，十次之中，至多有两次他践守约言，余下的八次，就只有让我受辱的份儿了。

山田是一只忙碌的猎犬，他做着特务工作，不分昼夜地忙着，有时也因规避我，故意失约。因此，我会到山田的机会反不如会到他太太的机会多了。而我的失望，我的愤怒，也逐渐膨大起来。

山田的太太是一个非常能干的主妇。她家里没有仆役，而且她有两个不懂事的孩子，整个的家务完全由她一个人负担，同时她还要照顾着在高中读书的大儿子，那实在是够劳碌了。然而，她的家却总是那样清洁、明朗、有秩序，无论什么时候到她家，地板上总不会找出一星星尘埃。日本妇女治家的精神，确是不能不使你吃惊的。

她生着一副很好看的显示出精明强干的面孔。在山田面前的时候，那面孔表现得非常谦虚，非常和蔼可亲，可是，却是那么善变哪，当山田不在家的时候，她给我的总是一副极端无情的脸相，这脸相我看到实在不止二十次了。

除掉星期日，我多半是下午七点钟到山田家里去的。那时山田的太太也许在烧菜，也许在洗盆盏……总之，她常是在厨房里的。临着甬道的门，只有厨房和客厅，对了，我晓得了：山田即便在家，倘若没有客人在，他也不会在客厅的，所以我只有敲厨房的门了。

然而，当我的指头未接触那扇门之前，我是多么矛盾呵，敲呢，还是赶快掉转身去走开？

那张善变的无情的脸，那句简短而满含厌恶的答话，尤其是那扇微启的门和那“砰”然一声的闭门羹……这些都使我难以忍受。有时她分明是知道山田马上就会回来的，可是她却绝不肯打开门让我进去等候。她完全把我当作一个窃贼或者是一个坏女人看待。生平我不会侮辱人，更不会受辱于人，如今我竟受了这么多难堪的对待，而且是受之于一个仇敌的女人！以我倔强的性格，这都是不能忍受的。然而，我终于默然地忍受了，而且忍受得很久……

怎能不忍受呢？我的希望，我的幸福，我今后的前途，都间接地握在她的手中呵！

新年到了，寒冷施展着淫威，那白色的残酷的严冬使我恐怖，狱中人的佳音像月亮那么难以获得，我的心仿佛被悬在空际了，时时担心着狱中人会被白色的严冬毁灭。

狱中人的生命是在山田的掌握中的。

可是，我已经有一个星期没有会到山田了，过去偶尔会到，所得到的也不过是些搪塞之词。

为了换得一点精神安慰，我便不得不乘这新年之便，做一点较大的物质牺牲了。于是，在除夕的头两天把年终的奖金和全月的薪水完全为送山田的礼品而花费了。除了一张礼物券而外，还给他的孩子买了两个重价的洋娃娃，我想：这次也许不会被摒之于门外吧？

山田的两个孩子正在甬道中做着竞赛游戏。孩子是天真的，他们见了我总是显得很亲热，听了我的皮鞋声，马上停止追逐，四只小手向我张来：

“刘山……刘山……爸爸的没有！”

我把三个匣子交给了两个孩子，让他们抬着。孩子看见玻璃匣里的洋娃娃，欢呼着飞跑了。

厨房的门开着，由里面飞散出浓郁的油烟，那一定是山田太太在预备着新年的晚餐。

我还没有走到门边，山田太太满面春风地迎出来了。她是那般鸟一样的噪着，向我深深地鞠着躬，一个又一个，口里不住的：“阿立丫豆，古扎一麻丝……”[①]并且要她的孩子们向我致谢。

这真使我慌惑起来，我说什么呢？我怎能有那样厚的脸皮向她一个又一个地还礼呢？

她手拉着手把我牵进会客室，让我坐在那高贵的沙发上，双手递给我一杯香茗，而且出我意外地摆上四样茶点，一样一样地亲手送到我的唇边。她忙乱得头在冒着汗珠，嘴和眼睛都是稀有地欢笑着。我不禁为她的无耻可怜起来，同时也感到我的礼品对她施了一点报复。

“多么浅薄的女人！”我心里在骂。

她忙完了，嘘了一口气，坐在我的身边了，非常亲热地拍着我的肩头，拉长了声音说：

“你的大大的好人哪！”

我感到嫌恶，送给她一个勉强的笑。

“山田先生不在吗？”

“五分……五分钟。”

她点着头，说着生硬的中国话，并且用手指表示着数目。

我们没有什么话可说，彼此的语言是不通的。她只是不住地反复着“阿立丫豆……”“大大的好人……”两句话。这真使我局促不安，我有些坐不住了。半点钟过去了，我忍不住又问：

“山田先生不回来吧？”

“斯固卡耶里马笑。”[②]

我还有三个小时的工作，实在不能久候，几次要走，都被她拦住了。不得已，只好给同事李打了一个电话，请求他替我发发稿子。我便坐在山田的客厅里翻着山田太太拿给我的几本贴满相片的本子。

一直等到十一点，山田也没回来，山田太太曾经几次地打电话

① 日语，多谢的意思。
② 日语，马上就回来的意思。

各处去找，终于没找到他。

我只好怀着失望走了，山田太太还在挽留。

此后，我到山田家里去时，一变而为山田太太的上宾了，并给我加了一个“大大的好人”的头衔。

6. 探望

我搜集了那么多传说，厚厚地在我脑子里堆积起来，而且膨胀着呢。

它像深秋里的败叶一样，每片都不是我希望得到的，我竭力把它扫除，然而，不知哪儿刮来一阵风，又聚拢在一起，于是又堆积起来，在我的脑子里膨胀着……

渐渐地，它们聚嵌在我的脑子上了，于是，我的脸上也出现了败叶的颜色。

同事们不晓得我脑子胀得多么苦，他们仍是把他们采访来而不能发表的新闻，作为谈话的资料。他们是多么漠不关心，用一种讲故事的方式与神态讲述着。我听着，胸口塞闷，心脏紧缩，然而，也只有默默的叹气而已。

当他们故事讲述到最高潮的时候，也是我心痛最厉害的时候。我翻弄着一篇篇稿件，眼前闪动着模糊的字迹，两只手不停地翻，翻来翻去，而精神却离开它们好远好远，很久，都不能选出一篇满意的文章。我只知道：白的纸，黑的、蓝的字。我怕听，我尽可能地蒙蔽着听觉，不让他们的故事搅碎我已非完整的心。然而不能，越是想要回避，越是回避不了，那一句一句刺心的话语，仿佛一柄锐利的钢锥，毫不留情地刺进我的耳朵，我没有力量使我的耳朵抗拒这柄残酷的锥子，只有任它穿凿、穿凿……

那不平凡的故事，使整个编辑室的空气都显得紧张，每个人全停下了工作，把眼光贯注在演述者的嘴角，连取稿的小学徒，也把身子依在写字台边，大张着嘴巴，望着发言人的脸，眨着他天真的眼睛。惊愕、叹息、不平的低吼、愤慨的呼声，使讲述者加强了讲述的勇气和力量，他在指手画脚地描绘着那故事中最残酷的场面。我全身的每一个细胞都充满了悲惨的影子。它溜过我的心，钻进我的脑际，最后终于停止在我的脑子里了，牢牢的像一片胶，我竟无法把它揭掉。

我始终缄默着，埋头翻弄着一篇稿件。我不敢抬起头，也不敢插言，默默地忍受着心的剧痛，让那柄钢锥任情地锥着我的耳朵，穿凿着我的心。如果我不自觉接谈起来，那么，我激愤与悲痛的泪水就会洒在人前，但，我又怎能把心头郁结的创伤展示给他们呢？

也许是我的缄默引起了他们的怀疑？也许是我的遭遇早被他们探悉？虽然当时我在竭力地避免和他们交谈，而那并非善意的警句却接二连三地向我飞来：

“刘先生，发稿要当心哪，你呀……这是什么世界？”

“岂止发稿呢，就是一言一行，一举一动都不能越轨一步呵！”整天和麻雀牌厮混的赌徒小张，绷紧了眼角，补充着伟天的话。他的眼光针一样的对着我的脸。

“真的，刘先生，你要特别小心才是呀！……嘿嘿！”单是这语尾的一声狡猾的笑，就可以知道基督教徒曹峰如何的阴险了。在报社里几位进步同志面前，他常以革命先辈自居的，而且，我也正是他们眼里的危险人物。整个报社所有的同事，他是最坏的一个，也是和我敌对的一个。因此，他这满含敌意的讽语，使我再也不能缄默了，尤其是在悲愤交集的当儿。于是，我放弃了平日对他的戒心（他是随时可以做汉奸，随时可以把一个热血青年送入虎口的），冷冷地反驳着说：

“我有什么呢？老鼠一样蹲在编辑室里，为什么我该特别当心呢？真是岂有此理！你们整天和社会接触，哼，才真是危险呢！”最后的一句诅咒，算是我对他的报复。

曹峰翻了翻他那整年给红丝爬满的眼球，又阴险地笑了：

“嘿，干文化工作的人，顶容易遭祸，这你是知道的，特别在这个年头，特别是女人，而特别是你……”

他的话一句比一句紧迫着我，我的愤怒快要胀裂胸膛了。

“你为什么一口咬住呢？女人怎样？我又怎样？”

“嗨，难道你没有听说，上次东洋宪兵队捕获的那批间谍全是女人？”他伸长了脖子问我。

“这，我倒没有听说，我只晓得那次被义勇军掳去枪毙的十几个汉奸，内中有三个是贵教教徒。”

曹峰对这侮辱没有辩驳什么，然而，他那长满横肉的脸却红了。他眨着眼睛，好像在思索着用更尖锐的话来报复这侮辱似的。

和事佬丁子看着我们俩已经到了短兵相接的状态，为了打破这危机，他叹了一口气，把话题又勾回到那刺痛心灵的故事上去：

“唉！这年头的人命是不值钱的呵！……喂！老李你接着说，掌管绞人机器的刽子手是中国人，还是东洋人？”

于是，故事又继续讲述下去了。

由于悲痛而变成愤怒……再沉入悲痛的深渊，我的心仿佛是被投入绞人机器里在旋绞了！我哆嗦着冷汗的手，把那些一个字都不曾看的稿件塞进抽屉里，故作镇静地走出编辑室，眼前闪烁着金色的小星星。

一走到街上，便不再镇静了，我疯狂一样，向着我的“希望”，向着禁锢我的“希望”的方向，疾走着……以至于气喘了。

望着那森严而坚实的黑色铁门，望着那高不可攀的墙垣，像往常一样，我又失望了。

仅是一堵墙呵，它隔断了我的视线。那宛如一座峻峭的山，墙头上插着破碎的玻璃，正像山路上的荆棘。恨我没有一双透视一切的眼睛，不能把视线穿过这山腰望一望我日夜悬念着的人，我更缺少健全的手足，爬不过这遍是荆棘的山。倘如我有着飞行者一样敏捷的身子呵，我不是可以很轻快地飞过这座高山去实现我的希望吗？

在铁门之边、高墙之下，已经踏遍我的足迹了。每当我听到了可怕的传说之后，或是被相思揉搓得要发疯的时候，我总是带了一种不可捉摸的心情，跑到这里徘徊一次的。我瞭望着，瞭望着院深处的房群，那坚实的灰色建筑物中，该是勃受苦的处所吧？然而我看不到勃，我视线所接触的全是一些陌生的迈着自由步子的人；勃是没有这种自由了，他被吞进这灰色建筑物的铁栏里了。也许，早已被它埋葬！

看不见勃那副刚毅的面孔，即使听一听他那沉着的声音吧，我也会感到满足的。我竭力用眼睛和耳朵搜寻着。然而，一切都使我绝望。于是，我诅咒那高墙、那铁的栏栅和守卫在门旁的哨兵。倘若我身边有一枚炸弹，我会把这些障碍通统粉碎，然后，自由地跑到我所要去的地方。

现在，我什么也没有，什么也不能，唯有注视着那些障碍物发呆，直到眼球胀痛，眼眶里流出失望的泪水。

眼前的一切渐渐地模糊起来，街灯的眼睛放出昏黄的光，那黑色的铁门沉重地关闭了，我沉重地蹒跚着发颤的步子迷糊地进了电车。

火一样的希望逐渐冷了下来，当达到了失望的顶点时，我绝望了。车身摇撼着，我的脑子和心脏也随着摇撼，现在，我完全混乱了，这繁华之街，这都市的夜景……什么全不能闯进我的眼帘，我的眼前闪动的是那些可怕的传说和传说中扮演着的角色。

秃坐在车厢的角落里那个骷髅似的青年，他一定是被监牢里的饥饿与毒刑折磨成那副枯瘦形骸的，他的肺病怕是近三期了？是的，他是一个囚徒，看他的头发该多么蓬乱而灰长呵！

那个扶着拐杖的残缺者，为什么他会失掉一只腿呢？噢！他的腿是被那架绞人机器辗掉了，他是从刑场逃脱了的死囚吧？

满头是新的伤痕，臂上缠着绷带，腿也缠着绷带，一只手抚摸着腰部，痛苦地呻吟着。

那个褴褛的汉子，他一定是刚刚受过严刑拷问的，不然，他的眼睛怎会放着那样怕人的愤恨之光呢？

那个伛偻着腰的婆子……

苍白色嘴唇，凸出着眸子，那个十四五岁的孩子……

……

整个车厢里的乘客，都变成我幻想中的囚徒，这些凄惨的景象，摄住了我的视力，我的神经被他们紧紧地捉住，全身情不自禁地发起抖来。

每张脸孔我都仔细端详过，我献出了极大的同情与悲愤环视着他们，每张面孔我都感到亲切。然而，那里面没有勃，勃的面容或许比他们更枯瘦、更可怕些，倘如他侥幸没有被魔鬼活啖，那么，见到他的时候，说不定我会认不得他了呢！

然而，我能够再见到勃吗？

车厢里的人完全走光了，我的眼前却还在排演着那一幕的悲剧，直到车长来催我下车了，我才从混乱中清醒过来，原来电车已驶到终点了，离我该下车的地方已经越过七站了。

是那么远的路程、那么长的时间哪，回想着适才的景象，仿佛做了一个噩梦。

别时，正是春深，庭园里经勃亲手培植起来的花儿，全欣然地向着太阳咧着嬉笑的小嘴。现在呢，花儿凋谢了，结下了来年的种子。窗下的老榆，只剩下秃老的枝干，孤独地站着。庭园里连一片落叶也找不到，都让秋风给卷走了。

秋已残了，丛茂繁荣的庭园，如今是一片荒凉。望着这萧条的景色，我郁闷的心头更加一层悲凄。然而当我抚摸着那一粒粒肥硕而坚实的种子时，我又释然了。

勃依然没有半点儿消息，有的，仍是那些我怕听、而当人们讲说时我却又不肯漏过一句的传说。

整整五个月了，这一百五十多个漫长的昼夜，是怎样悠久，怎样凄凉的岁月哟！但朋友们却都这样安慰着我：

“这，这是伟大而值得骄傲的别离呀！”

是的，这别离是伟大的，是光荣的，但同时，也正是我生命史上最惨痛的一页呢！

我是一个平凡的人，一个平凡的年轻女人，我没有克制感情的理智，也没有一把锋利的匕首斩断绵绵的情丝；敌人的残酷的强盗行为，更使我不能把那些传说看作谣言不去理睬。虽然，我从没有把忧郁的脸色显示给人们看过，虽然，我从不会在人前流过一滴懦弱的泪水，但当人们都已安息了，却正是我心灵受着熬煎的时候。

一天的工作，够疲劳的了，我需要休息，我需要甜甜睡上一个通宵。可是，身心一静下来，所有的忧愤都蜂群一般地涌上心头，尤其是那些传说，又在我的脑里加速地膨胀起来。

睡魔变得那么懦弱，它竟驱不散这群窜扰神经的大虫，我辗转着，周身仿佛都有大虫爬噬，于是我披起睡衣踱出屋外。

夜，悄静的夜，每个家庭都点了灯火。我独自个儿倚着楼栏仰视着秋的夜空。那颗残缺的月亮投给我一个冷清清的面孔，她好像新寡的孀妇那么忧郁着，然而，她并不比我更孤独呵！周围不是那么多的星儿伴着她吗？而能够给我以光和热的人呵，却都已星散了！

我的眼睛爬过错综的楼顶，在不远的那一方，隐约地可以看到那坚实的灰色的建筑，我要向它喊：

“还我良人！”

秋夜寂寞，秋风够冷了，我孤独者的心灵呢，比秋风更寂寞，也比秋风更冷。

不知什么时候，我又倒卧在床上了。不知什么时候，我见到了勃。

除了勃那双长睫毛沉毅的眼睛是我所熟悉的，眼前的勃的一切，只有在我的幻想中才出现过。

勃蓬发下那黄蜡色面孔，并不见得比往日消瘦，它是臃肿着。他的腰已经伛偻了，周身遍是未痊的伤痕，鲜血斑斑地染红了他薄薄的衫衣。光着腿，赤着脚，拖了双破旧的木屐，木屐也几乎被血染遍了。两只手紧紧地被扣在手铐里，他夹在两个武装日警中间一瘸一瘸地走进一个暗黑的屋子。

我站在铁窗之外，无论如何也找不到一个门，我敲打着铁栏，疯狂地喊着：

“勃，勃，我在这儿，你穿那么薄的衣裳，不冷吗？”

勃好像早已看见我，他一点都不惊喜，只是淡淡地，然而非常有力地说：

“笠，不要记挂着我，我的热血已经沸腾，哪会冷呢！”

接着勃的话，两个日警的刺刀在勃的身上跳舞了，勃的热血在流了，但，他不皱眉，也不喊痛，大张着眼睛在狂笑。

我拼命地，但不知是什么塞住了喉咙，运足所有的气力也吼不出声来。于是我不顾一切地敲击着窗棂，用拳，用头，拳破了，头昏了，我的耳朵和眼睛什么也听不见看不见了。

“魔鬼们，你们缚得住我的躯壳，却缚不住我的灵魂……”

是一声夹着激愤的怒吼，是一声沉痛的反抗的狂呼。我被这声音唤醒了，张开沉重的眼皮，呵！传说的惨剧终于鲜明地摆在我的眼前：

那黑暗的屋子里聚满了武装的、西装的日本人。狰狞的面孔，眼看放着凶残的光。他们团团地把勃围在了中间。勃是被倒悬在房梁上，他的头部已经充满了血，一条条的脉络青虫般凸胀起来。刺刀、皮鞭、火焰……纷纷地吻着勃多骨的身子，鲜红的血都淋湿了日本鬼的衣襟……

“嘿，天杀的！剜开肚肠，也休想我屈从！”

勃咬紧着牙关，声嘶力竭地喊，声音低沉而悲壮。

望着受着非刑的勃我哭出声来了，沉痛的泪水蒙蔽了我的眼睛。我沁血的心，一片片被魔鬼吞噬着。

“好，把他的心剜出来，看他这反满抗日的乱党还反抗不？”

一个矮胖子日本鬼说着十分流利的中国话。

勃由房梁上被解了下来，马上又被紧紧地缚在一条备好的长凳上，面孔望向天棚，他仍在挣扎，嘶哑地吼着。

一把闪光的尖刀冲向勃的胸部。

我狂喊一声，猛力撼动铁的窗栏，突然窗栏断了，房子也随着倒了下来，我被压在里面。我从噩梦中惊醒过来。

冬，夹着白雪来了，我的希望好像被冻结住，我的心也被冻结住了！

我还年轻，我还是刚从礼教家庭中逃出来的孩子，我需要一个导师——一个刚毅像勃的导师，因此，我不能失掉勃，没有他，我的生命暗淡无光，没有他，我的前途将是一个莫知底止的深渊，我会堕到那里面没人拯救。

无论朋友们怎样在为我流着绝望的泪，我却永久抱着那一个缥缈的希望，自己骗着自己。

那希望约束着我能安分地，鼠一样地生活着，把满腔的热血与激愤深深地、深深地埋藏在胸膛里，除非在知己朋友面前，连半句愤慨的话都不敢说，我谨慎着行动，忍受着一切侮辱与欺骗，那都是为了不让我那陷入虎穴的勃更受到迫害，而早些实现我的希望。然而，我的希望是梦，是幻想，像海中的明月那么难于捕捉呀！

倘若那些传说不是谣言，倘如我那可怕的梦境是真的现实，那不是什么全完了吗！

我整天在寻觅着，寻觅一个探听勃的消息，或是可以见到勃的机会。

机会，呵，机会终于来了！

警察厅刑事科的留置场①经过日本人扩充改造之后，他们为了宣传他们对囚犯的“优待”，为了宣传他们那“伟大的建筑”，特于十一月二日约请新闻界前往参观，我便被报馆当局派遣为这次参观的代表。

是多么偶然、多么难得的幸运呢，我欣喜得几乎发狂，一颗兴奋的心怎么也按捺不住了，它一直跳跃着，这幸运反而使我坐立不安。

① 这是规模最大的拘留所，可容犯人一千余名，在那里有被羁押三年以上的囚犯，在那里可以执行死刑。没有待遇可言，它的凶残，怕是超过幻想中的地狱了！

我怨恨着时光走得太慢，为什么今天的日子这么长呢？

我瞪着眼看着外面的天色，看着太阳落到西边，又看着它从东方升起。我们报馆一共去了两个代表，那一个却偏偏是我的敌人曹峰。当我们一同走出报馆的时候，在我欣喜的心灵上突然罩了一层阴霾。

勃的事情他真的知道吗？不然，为什么路上他总在对我狞笑呢？

他问我：

“以往无论什么事你也不肯代表报馆出席，这一次，你怎么没有推辞呢？而且很高兴的样子？”

“这就是好奇。”我淡淡地回答。我的肺快要爆炸了，为了避免和他谈话，我加快了脚步，走到他的前边。

我向着铁门傲视，向着高墙傲视，尤其对那对岗警，我用胜利的眼光瞥了他们一下，在心里说：

“哼，你看，我是被请来的呵！”

十三个参观者拉成一个错杂的行列走进我最熟悉的灰色建筑，不，它现在是披了一件雪白的孝衣——重新刷了一次石灰粉——以新的姿态站立着。

人还没有挨近门边，一股浓重的气息便强烈地扑打着鼻管，仔细嗅了嗅，原来这监房是曾经洒过多量的石炭酸。甬道中新洒的石灰，把人们的皮鞋底很自然地镶了一道白边。一切全是崭新，然而那阴湿晦暗的甬道，已经明白地告诉了我，这里是永年也受不到阳光拂照的。

我的心里丛集着多种情绪，我无法分析它究竟是兴奋，是悲痛，还是恐惧抑或仇恨，它只是失常地跳跃着，一刻都不停歇。

两个日本警官同一个翻译做向导，他们边走边谈，我孤独地做了这队伍的尾巴。参观者是怎样赞美这“伟大的建筑”，向导者是怎样叨述这地狱“天堂般的待遇”，我完全无心去听，实际，那些天谄媚的肉麻话，那些虚假的自我宣传，我不需要听，事实会证明一切的。

甬道两旁排列着的监房，寂静无声，恐怖的气氛十分浓重。每个铁门全紧闭着，从门上留着的方形洞孔，如果不挨过门边张望，总在向前走着，谈着，那不是参观，好像特来听敌人的宣传。他们把全部精神贯注在谈话上面，我走在他们身后，我的行动不会被他们注意，因此，我可以大胆地运用我不安定的眼睛了。

我把面孔放在一监号铁门的洞孔上，视线在房里迅速地扫着。

是一个不满方丈匣一样的小屋，里面没有窗，也没有床，已经到落雪的季节了，犯人们还依在那冰凉的水门汀地上，衣服是那么褴褛而单薄。地上除了一些烂布或破布之外，什么都没有铺。他们脸色发青，还有点儿臃肿，一个拥着一个，看去是十分吃力地排坐在地上，眼睛没有神，然而却都放着渴求的光，好像在说：

“同胞们，救救我们吧！”

看着那十几个受难的同胞，我的心开始绞痛了。那里面有我的勃？我看不出，我恨我的眼睛太不中用，在那些臃肿清白的脸上，竟寻不到不同的特征，一个个全是令人心酸的憔悴呵！

他们已走过三个监号了，我不得不随着前进。我刚离开第一监号，里面突然有人狂喊：

“把这里的惨状宣布到世界上去吧！”

紧接着，第二，第三……监号也开始骚乱了；几个红黑的团子由方洞飞了出来，有一个恰好打在我的肩上。

“看吧，这就是我们每日的食粮……”

我把粘在肩头上的东西用手帕揩了下来，那是红紫色的秫米饭粒，放在鼻头嗅了嗅，一股酸臭的气味，真是令人欲呕。

“家人不能接见，连棉衣都不许送呵！”

“我们快被饥寒疥疮治死了！”

这时招待参观者的日本警官向后转了，无论他们怎样故作镇静，那种仓皇暴怒、手足无措的神态已经天真地暴露出来了。

二十多个监房里所有的囚徒，同时呼喊着，声音一会比一会嘈杂，使我听不清他们的申诉，但，我已经为了那呼声兴奋欲狂了。

我屏息地听，在那些受难者的愤呼声中，我寻找着勃的声音；

同时，当经过每个监号时，我总不忘记把面孔放在方洞上搜索一周，即使我那匆匆的一瞥不会认出形容改变的勃，如果，他在这里边，那么，他是一定会认得我的。

火一般的希望，终于降到零点以下，前边只有一个监号了。

当我绝望地把面孔贴近在最后一个方洞时，我完全呆住了呵！那个长发蓬散、倚在一犯人臂里立在铁门内的不就是勃吗？

倘如没有那些传说生根在脑里，我绝不会相信那就是勃，因为勃钢铁般健壮的体格，不致那么虚弱得要人搀扶呵！

“笠！”

六个月不曾听这一声亲切的低呼了，然而我听来却是多么熟悉呵！

看着勃闪着泪光的眼睛，看着勃苍白的微笑的嘴，我真想由这方洞中钻进去投到他的怀里痛哭一场。

我仿佛是一个呆子站在原位不动，也不会说话。等我觉醒了向里探望时，人们已经快走到甬道出口的铁门了，曹峰正掉转头来用他侦探的眼睛在寻视着我。

我不知道怎样才好，我不忍离去，又不能不离去。我有不尽的别情要向勃倾诉，然而，匆促间我又找不出什么话可以表达那不尽的别情。

终于，我转过头来，我突然晕旋了，几乎昏倒在甬道上。

在我浸满泪水的眼窝里，永远留着勃微笑着的影子。

一个奇怪的吻

经过一天一夜的火车颠簸，李华比平常更显得憔悴了：颜色灰苍苍的，眼窝下陷，眼圈发乌而干燥，浑身疲乏。这一切，正像私生活放荡的人，但她已经两月之久，没和她的丈夫接近了。

然而，她却也常常和她的丈夫见面、谈话，只是没有他们自己的自由，他们的行动永远被人监视着，即使是谈话，也全是被动的，机械的。比如：

“供出你的余党我们可以减轻你们的罪名。”

“没有余党！”她的丈夫说。

“没有余党！”李华也随着她的丈夫坚决地不承认。于是对方震怒了，用非刑拷打着他俩，终于，又是不得结果，把他俩推到不相通连的两间黑屋子里去。隔一两天之后，再照样拷问一次……就这样一直继续到两月之久，刑伤从他俩的肉体上堆积起来。在这种痛苦无量的煎熬中，他俩都希望着快死。死是多么可怕的事情啊，可是，他俩的想象和别人都不同。为什么呢？大概是他俩知道自己的命运已经走进绝路的缘故吧。

是的，现在他俩的命运，眼前一刻比一刻接近断头台了。按全程计算，已经超过三分之二的路程，其余的三分之一，还需要七个多钟头，火车到吉林省城时，据说就是大天亮了。

火车像上了发条的玩具似的，不停地向前奔跑着，穿过草原，穿过森林，又穿过了山和水。夏夜里的野风，含着一种湿淋淋的凉意，不断地从车厢的通风口上跌下来，常常像有一块沉重的石头，压在李华的胸脯上。这种折磨，使她不能安睡一会儿，她时常半张开眼睛，无意识地望一望。一副手铐仍旧锁住他俩的手腕。她的丈夫姚行谦，把背和后脑抵靠着车厢板，紧紧地闭起眼睛假寐着。此外，两个押解他们的小兵，坐在对面的座位上：一个光头顶的二等兵，勉强睁着眼睛，在尽自己的职责；较老的一个，连连地打着盹，有的时候，他的脑袋就像大铅球一样，把身子下坠得几乎从座位上掀下去了。大量的口水从左嘴角里淌出来，全都滩聚在他凸起的胸脯上，渐渐地向军装的小兜里流……

在李华的侧面，车门那一边，中尉自己占了一个座位，蜗蜷着身子酣睡着，雷样的鼾声，简直把自己多脂肪的肉体，都震得颤抖了。

火车的速度越快，车身越像摇篮似的簸荡起来，车轮也就像一个忠实的保姆，翻来覆去地总是唱着那一套催眠曲，旅客们的神经在这两者之间失去了知觉。除了中尉雷样的鼾声之外，车厢里是异常寂静的。

夜的大地也在寂静着。

惟有李华的心绪，简直扰乱得不可名状。她明明知道胡思乱想是没有用处的，可是无论她使出多么大的忍耐，也不能把她那乱麻般的心绪，重新整理得有条不紊。

她不耐烦地啃着没有束缚的左手食指的指甲，牙齿发出很难听的声音，想不到这又引起了光头顶二等兵的不耐烦。

“喂，心忙吗？”

“嗯。”李华搭讪地用鼻子哼了一声。

“对了，人到临终的时候，都是这样的……”

光头顶二等兵缓和的、冷酷的话，含着一种介于讥笑和预言之间的意味，李华虽然感到刺耳，甚至用那流血的惨剧来威吓她，但，不久这些也就云消雾散了。

现在她的心略微整理出一点头绪，老兵靠着车厢壁板睡着了。这时候光头顶二等兵也像老兵方才那样打起盹来。

李华的眼睛转向窗外，窗外黑色的天空上闪动着繁密的星火，因为列车爬上一段山路，速度减低了。机车头正像匹拉上坡的辕马，吃力地喘着气，砂粒一般的煤屑，不断地从烟筒里向外乱喷，有时夹带着小火块从车窗上扫过去，玻璃唧唧地呻吟着。

这一段山路，李华非常熟悉，火车以这样慢的速率总要经过四五十分钟，才能达到平坦的线路。山上，山下，有茂密的森林，有一条入镜泊湖的小河名叫石头河，她的外祖父就在河西住。大约在十二年前，她住在外祖父家的时候，有一次，她未得外祖父的许可，自己跑到石头河去摸鱼，一不小心落进深沟里去，就被激流冲走了，冲出了一里多地，后来，渔船的老头把她救了上来，她差不多已经人事不省了。从那以后，就不敢让她再住下去了。当她父亲从城里来的时候，外祖父向她父亲说：

“快把这野丫头带回去吧，她就是爱水，自个偷偷摸摸地老往河沿跑……这野丫头，我怎能看得住她呢？”

于是，父亲大骂她一顿就把她带走了，她真恨那多嘴多舌的老头子。那时她才十岁。

十二年以后的李华，做了更野的事情，老头子却不得而知了，原来她的外祖父在洋鬼子夺东三省的前一年就死了；即使老头子能够活到现在，他万万不会想到“就是爱水的野丫头”敢跟洋人找别扭呢！

十二年以后的李华，失去野的自由了。因为现在火车经过她的故乡，不由得引起了童年时代的回忆，她的眼前仿佛有无数的美丽的蝴蝶盘绕着，活泼的小鱼游着……她贪恋这些，同时她也嫉妒这些。她心想：

——到此，我的人生终结了。

"不！"好像有许多人众口同音地驳斥着她，这个热狂的声音，把李华从消沉、绝望的状态中唤醒，立刻她像受了什么感应似的看看光头二等兵，看看老兵，再看看胖中尉，随后又看看丈夫姚行谦，他们都睡着了。"呵，机会呀！"心在叫，而后它就跳荡起来，而且周身也感到轻微地抖。这种兴奋她实在压制不住了，于是，她用手铐牵掣着姚行谦的手。他受惊地张大了眼睛，晦涩的眼光向李华说出不少疑问。

然而，李华并没有用言语给他解答，她仅把眼睛向窗一溜，同时嘴也向同一方向一撇。姚行谦虽然知道这一个秘密的把戏，可惜他却不明白是什么意思，所以，他又用比较清朗的眼光向李华说出第二次疑问。

这次李华的嘴凑近姚行谦的耳边，机警地，小声说了一个字："逃。"

"……"姚行谦张开嘴要说话，马上又闭拢起来，摇一摇头。

"等着死吗？"

"这不等于自杀吗？"

"万一……"

"别做梦啦。"

"不，一定得逃，失了这机会，还有第二次吗？你想。"

他低下头去，心里在合计着李华的话。真的，失去了这机会，还有第二次吗？可是，这一个机会，有什么把握呢？还不等于自杀吗？他平生没有做过一件莽撞的事情，无论事情大小，非经考虑，他绝不轻率动手的。正是因为处事审慎，才适于在公开的场所，干着抗敌的秘密工作。三年之久，他没有露出分毫的破绽。他的功绩是超人的，卓著的。这一次被捕是由于叛徒的牵咬，实在出乎他的意想之外！现在，他和他的妻子，双双地走上死的征途了。当然，谁都爱惜着自己的生命，谁都留恋着自己的生命，这一点，他并不异于常人，而异于常人的，是在他将死的时候，更加倍地爱惜着，留恋着，留恋着另外一件东西。什么呢，那就是他的工作——事业。

人总是有同样的心理。

一个人，无论为金钱，为女色，或为其他欲求而死的时候，当他临死之前，假如有充裕的反想，他一定不留余情地诅骂、毁谤，痛悔他所追求的目的的。

——呀，是你害了我，你这个……

假如他不是自杀，依法律或是因其他的迫害而致死的前刻，他会虔诚地对他所追求的目的物表示忏悔或饶恕，他会悲楚，他会流泪……

然而，这一切心理的通性，这一切死时的反应，却不是姚行谦所有的。可是，有谁知道，他在赞美着、讴歌着他的事业呢?

自从上车就一直闭着眼睛坐在那里不动。偶尔为了忍不住刑伤的痛楚，他的眉头之间常常是折起很深的皱纹，但这痛楚，一点也不能扰乱他的心思，他的心思完全沉在那死的胜利里了。

临刑时，他准备以种种的嘲笑、辱骂和教训，献给那些汉奸和敌人。他设想着古代的英雄、烈士们慷慨就义时情景，而他也要模拟那样，并且要表现得更英雄一点，好使刽子手战栗。

可是，这所有接近事实的幻想，被李华挑破了。他很快地考虑着妻的提示，结果他认为这样冒险是值得的。

就这样，他们的冒险开始了。

真是侥幸，他们居然能够推开车门，渡过了第一步难关。于是第二步难关，不容他们延迟地要从车梯上跳下去的。呵，基道旁的树枝那么快的，从他们眼前扫过去，他们脚下有隆隆的车轮，有万不可测的荒山，山林中有野狼伏在那里……这么多致死的机会都在张着狰狞的大口等待吞蚀他们呢！假如他们背后不是有魔鬼的巨手要攫取他们的时候，他们的勇气就一定被它们征服了！

“跳呵！”

李华压制着尖锐的嗓子喊了一声之后，他们俩就像一对为爱情坠山自杀的情人似的，手牵着手——其实是手铐牵着他们的手呢——猛然地，用力地向下跳去。当他们的脚刚一着地就跌倒了，而且接着就向下翻滚起来，在不知所止的翻滚中，有一种模糊的愉快，在李华的心里漂浮着。愉快的情况，很难使她说明，因为在她的愉快的当时，她已经感觉到胳膊和大腿受了重创。再过一些时候，她的知觉同他的鞋子一样，完全失掉了。

姚行谦呢，他的知觉还清醒着，他能够分辨得出火车去远了，能够分辨得出这山的陡度渐渐小了，但他却分辨不出什么地方在痛，以及李华在什么时候失了知觉。

在陡度较小的山坡处，他俩被一棵树干挡住了。姚行谦一边蠕动着企图要站起来，一边轻轻地叫着：

“华，华……李华！”

没有回声，于是他慌张了，他赶忙把手按在李华的鼻孔上，好久，好久，“啊！”他突然惊骇地喊了一声，他立刻软瘫得像一块泥，灵魂也突然飞走了。他的手仍旧放在原处，绝望地悲哀地纵声大哭起来，同时像发狂似的叫着：

“李华！华……李华呀！……”

完全绝望了，只有他的回音，如同在山下有个同情他的人在替他呼唤。但，不知怎的，这回音使他害怕起来。于是他停止了喊叫和哭声。可是，并不因此而减轻他的恐怖，风吼、树叶响、溪水潺潺声……这种种自然界的动态，都使他感到如入魔境那样阴森，他与人世隔绝起来，陷在魔窟里，孤独无援了！

这时候，他已经听不见火车的声音了，他很担心这个，是去远了呢，还是发觉了他们偷逃而中途停止了呢？他相信后者的猜想有较多的可能性，因此，这忧虑将他的恐怖侵占了大半。同时，也感觉到腰部、膝部都隐隐作痛。

他要在左近找一块石头，但眼前黑洞洞的什么也不能看见，只好用手到处乱摸……末了，在身后摸着有碗口那么大一块石头，多么平凡，又是多么贱的东西呀！不过这在姚行谦看来，比同样大一块金子还贵重得多哩！

他如获至宝似的拿在手里，然后他把手铐的下部垫在山坡的较硬的地方，就开始用那块石头用力敲着两环连接的部位，大约敲了二十几下，两环就分离了。

他意外地高兴起来。现在他和平常人一样有动转的自由了。他拾起两环，把它藏在附近的草丛里。他回到李华的身旁时，一种病态的鼻息声骇动了他，他立刻蹲下去，两手轻摇着她的肩膀！

“华，我在这里，华，你说话……”

他的心一阵发酸，什么话也说不出口了。他哭了，非常的哀痛。

李华如同做了一场噩梦，苏醒之后，她仍然觉得噩梦正在继续进行着。当她听到姚行谦的哭诉，同时她也感到胳膊和大腿仿佛扭断一样的痛起来，由于这刺激，她才完全清醒了，她呻吟着，她说：

“我被执刑过了吗？……我为什么还活着呢？”

“我们已重得自由了！”他兴奋地重复了一句：我们已重得自由了！”

“真的？”

“怎么，你的脑筋坏了吗？呵，是的，你什么地方受伤啦？”

“哦，”她勉强地摇着头，呻吟地说，“告诉我现在，……现在我们在什么地方，没有危险吗？”

“滚下来你就昏过去啦……”

“那么，还在原处吗？”李华焦虑地问。

“是的，你觉得手上少了什么东西？”他很得意地问。

她明知他说的是手铐，于是她要举起那只胳膊，证实一下，可是不行，她不由地叫了出来：“断啦！”

“什么？”

“我的胳膊！还有，大概腿……”

“天哪！”他绝望地叫了，“这怎么好呢？”

“你去！”她坚决地说，“你自已快逃吧，这里绝不安全。”

“你说的什么话呢！”他伏在她的胸脯上呜咽起来，而且反复地说着，“你说的什么话呢？……你让我把你丢给狼吗？怎么能够呢？……你等于骂我，毁我，我不能。”

“哦，谦，你的理智呢？……你再把你自己发的誓言重复一遍，你是为什么才活着的……我知道你爱我甚于你自己，但是……现在……我不行啦！……你，你是健全的生命，在我身外还有三千多万受难的朋友敬爱你，需要你，等待你，你去！……”她把受伤的左腿，移动一下，就痛昏了半天。

姚行谦又呼唤着她的名字。

“你为什么不听我的话呢？”她忍住痛苦嘶哑地说。“诚实的人！你要背叛你的誓言吗？……你滚开！我们完全不相干！”她完全愤怒了！

“不能！”他否认，随后强制地把她抱起来，“假使你仅只是我的妻子的话……那我就遵从你的意见了，可是……”

“放下我！”她挣扎着。她感动了，流着泪。

“不！”他倔强地向山下走去。

“若不，这样好了，你先到我舅父家里去送个信，然后让他们派人来接我！”

“不！”

他也愤怒了。他支持着负创伤的肢体，开始和黑暗的、恐怖而难行的山林对抗起来。风声配合着他的喘息声……

因为迷了路，天已蒙蒙亮的时候，他们才走到石头河边。

田野上，在一丈以内可以分出植物的种类了，鸣翼虫和报晓的鸡合奏着黎明的进行曲。在远处有农夫吆喝牲畜的“啃哟……啃哟……”声，声音是峻急而强烈的，正像流弹的尾声，在空中划走着。

他们原想在天亮之前，就可以渡过石头河。按现在的情形，是绝对不可能了。并且姚行谦也疲倦得四肢无力，随时要跌倒的样子，于是，他们不得不临时把计划改变一下了。

“先进高粱地里去，”李华说，“到那里再说吧。”

“到那里怎么办呢？”姚行谦犹疑地问。

“无论怎样办也得这样，你犹豫什么呢？这里危险！”

姚行谦无可奈何地向一块高粱地那面走去，走到很深的地方，他顺着垄沟把李华放下了。他也坐在对面的垄台上，然后他们用很低很低的声音谈着变更后的计划。

李华先问："你还记得我的舅舅家吗？"

"记得。"

"这就好了。歇一会，把脸上的血印擦擦，就过河吧，你先到那……"

"那么你呢？"姚行谦抢问着。

"你听我说呀，半夜时，叫舅舅来接我，把这地方告诉他明白就行。"

"不行！不行！我绝对不能把你丢开！"他突然叫起来。

"疯了？你喊什么呢？"然后她以严厉变为委婉地说，"这不是顶好的办法吗？"

"顶好？这和你在山上说的办法有什么区别？你让我把你抛给狼吗？我不能！"

"假如现在我死了呢？"

"又当别论了，但是你活着……"

"但是……"

她把涌到嘴唇的话又吞下去了。这时候一架银色飞机从高粱地的低空上飞过去，李华看见两翼上有两个红色的太阳。

"这是一架侦察机呀！"

可是当姚行谦抬头看时，那一架飞机已经不见了，只有嗡嗡的余音，从栉密的高粱穗的隙处落下来。他说："很低呢！"

"是的。"

"你说这是不是找我们？"

"我想是，不久，一定还有人来搜的，你不能再犹豫一刻了，你快走！"

"假如在这期间，你发生了变故怎么办？"他的心略动了一些。

"不会的，不会的！你快走，你千万不要再回来啦。"

姚行谦虽然没有说他一定回来，但意识中却是这样想着的。他下了最大的决心以后，他决定要去了，他是那么艰难地迈出了他的第一步，但是李华又叫他站下。

“做什么？”姚行谦问。

“让我吻你一下吧！”

他顺从地把嘴送到她的唇边，一种莫名其妙的悲哀触动了他，鼻管发酸，两只眼角有热的东西向外冲撞。至于李华那热烈的、绵长的吻，他竟体味不出来是甜是苦或是酸……他仿佛在极度苦闷中，吃了多量的酒精一样，由麻醉而渐渐陷入麻痹状态，他觉得是中了毒了。而她呢？并没有那样感觉。她除了尽可能地热烈，尽可能地延长那吻以外，她再也没有更多的奢求，再也没有其他的希望和留恋。她想：这宇宙间所有的一切，即使是空气，也将不属于她了。然而她也没有悲伤，不，这正是她欺骗自己的地方，她确是有着不可形容的悲伤，不过她把它隐藏起来了。

她那只完好的臂膀，使出平生的气力，搂着他的脖子，他跪着一条腿，去俯就她，他流了泪，滴在她的眼窝里。

沉默，时间确实太久了。

“真是一个奇怪的吻呵！”

“为什么呢？”

“太长了，简直超过我们的爱情啦！”

“可是，我倒嫌它太短！”她企图打消他的不良猜想，勉强做出一个天真的稚笑，说：“快走吧，勇敢的小马，我预备了你意想以外的长吻和你相见哩。”

于是，他释然地笑了，当他临去时，他折断一支高粱穗（穗垂悬着），作为回来时的标志。

他如同浮水一般，开始用手从高粱地里分开一条道路。坚实而魁伟的背影渐渐从李华的眼中消失了。只有高粱叶的响声，也如同流水似的，渐渐远了，听不见了。

这时候，她肉体上和精神上的痛苦，宛如被压迫到极度然后又解放了的弹簧一样，陡然地伸张到固有的本能，她几乎失声地哭了，但她压制着，心脏像爆炸了那样难过。在最短的时间，有十数次她想把他喊回来，结果她全用她的理智把它征服了。

现在，她越发感觉到她是姚行谦身上的枷锁了，这种刑具要不立刻给他打开，就是她一个人的罪恶，虽然这罪恶并不怎样严重，可是她的良心已经从“正义”的极峰向下跌落了，她不能那样做，她的自私绝不至于到让爱她的人——同时也是她所爱的人，仅仅为了爱，而遭到不幸……

“我必定这样做的，并且已经是个残废无用的人了。”

于是她怀着像在死刑的判决书上画押那样的心情，用左手食指在垄沟的一块较平的空地，写了下面几个字：

“我死了，无论谁都不要为我流泪，当我瞑目之前，我看见一个为我爱的人，正向为民族而牺牲的大路走去，我仿佛也看见了他的血花，我是快慰地死了！”

而后，她就利用她的一只完整的左臂，和一只完整的右腿，向着那睽违十年的石头河边爬去了……

正当李华和石头河握手的时候，姚行谦开始向回走来，向他自己所做的标志走来。因为他所要投奔的人没有了，人的屋子没有了，整个村子也全没有了，仅仅是留着一些可怕的废墟！

太阳在晴朗的东方煊耀着呢！

一九三七年　武昌

出版说明

为尊重作家本人的写作风格及行文习惯，同时也为最大程度地保持那一时代的文体风貌，对于一些字词的写法、搭配，本书依旧沿用原文用法，不按现行的书写规范进行修改，特此说明。